막장 악역이 되다

크레도 퓨전 판타지 장편소설
WISHBOOKS FUSION FANTASY STORY

막장 악역이 되다 8

크레도 퓨전 판타지 장편소설

초판 1쇄 찍은 날 | 2020년 6월 15일
초판 1쇄 펴낸 날 | 2020년 6월 22일

지은이 | 크레도
펴낸이 | 권태완 우천제

기획 | 위시북스
편집책임 | 한준만
편집 | 위시북스

펴낸곳 | ㈜케이더블유북스
등록번호 | 제25100-2015-43호
등록일자 | 2015. 5. 4
KFN | 제2-37호

주소 | 서울시 구로구 디지털로31길 38-9, 401호
전화 | 070-8892-7937 팩스 | 02-866-4627
E-mail | fantasy@kwbooks.co.kr

ISBN 979-11-293-5723-6 04810
979-11-293-4389-5 (set)

※ 이 도서의 국립중앙도서관 출판시도서목록(CIP)은 서지정보유통지원시스템 홈페이지(http://seoji.go.kr)와 국가자료공동목록시스템(http://www.nl.go.kr/kolisnet)에서 이용하실 수 있습니다.

Wish Books
막장 악역이 되다
크레도 퓨전 판타지 장편소설
WISHBOOKS FUSION FANTASY STORY
8

막장 악역이 되다

✦ CONTENTS ✦

◆ Chapter1 ◆
대악마의 사업

사전예약이 시작되었다! 전 세계 스마트폰 운영체제는 오글과 파인애플이 점유하고 있었다. 기타 자잘한 운영체제들이 있기는 하지만 저 양대산맥을 넘을 수 없었다. 그런 오글과 파인애플에서 엄청나게 밀어주는 앱이 있었다. 바로 JW북스의 '세계수'였다.

건강 악화로 물러났던 릭 메이슨이 복귀 이후 가장 먼저 한 일이 세계수 사전예약과 대대적인 홍보였다. 이에 질 수 없다는 듯 파인애플에서는 오글보다 더욱 파격적인 마케팅으로 응수했다. 릭이 그걸 보고 또다시 더 엄청난 마케팅을 펼쳤다. JW북스가 딱히 마케팅 비용을 지불한 것도 아니었다.

양사의 스토어는 세계수 광고 배너로 도배가 되었다. 그렇게 밀어주다 보니 사전예약 숫자는 당연히 많았다.

'세계수를 최우선으로!'

'오글보다 더 적극적으로 챙겨라!'

오글과 파인애플에서 직접 나서서 여러 불편한 점을 해결해 주었다. 릭과 톰은 회사를 강력하게 장악한 오너였기에 그 어떤 문제도 없었다. 한국에서만 서비스를 하는 게 아니었다. 이례적으로 전 세계 동시 출시를 앞두고 있었다.

이 세상 그 무엇보다 뛰어난 번역 시스템까지 탑재되어 있기 때문에 그 어떤 문제도 없었다. 모든 컨텐츠를 실시간으로 번역해 주었고, 그 퀄리티는 그 나라 언어를 마스터했다고 봐도 무방했다.

오픈 하루 전, 서울에 있는 JW북스 본사에서 작은 행사가 열렸다. 유나의 제안으로 JW북스 소속 작가들과 직원들이 모여서 가볍게 고사를 지내보기로 한 것이다. 의미가 없는 행동이라 생각했지만, 신규 채용한 일반 직원들의 얼굴을 한번 볼 겸해서 마련한 자리였다. 진우는 계급상 팀장이었지만, 영훈과 다른 작가들은 물론이고 직원들까지 모두 실질적인 회사의 주인이라고 생각하고 있었다. 편집장이 극진하게 예의를 차리는 모습을 보여주고 있었기 때문이다.

재벌 3세라는 추측이 나오고 있었다. 물론, JW북스의 대표는 조작해서 만든 가상의 인물이었다. 진우는 특별한 의미를 두지 않았지만, 미국에 있는 리처드와 릭, 그리고 톰은 그렇게 생각하지 않았다. 모두 일정을 취소하고 한국행 비행기에 올랐다.

한국은 난리가 났다. 정부까지 나서서 미국에 연락해 진위를 파악할 정도였다.

당연했다. 미국에서 돌풍을 몰고 있는 상원위원 리차드 페인, 그리고 세계적인 공룡 기업의 오너 릭 메이슨과 톰 브랜슨이 전용기를 타고 갑작스럽게 한국에 방문했기 때문이다.

셋 중 하나만 와도 언론에서 난리가 날 일인데, 무려 셋이 약속이라도 한 듯 뜬금없이 동시에 내한했다. 차기 대선주자로 거의 입지를 굳힌 리처드 상원의원은 말할 것도 없고 릭과 톰은 세상에서 가장 만나기 힘든 사람에 속했다.

속보를 접한 한국 언론사들이 기사를 마구 쏟아냈다.

[거물급 인사의 갑작스러운 내한.]

[릭 메이슨, 한국 방문으로 사망설을 불식시키다.]

[톰 브랜슨 '한국은 놀라운 나라.']

[리처드 페인 상원의원 '미래를 맞이하기 위해 한국에 왔다.']

한국 정부와 여러 기업들이 서둘러 초청에 나섰지만 모두 정중히 거절했다. 은밀하게 관계자와 접촉해 보니 휴가차 온 것도 아니었다. 모두 호텔에 짐을 풀자마자 어디론가 향했다. 바로 JW북스 서울 본사였다.

그런 일이 있었지만 진우는 전혀 신경 쓰지 않고 있었다. JW북스 빌딩의 1층에는 커다란 이벤트 홀이 있었는데, 진우는 그곳에 부하들과 직원들, 그리고 작가들을 모두 불렀다.

그곳에서 고사를 지낼 생각이었다.

"준비가 다 되었습니다."

유나의 말에 진우는 고개를 끄덕이며 자리에서 일어났다. 서울 본사로 이동해 이벤트 홀로 향했다. 그래도 공식적인 자리이니 나름대로 차려입고 있었다.

"꽤 많은 일을 벌였는데 고사를 지내는 건 처음이네."

"그렇군요."

"뭐, 대부분 내 의도가 아니긴 했지."

진우는 피식 웃었다. G&P도 만들고, 차원마다 여러 일들을 벌였다. 이렇게 평범하게 고사를 지내는 것도 꽤 괜찮았다. 이쪽 지구는 아주 평범한 동네였으니까.

이쪽 지구에서는 사건 사고 일으키지 않고 소소하게 머무는 것이 진우의 목표였다.

이벤트 홀에 도착하니 모두 기다리고 있었다. 무대 위에는 커다란 상이 차려져 있었다. 각 차원에서 보내온 음식들이 올려져 있었고 중앙에는 커다란 돼지머리가 있었다.

"……저거 돼지머리 맞지?"

"네, 그렇습니다."

유나가 고개를 끄덕이며 대답했다.

그렇게 물어볼 수밖에 없었다.

돼지머리가 너무 컸다. 보통의 4배는 되어 보였다.

미궁에서 공수한 몬스터의 머리라고 한다. 미노타우르스의 머리나 몬스터의 머리가 거론되기는 했지만, 진우가 평범하게 하라고 명령한 덕분에 간신히 저걸로 결정되었다.

그래도 크기 빼고는 간신히 돼지로 보이긴 했다.
"저거 가짜겠죠?"
"아마도 소품일걸? 우리 판타지 출판사잖아."
"역시 센스가 있네요. 다른 음식들도 모두 판타지 컨셉인 것 같은데."
일반 직원들은 고개를 끄덕이면서 납득했다. 돼지머리뿐만 아니라 상차림도 판타지스러웠다. 마계도마뱀통구이와 중간계거대잉어찜, 그리고 엘론티치킨과 천계구름샐러드, 무협 세계의 각종 음식까지. 상다리가 부러져라 차려져 있었다. 이미 평범함과 거리가 멀었지만 그냥 넘어가도록 하자. 그저 사소한 일이었다.
유나가 식을 진행했다.
"모두 자리에 앉아주십시오. 지금부터……."
아무튼, 그렇게 식이 진행될 때였다. 헐레벌떡 누군가 들어왔다. 리처드와 릭, 그리고 톰이었다. 진우는 리처드의 얼굴은 알고 있었지만 나머지 둘은 몰랐다.
"오글과 파인애플의 오너입니다."
"그래?"
유나가 진우에게 다가와 알려주었다. 달려왔는지 땀을 뻘뻘 흘리고 있었는데, 일반 직원들과 영훈을 포함한 일반 작가들이 그들을 보고 크게 놀랐다. 저 셋은 워낙 유명한 이들이었기 때문이다. 톰 메이슨 같은 경우에는 점심시간 밥 한 끼 먹는 것이 경매로 나와서 30억에 낙찰된 바 있었다. 도저히 현실성이 없는 광경이었다.

JW북스는 인기를 끌고 있기는 하지만 오글이나 파인애플에 비하면 개미나 마찬가지였다. 그런 회사에 전설적인 기업가들뿐만 아니라 상원의원까지 온 것이다.

“뭐, 뭐지?”

“어떻게 여기에…….”

진우도 의외였다. 설마 리처드가 한국에 올 줄은 예상하지 못했다. 리처드가 진우에게 빠르게 뛰어왔다.

“아, 안녕하십니까!”

“굳이 오지 않아도 되는데…….”

“이런 영광스러운 자리에 당연히 와야지요!”

리처드의 말에 진우는 피식 웃었다.

릭과 톰도 조심스럽게 다가왔다. 진우의 앞에서 두 손을 모으고 있었다. 직원들과 영훈을 포함한 작가들은 그 모습을 보고 넋이 나갔다. 꿈이라고 믿고 싶을 정도였다.

‘이, 이분이…….’

‘대악마!’

릭과 톰은 긴장으로 인해 표정이 굳었다. 리처드는 그나마 진우에게 익숙해져서 괜찮은 편이었지만 둘은 아니었다. 대악마가 눈앞에 있었기 때문이다.

진우는 편하게 대하기로 했다. 그런 의도는 전혀 아니었지만 리처드처럼 부하가 되었기 때문이다. 건강이 회복됐다고 하니, 사소한 부탁 정도는 해도 되지 않을까?

"반갑군."

"리, 릭 메이슨입니다. 만나 뵙게 되어 영광입니다."

"톰 브랜슨입니다. 어떤 일이든 맡겨주십시오."

진우가 악수를 청하자 영광이라는 듯 손을 잡았다.

"앞으로 잘 부탁해."

"여, 영광입니다!"

"감사합니다!"

둘은 마치 황제를 대하는 것처럼 허리도 반쯤 굽히고 있었다. 시선이 없었다면 머리까지 조아렸을지도 몰랐다.

"음, 그럼 편하게 앉아 있어."

"네! 알겠습니다!"

릭과 톰은 리처드의 옆에 앉았는데, 마치 갓 전입 온 신병처럼 각을 잡고 앉아 있었다.

"저, 저기 팀장님……."

"네, 작가님."

진우와 가까운 곳에 앉아 있던 영훈이 진우에게 쭈뼛거리며 다가왔다.

"저, 저분들과 아는 사이셨습니까?"

"마이애미에서 만난 적이 있습니다. 그때 친해져서 축하해주러 왔나 봅니다."

"아…… 그, 그렇군요."

영훈은 차마 제대로 물어보지 못했다.

진우는 그 모습을 보고 부드럽게 웃었다.

"정말 예의가 바른 분들입니다. 역시 성공한 분들은 다 이유가 있군요."

"그, 그렇겠…… 죠?"

"작가님, 그저 손님일 뿐이니 신경 쓰실 것 없습니다."

진우가 그렇게 말하자 영훈은 어색한 미소를 지을 수밖에 없었다. 이제는 진우를 두고 재벌 3세 설에서, 타국의 황태자 설까지 나오고 있었다.

제갈미현이 헛기침을 하자 영훈은 흠칫하며 자리로 돌아갔다. 고사라고는 하지만 그냥 가볍게 서로 얼굴을 보는 자리였다. 딱히 절 같은 건 하지 않았다. 대군주가 여기 있는데 누구에게 절을 한단 말인가. 그냥 간단히 식을 마치고 홀에서 서로 음식을 나눠 먹었다.

"이, 이것이 악마의 음식……."

"과, 과연!"

릭과 톰은 음식을 먹자마자 그렇게 말했다.

그들의 눈에는 여기 있는 모두가 악마로 보였다. 특히, 제갈미현과 눈이 마주친 순간, 식은땀을 흘렸다. 마치 거대한 뱀처럼 느껴졌다. 당장에라도 잡아먹힐 것 같았다. 저 여자는 지옥에서 올라온 악마가 분명했다.

리처드는 조용히 릭과 톰을 불렀다.

"두 분 다 사전예약은 했습니까?"

"무, 물론입니다. 전 직원들에게 지시했습니다."

"저는 전 직원뿐만 아니라 직원들 가족에게도……."

리처드는 고개를 끄덕였다. 명령은 절대적이었다.

"어쩌면 우리는…… 지옥행 티켓을 팔고 있는지도 모릅니다."

리처드의 말에 둘은 고개를 끄덕였다. 대악마께서 평범한 앱을 출시할 리 없었다. 인간들을 천천히 세뇌시켜 지옥으로 가게 만드는 그런 사악한 앱일 것이다. 책이 가진 힘을 생각해 보면 그럭저럭 일리가 있는 추측이었다.

처음에는 아주 흥미로운 것들로 가득할 것이다. 그렇게 일상생활 속으로 파고들어 모두를 중독시키게 된다면 그때부터 세뇌작업이 시작될 것이다! 세계수를 미리 경험해 본 세 사람은 그렇게 생각했다.

릭과 톰은 이제 멈출 수 없었다. 이미 영혼을 팔았으니, 다른 인간을 지옥으로 끌고 가는 건 일도 아니었다.

지옥행이 확정되어서 마음은 편했다. 진우는 릭과 톰을 달기지로 초대했다. 제갈미현에게 안내를 해주라고 부탁했다. 기왕 한국에 왔으니 색다른 경험을 하게 해주고 싶었다. 한국 관광을 하는 것보다는 달 쪽이 더 괜찮을 것이다.

마침, 아르카나가 오랜만에 본체로 현신해서 태양 빛을 쬐고 있었는데, 그걸 보고 잠깐 기절했다.

"더, 더 많은 영혼을 끌어들여 추, 충성을 증명해야겠습니다."

"마, 맞습니다. 쓰, 쓸 만한 인재가 누가 있는지 찾아봐야겠습니다. 그…… 요즘 인스타클럽이 잘 나가던데……."

"개인적으로 친분이 있습니다. 끌어들이도록 하지요."

"네, 저도 알아보겠습니다."

미국 기업계에 커다란 폭풍이 불어닥치기 시작했다. 기업가들로 이루어진 대악마숭배회가 탄생한 순간이었다.

릭과 톰의 충성심이 더욱 깊어지며 평범한 고사가 그렇게 끝났다.

드디어 세계수가 출시되었다. 릭과 톰이 JW북스에 다녀간 사실이 은근히 퍼지며 세계가 집중하게 되었다.

릭과 톰이 달 기지를 다녀간 이후 이례적으로 트위터에 홍보까지 해주었다. 일각에서는 오글과 파인애플이 합작을 해서 만들었다는 추측까지 했다. 하지만 명확하게 밝혀진 바는 없었다.

장르 소설 중독자인 한독자는 학창시절을 소설과 함께했다. 재미있게도 그의 이름은 독자였다. 그는 판타지, 퓨전 판타지, 현대 판타지, 로맨스 그리고 무협에 이르기까지 모든 장르를 섭렵했다고 자부심을 가지고 있었다.

그가 가장 푹 빠진 소설은 영웅전기였다. 영웅전기뿐만 아니라 JW북스의 모든 소설을 결제해 읽고 있었다. 이제 눈이 너무 높아져 JW북스가 아니고서는 소설을 읽을 수 없었다. 당연히 세계수도 사전예약을 했다.

그리고 출시되자 바로 깔고 접속을 했다.

"대박……."

그런 말이 절로 나왔다. 회원 가입하고 질문에 답변을 하자 정령을 받을 수 있었다.

"정령?"

[네, 불의 정령 이프리입니다! 한독자님께서 불과 같은 성격을 지니셨기에 제가 나타났습니다!]

"어, 대, 대화가 된다고?"

[그게 이상한가요?]

"내, 내 말 알아들어?"

[네! 그런데 지금 그게 문제가 아닙니다! 지금 빨리 결제하세요. 30% 캐시 할인 이벤트가 한 시간 남았습니다! 빨리빨리!]

"으, 응?"

[빨리! 빨리!]

인공지능 같았다. 파인애플 폰의 쉬리나 다른 스마트폰 제조사의 박스에이는 상대도 되지 않았다. 오글과 파인애플이 합작해서 JW북스를 세웠다는 말도 안 되는 이야기가 사실처럼 느껴졌다. 두 회사 모두 인공지능 개발에 많은 투자를 하고 있었기 때문이다.

도서관으로 들어가니 사서 또한 책을 추천해 줬다.

[영웅전기를 읽으셨다면 만화나 애니메이션을 감상하시는 것이 어떻나요?]

"저, 정말? 그런 것도 있어?"

[네, 결제하시면 바로 이용 가능해요. PC나 스마트TV에서도 시청하실 수 있어요.]

애니메이션 같은 경우에는 편당 3천 원이었다. 영웅전기는 총 3기로 1기당 12화, 총 36화였다. 한 화의 분량은 40분 정도였다. 일단 한 화를 구매해 시청했다.

"어……."

순식간에 40분이 지났다. 미친 퀄리티였다. 작화가 예술이었고, 성우의 연기도 말이 되지 않을 정도로 끝내줬다. 그리고 캐릭터와 혼연일체가 되어 살아 숨 쉬는 것 같았다.

엔딩송을 듣고 나서야 꽉 쥔 주먹을 풀 수 있었다. 가슴이 두근두근거리고 숨이 가빠왔다.

'이건 질러야 해!'

3기 완결까지 다 지르고 만화까지 구입했다. 순식간에 많은 돈을 썼지만 후회는 없었다. 한독자는 세계수에 푹 빠져 지냈다. 주말을 다 보내고, 월요일 날 연차까지 냈다.

정령이 계속해서 새로운 것들을 들고 왔다. 귀여운 표정으로 자신을 바라보니 결제를 할 수밖에 없었다. 한 달 월급이 사라지는 건 순식간이었다.

'이, 이건 마약이야. 도저히 끊을 수 없어.'

마약보다 더 중독성이 있었다. 컨텐츠를 거의 다 볼 때쯤 새로운 컨텐츠가 올라왔다. 폭풍처럼 불어왔다. 파도처럼 밀어닥쳤다. 그는 간신히 손을 뻗어 세계수를 종료하려 했다.

[내일도 꼭 오실 거죠? 네?]

"으, 응! 올게."

[와아! 내일은 더 많은 걸 들고 올게요!]

"그, 그래."

이프리와도 정이 들었다. 정령들을 세계수 외에 PC나 스마트폰의 개인비서 인공지능으로 쓸 수 있는 버전도 곧 공개가 된다고 한다. 월 정액제로 서비스를 한다는데, 생각보다 저렴한 가격이었다. 포털사이트에 들어가니 세계수와 관련된 기사가 많이 올라와 있었다.

[인기폭발! 미국에서 대규모 휴학사태 발생!]

[오글과 파인애플의 합작, 진실인가?]

[인공지능 전문가 '혁명 그 자체.']

[오글과 파인애플, 미래 산업을 선도하다.]

오글과 파인애플이 합작하여 만들었다는 설이 기정사실화되었다. 한독자는 자주 가는 커뮤니티 사이트에 들어가 봤다.

[제목: 4일 순삭.]

[글쓴이: 내정령돼지]

와, 영웅전기 미쳤다.

4번 재탕했음. 한 화에 3천 원인데 만 원 주고라도 본다.

마지막 화에서 소름 끼쳐 뒤질뻔. 내일 주인님과 메이드 업데이트 된다고 하는데, 휴학각 잡힘.

근데, 내 정령은 왜 돼지의 정령임? 꿀꿀 거리기만 함.

뽑기 실패한 건가.

[댓글 721]

-세레스하악: ㅋㅋㅋ돼지인가보네

└내정령돼지(글쓴이): 나 개존잘임.

-감귤존맛: 영웅전기 존잼이었다. 세계수 애니 다 미쳤더라. ㅋㅋ 이번 학기 복학하려 했는데, 걍 쉴려고.

-어제제대함: 지금 복학이 문제냐? 내일 주인님과 메이드 나오는데.

-재수생: 맞음. ㅋㅋ 미국에서도 난리났음. 일본은 거의 폭발 수준임.

-김치감자칩: 진짜 오글이랑 파인애플이랑 제대로 투자한듯. 다른 나라 언어로도 풀더빙되어 있더라.

-다스케테: 성우 정보 아는 거 없음? 와, 진짜, 세레스 누님 목소리 달달 녹음.

한독자도 댓글을 읽다가 공감하는 게 있었다. 엔딩 크레딧에는 오로지 원작 작가의 필명과 JW북스 제공이라는 문장만 있을 뿐이었다. 스태프의 정보는 전혀 찾아볼 수 없었다.

하지만 그런 건 지금 중요하지 않았다! 내일 또 보기 위해서는 잠을 자야 했다. 한독자가 3일 만에 잠을 자려고 할 때였다.

[속보! 영웅전기 영화화 확정!]

"뭐?"

한독자는 설렘에 잠을 이룰 수 없었다. 결국 다음 날이 되어서 주인님과 메이드를 정주행 후 기절하듯 잠에 빠졌다.

그는 처음으로 태어나길 잘했다고 생각했다.

영훈은 이제 유명인사였다. 달 통조림 공장에서 바로 차기작에 들어가기는 했지만, 어쨌든 굉장히 유명한 작가였다. 만화, 애니가 연달아 초대박을 쳤기 때문이다. 소설로 벌어들이는 돈보다 훨씬 많았다.

정확히 정산해서 통장에 꽂아줬는데, 영훈은 부모님의 가게를 새로 차려 드리고 집 하나를 구입한 게 다였다. 돈을 쓸 시간이 없어 통장에 고스란히 남아 있었다.

세상에 쉬운 일 하나도 없었다. 진우는 그의 소원을 들어주는 대신 시간을 빼앗아 버렸다.

진우는 창밖을 바라보았다. 총지배인과 제갈미현이 나란히 서 있었는데, 그들의 앞에 꽤 많은 사람들이 바닥을 구르고 있었다. 제갈미현은 채찍까지 꺼냈다.

"음? 뭐지?"

"불법 공유자들입니다."

유나가 말해주었다. 불법 공유가 슬슬 나오기 시작하니, 진우는 확실하게 처리를 하라는 말을 하긴 했다.

"근성을 개조한 후에 릴리스가 기억을 지우고 돌려보낼 계획입니다."

"좋군."

덕분에 불법 공유자들이 빠르게 사라지고 있었다.

[불법 공유자들이 행복한 정품 구매자가 되었습니다.]

[C]행복한 정품 구매자

정품을 구매할 때마다 행복함을 느낀다.

'아무튼 일을 빠르게 진행시켜야지.'

쉴 틈이 없었다. 진우는 바로 영화화를 발표했다. 배우를 캐스팅할 필요가 없었다. 촬영지를 알아볼 필요가 없었다. 그리고 CG 작업에 돈을 투자할 필요가 없었다.

'뉴월드 : 미궁이 있으니까.'

진우에겐 뉴월드 : 미궁이라는 아주 훌륭한 영화 촬영장이 있었다.

세계수는 전 세계에서 선풍적인 인기를 끌고 있었다. 또 다른 지구에 먼저 출시했지만, 진우가 속한 지구에도 바로 출시했다. 일선그룹과 G&P가 있으니 번거로운 작업을 할 필요가 없었다. 스마트폰 시장은 G&P의 운영체제로 통일되었으니 오히려 더 업그레이드 된 버전을 내놓았다.

G&P스마트폰의 인공지능, 홀로그램 센서와 연동하여 개인 맞춤 정령을 실생활에도 쓸 수 있었다. 수준이 굉장히 높은 AR이라고 생각하면 편했다. 당연히 세계수의 작품들은 진우가 속한 지구에서도 폭발적인 인기를 자랑했다.

진우는 오랜만에 또 다른 지구에서 떠나 성소로 돌아왔다. 영화화를 결정했으니 빠르게 실행하기 위함이었다. 영훈의 소원이 구체적이라 참 다행이었다. 추상적이었으면 이렇게 일을 빨리 진행할 수 없었을 것이다.

진우는 성소로 오기 전 영훈과 상담을 한 적이 있었다.

'티, 팀장님, 저 행복한데…… 행복한데 뭔가…… 평소에는 공허해요. 담당자님의 피드백을 들을 때면 오싹하면서도 마음속 무언가가 충만해지는 게……'

'일시적인 착각일 뿐입니다. 차기작을 쓰시면서 차분하게 생각해 보세요.'

'그, 그렇겠죠? 저, 저는 정상인거죠?'

'아마도…… 그럴 겁니다.'

진우는 차마 정상이라고 확답할 수 없었다. 영훈은 달 통조림 공장에 중독되어서 벗어날 수 없어 보였다. 이제는 담당자 S의 회초리 없이는 만족할 수 없게 되었다. 약간의 부작용일 뿐이었다.

'뭐, 행복과 소원은 별개지.'

딱히 영혼이 행복하지 않아도 상관없었다. 어쨌든, 소원만 이뤄주면 되었으니까.

성소로 돌아오니 아리나와 미궁, 루나가 반겨주었다. 허영도 슬쩍 모습을 드러내더니 인사를 했다.

'음…….'

슬쩍 물러나려는 허영의 어깨를 덥썩하고 잡았다. 허영이 불안에 떨면서 진우를 올려다보았다. 그녀의 얼굴을 자세히 바라보다가 아공간에서 영웅전기 원화 설정집을 꺼냈다.

기사 세레스 역할로 딱이었다. 세레스는 영웅전기 주인공 아룬의 히로인이었다. 활기차고 상냥한 기사로 현재 엄청난 인기를 구사하고 있었다. 애니메이션이 나오면서 그 인기는 그야말로 수직상승했다. 허영의 이미지와는 거리가 멀었지만 어쨌든 외관은 완벽히 일치했다.

"너 나랑 일 좀 하자. 요즘 스케줄 없지?"

"그, 그렇긴 합니다."

"마침 잘됐네."

"저 휴가인데……."

"나도 휴가야."

허영은 오랜만에 맞이하는 휴가라 느긋하게 잠이나 자면서 쉬려고 했지만 그럴 수 없게 되었다. 결국 포기할 수밖에 없었다. 중앙 통제실로 애니메이션을 보고 있는 세연이 보였다. 마침 영웅전기를 보고 있었다.

마법소녀들도 자신의 작품을 바라보며 흐뭇한 표정을 지었다. 그리고 막내 단우천은 중앙통제실을 열심히 청소하고 있었다. 마법소녀의 갈굼에 이제는 꽤 익숙해진 것 같았다. 여전히 힘들어 보이긴 했지만 말이다.

'음…….'

진우는 단우천을 잠시 바라보았다. 곱상하지만 악독하게 생긴 게 악역이자 주인공의 라이벌인 '시즈'로 딱이었다. 조금 분장을 하면 꽤 봐줄 만한 싱크로율을 보여줄 것 같았다. 시즈는 동양무술에 능통하다고 나와 있으니 제격이었다.

"우천아."

"네! 대군주님! 부르셨습니까!"

단우천이 벌떡 일어나 천마군림보까지 시전하며 빠르게 나타났다.

"너 연기 좀 하니?"

"해, 해본 적은 없지만 여, 열심히 해보겠습니다!"

단우천이 그렇게 대답하자 하루링이 그를 째려보았다.

"야, 대군주님께서 물어보시는데 그게 대답이냐? 그딴 걸 대답이라고 한 거야? 이게 빠져 가지고."

"죄, 죄송합니다! 잘하겠습니다. 잘하게 되겠습니다!"

단우천이 그렇다고 하니 괜찮을 것 같았다.

진우를 따라온 루나가 무슨 일인지 궁금한 듯 진우를 바라보았다. 세연도 마찬가지였다.

"영화를 만들어보려고."

"네?"

진우의 말에 루나와 세연이 눈을 깜빡였다. 갑자기 무슨 소리인지 이해가 되지 않아서였다.

"할리우드에 가야 하거든."

진우는 피식 웃으며 그렇게 말했다.

황금의 성소에서 영웅전기 영화화 계획이 발표되었다. 이쪽 분야의 전문가인 릴리스 부족들이 성소로 모여들었다. 그들은 전 차원을 통틀어 영상 분야에서 따라올 자들이 없는 인재들이었다. 영화는 다소 생소했지만 전혀 문제가 없었다. 수백 년 살아온 짬밥은 어디가지 않았다.

릴리스가 각본제작, 감독을 맡기로 했고, 허영이 연기지도 및 히로인을 맡았다. 데구르론과 드워프들은 소품제작을 도와주기로 했다. 영웅전기는 평범한 판타지 세계관이었다. 마족과 천족은 물론 엘론티와 오크들도 출연해야 했다.

어쩌다 보니 주요 배역이 딱딱 들어맞았다.

엑스트라 배우를 외부에서 구할 필요 없이 천계에서 아바타 생성을 하여 아로롱이 조종을 하면 되었다. 천계에서는 원화 설정집을 보고 사소한 엑스트라 하나하나까지 신경을 써서 제작했다. 뉴월드 : 미궁과는 다르게 내부장기까지 사실적으로 하나하나 구현했다. 진우가 신경 써서 만들라고 지시했기 때문이다. 그야말로 전 차원이 공조하고 있었다.

누구보다 신난 건 데구르론이었다. 만화나 애니메이션을 참고해서 똑같은, 아니, 원작을 초월한 소품들을 뽑아냈다.

주인공의 갑옷은 그중에서도 압권이었다.

"오, 역시 딱이군요!"

"그렇군."

"역시 주인공은 대군주님의 아바타가 가장 잘 어울립니다."

데구르론이 흥분하며 그렇게 말했다.

주인공 아룬은 김군주가 딱 어울렸다. 마족에게 김군주 활동을 맡긴 덕분에 김군주는 현재 굉장한 인기를 구가하고 있었다. TV에도 자주 나왔으니 배우를 해도 전혀 문제가 없었다. 데구르론이 만든 갑옷을 입으니 그냥 아룬 그 자체였다.

도플로 일족이 조종을 할 것이니 연기는 전혀 문제가 없었다. 도플로 일족은 허영과 마찬가지로 인물 그 자체가 될 수 있었다.

진우는 촬영장을 시찰했다. 영화인들에게 있어 뉴월드 : 미궁은 꿈의 촬영장일 것이다. 어떤 장소도 마음대로 만들 수 있을 뿐만 아니라, 크게는 날씨부터 작게는 작은 풀이나 꽃까지 세세하게 설정이 가능했다. 하루링이 무리한 권능을 펼쳐 각혈을 했지만 그건 어쩔 수 없는 일이었다.

"크헉! 대군주님! 와, 완성했습니다."

"잘했어. 조금 쉬도록."

"가, 감사합니다!"

하루링이 완성한 건 거대한 성이었다. 만화와 애니메이션에서 묘사되었던 것보다 더 아름답고 웅장했다. 이 정도면 영웅전기 안에 들어왔다고 해도 무방했다. 내부 인테리어까지 훌륭하게 완성되어 있었다. 역시 군주다운 권능이었다.

"거기가 아니야! 이쪽으로 옮겨! 야! 정신 안 차려?"

릴리스가 메가폰을 잡고 현장을 지휘하고 있었다. 메가폰을 잡은 그녀는 평소와는 달랐다. 엄청 과격해진 모습이었다.

첫 촬영은 영화의 프롤로그인 대전쟁이었다. 마족들로 이루어진 암흑군단이 안타리스 제국을 침략하는 그림이었다. 조연 역할을 할 마족이 수천 명 가까이 모였는데, 암흑군단의 병사들은 수십 만에 이르렀다. 천계에서 열심히 아바타 공장을 가동한 덕분이었다. 하나하나 움직임을 조정할 수 있으니, CG로 찍어낸 것에 비할 바가 아니었다.

진우는 릴리스에게 다가갔다.

"대군주님, 오셨군요."

"준비는 잘 되어가나?"

"네, 첫 촬영이니만큼 모든 걸 쏟아부을 생각입니다. 철과 화염! 파괴! 비명! 죽음! 모든 게 비극적으로, 하지만 아름다운 영상미로 그려질 것입니다."

"음……."

"상상해 보십시오! 흩날리는 불꽃! 흩어지는 육체의 파편! 뿌려지는 붉은 피! 하아……."

릴리스의 얼굴에는 홍조가 그려져 있었다. 언제나 차분한 릴리스였지만 역시 그녀도 마족이었다. 다른 마족들도 흥분상태였다. 진우 밑으로 들어오면서 제대로 된 전투를 하지 못했기에 이번 기회에 그 한을 다 풀 생각이었다.

진짜 전쟁을 앞둔 것처럼 흥분상태였다. 그렇다 보니 그에 맞서는 제국 진영도 전열을 가다듬고 있었다. 제국 진영은 엘프와 오크, 김군주를 비롯한 인간으로 이루어져 있었다. 이 전쟁에서 오크들이 타락하게 되고 아룬이 수백 년 동안 봉인 된다는 설정이었다.

아룬이 수백 년 후 잠에서 깨어나며 영웅전기의 대서사시가 시작되었다. 전체적으로 진부한 설정이지만, 뛰어난 필력으로 녹여내 누구나 쉽게 읽을 수 있는 소설이었다.

진우는 전운이 감도는 촬영장을 바라보다가 릴리스에게 시선을 옮겼다.

"이거 너무 실전 같지 않을까?"

"괜찮습니다! 죽지는 않을 겁니다! 그 정도는 극복해야 대군주님께서 만족하실 만한 대작을 뽑아낼 수 있지 않겠습니까? 예술은 죽음입니다!"

"아니, 죽지는 않는다며."

"부득이하게 불상사가 생길 수도 있지만 그건 어디에나 존재하는 것이니까요."

진우는 고개를 설레 젓다가 대본을 바라보았다.

대본에는 한 줄만 쓰여 있을 뿐이었다.

ㅇ

[암흑군단과 제국군단이 치열한 전투를 벌인다.]

그것뿐이었다.

촬영은 실전과 같게. 릴리스 감독님은 그런 마인드라고 한다. 뭔가 조금 이상했지만 릴리스에게 모두 맡기기로 했으니, 그냥 넘어가기로 했다.

'괜찮겠지.'

목숨을 잃을 만한 상황이 되면 중지시킬 생각이었다. 부상은 문제없었다. 고급 포션도 잔뜩 구비되어 있었기 때문이다.

촬영을 앞두고 암흑군단 쪽에서 사라 브리악과 갈로드가 앞으로 나왔다.

"마계의 불꽃, 죽음의 무도 앞에서 춤추어라! 붉은 피가 축복이 될지니!"

"누가 이기는지 대본에는 나와 있지 않다! 우리 마계군이 반드시 이겨야 한다!"

우오오오오!

마족들이 함성을 내질렀다.

"오크! 오크! 지지 않는다!"

"마족들을 손봐줄 좋은 기회다. 합법적으로 죽이자!"

갈록과 델루가 그렇게 외치자 제국 진영도 불타올랐다. 양측 진영을 자세히 보니 미궁과 아리나가 암흑군단 쪽에 슬며시 껴있었고, 루나는 제국군 쪽에 붙어 있었다. 미궁은 몸보다 더 큰 갑옷을 입고 있었는데, 신이 났는지 마구 돌아다녔다.

"자리가 준비되었습니다."

유나가 다가왔다. 진우는 마련된 자리로 갔다. 하루링이 특별히 만든 곳이었다. 상당히 높은 곳이라 전장의 상황을 한눈에 내려다볼 수 있었다. 가장 좋은 자리에 고급스러운 의자와 파라솔이 설치되어 있었다. 그리고 테이블에는 차와 다과가 준비되어 있었다. 진우가 자리에 앉자 총지배인과 유나가 양옆에 섰다. 아르카나도 조용히 뒤에 나타났다.

"주인님, 이걸 쓰시지요."

"음? 선글라스?"

"꽤 격렬한 싸움이 예상됩니다."

진우가 선글라스를 착용하자 총지배인이 손을 들었다. 그러자 릴리스가 촬영의 시작을 알렸다. 카메라는 존재하지 않았다. 카메라가 없어도 모든 장면이 홀로그램으로 기록될 것이니 편집만 하면 되었다. 세상에서 유일한 촬영기법이었다.

전쟁이 시작되었다. 암흑군단 측에서는 거대한 해골로 만든 몬스터도 동원했고 암흑 마법을 퍼부었다. 제국군에서는 정령과 마법으로 대응하며 성벽을 지켰다.

콰아아아아!

불빛이 번쩍이고 마치 핵폭발을 보는 것 같은 버섯구름이 치솟았다. 주변이 모두 불타오르며 지각이 치솟았다.

파아아!

충격파가 사방으로 밀어닥쳤다.

"오……."

진우의 머리카락도 뜨거운 바람에 마구 휘날렸다. 성벽이 반쯤 녹아내리고 있었다. 만화나 애니메이션보다 훨씬 박진감이 넘쳤다.

당연했다. 실전이었으니까.

수십 만의 암흑군단이 진격하는 모습은 장관이었다. 엘프들이 쏘아 보낸 거대한 토네이도에 갈기갈기 찢겨 나가는 모습은 너무나 잔혹했다. 15세 관람가로 제작될 예정인데…… 저건 아무래도 편집하는 게 좋을 것 같았다.

"실드가 사라졌다! 돌격!"

"막아!"

거대한 실드가 사라지는 광경은 장엄했다. 한 시대가 저무는 모습을 보는 듯했다. 피막 날개를 단 마족들이 성벽 위로 날아올랐고 날개가 없는 마족들은 성벽에 두 손을 쑤셔 넣으며 기어 올라갔다. 제국군 병사 아바타가 잔혹하게 도륙되었다. 오크들과 마족들이 부딪히며 엄청난 액션씬을 만들어냈다.

휘이이이! 콰앙!

암흑군단 진영에서 날아온 불꽃들이 하늘을 수놓았다. 마치 운석이 떨어지는 것처럼 성에 꽂혀 들어갔다. 높게 솟은 성탑이 기울며 박살이 났다. 그렇게 암흑군단의 연이은 공격 끝에 성이 완전히 박살이 날 때였다.

"컷!"

릴리스는 촬영된 영상을 꼼꼼하게 확인했다. 그러다가 고개를 살짝 저었다. 부족한 부분을 느껴서였다.

"드래곤이 하나 있으면 좋겠는데……."

릴리스가 그렇게 말하자 결국, 아르카나가 드래곤으로 현신해서 촬영에 투입되었다. 재촬영을 할수록 연출이 더 좋아져 생각보다 촬영은 길어졌다. 마지막 결과물을 보니 진우도 대만족이었다.

"음, 괜찮은데? 계속 이 정도로만 해줬으면 좋겠군."

"알겠습니다. 그렇게 전달하도록 하겠습니다."

총지배인이 그렇게 말하고는 릴리스를 바라보며 고개를 끄덕였다.

영웅전기는 3부작이었다. 실전과 같은 촬영은 이제 시작일 뿐이었다. 릴리스는 완벽한 연출이 나오지 않으면 몇 번이고 재촬영에 들어갔다. 덕분에 영화촬영은 예정보다 길어졌다. 그래도 일반적인 영화촬영 기간보다는 짧은 편이었다.

우선 극장에서 상영되고 세계수에 올라갈 예정이었다. 바로 세계수에 올려도 상관없었지만, 할리우드 진출을 위해서는 일단 극장에 올리는 것이 효과적이었다.

해외 극장 개봉 같은 경우에는 영화판에서 제일 커다란 기업인 라즐이 도와주기로 했다. 라즐의 경영진도 리처드를 만나자마자 그 자리에서 함께하기로 했다. 자질구레한 절차는 라즐에서 해결해 주었다.

진우는 신경 쓰고 있지 않았지만 릭과 톰은 열일을 했다. 기업 모임을 주관하며 많은 이들을 끌어들였다. 모두 돈과 명예를 얻은 자들이었다. 그 이상을 얻을 기회가 다가오니 모두 주저하지 않았다. 악마의 유혹이 그렇게 마치 바이러스처럼 전염되고 있는 와중, 촬영이 모두 끝났다.

리처드와 13인의 기업인들은 검은 로브를 쓰고 폐건물에 모였다. 대악마숭배회라고 이름 붙인 모임이었다. 리처드는 회장이었고 13인은 간부였다. 그들을 주축으로 많은 기업들이 거미줄처럼 연결되어 있었다.

우선 대악마께 기도를 올렸다. 13인의 기업인들도 공손히 의식에 참여했다. 모두 둥근 테이블에 둘러앉았다. 로브를 깊게 눌러쓴 릭이 리처드를 바라보았다.

"리처드 회장님, 회장님께서 영화 촬영장에 가보셨다고 들었습니다."

리처드는 영화 촬영장에 간 적이 있었다. 그동안 한 일을 자랑스럽게 보고하기 위해 대악마께 전화를 걸었는데, 영화 촬영장으로 소환이 되었다. 보고 이후 대악마께서는 지옥에 용무가 생겨 자리를 비웠지만, 그는 한동안 촬영장에 남아 있었다.

리처드는 그 광경이 떠올라 부들부들 떨었다. 흩뿌려지는 피와 내장, 날아가는 사지들, 그리고 박살 난 머리.

인간이 분명한 것들이 그렇게 유흥을 위해 소비되고 있었다. 리처드는 구토가 올라왔지만 간신히 참아냈다.

"……그곳은 지옥이었습니다. 지옥에서…… 많은 인간들이 그저 유흥을 위해 도살되었습니다."

"허, 허억! 그, 그게 사실입니까?"

한 명이 묻자 리처드는 고개를 끄덕였다.

"그 영화는…… 모두 실제입니다. 단순한 영화로 보일 수도 있지만 대악마께서 사악한 마법을 걸어놓은 게 틀림없습니다. 수십만의 인간을 재물로 써서 말이지요."

리처드가 노트북을 가지고 왔다. 핸드폰으로 촬영한 영상이 노트북에 있었다.

"허억!"

"저럴 수가!"

인간들이 악마에 의해 죽어 나가는 광경이었다. 리처드의 숨죽인 비명이 현장감을 극대화시켰다. 몇몇 기업가는 그 자리에서 토를 했다. 악마들의 대화도 들렸다.

[이건 못쓰겠는데? 우리 15세 이용가지?]

[음, 조금 심한데요. 재촬영 갑시다.]

[다시 준비해!]

다시 인간들이 보충되었다. 영상이 그렇게 끝났다. 13인의 기업인들은 모두 한동안 말이 없었다. 이 끔찍한 광경을 보고 감히 무슨 말을 할 수 있겠는가!

그때 톰의 핸드폰이 울렸다.

"티, 티저 영상이 나왔습니다."

그가 그렇게 말하자 모두 핸드폰을 꺼내 예고편을 찾아보았다. 리처드 역시 떨리는 마음으로 티저 영상의 재생 버튼을 눌렀다. 30초 정도의 짤막한 영상이었다.

[피의 전쟁이 시작된다!]

드래곤의 브레스에 인간들이 불타올랐다. 악마들이 꼬챙이로 인간들을 죽였다. 나레이션이 흘러나왔다.

[이 지옥에서 희망은 없는가?]

털썩 주저앉은 병사가 낫을 든 악마를 바라보았다. 낫이 휘둘러진 순간 화면이 점멸되었다.

[영웅전기 4월 24일 개봉]

침묵 속에서 리처드가 제일 먼저 정신을 차렸다.

'……진실을 모르고 사람들은 이 영화를 즐기겠지.'

그것은 인간에게 너무 잔혹한 유희였다.

아! 이 얼마나 사악한 존재란 말인가!

영웅전기 티저 영상이 나간 이후, 예고편도 바로 공개되었다. 폭발적인 반응이 있었지만 진우는 그렇게까지 큰 신경을 쓰지는 않았다. 영화 같은 경우에는 릴리스에게 모두 맡겼고, 외부적인 일은 리처드에게 부탁했다.

일단 어느 극장에라도 걸리면 할리우드 진출을 한 것이었다. 영훈의 소원은 할리우드에 진출하는 것까지였다. 딱히 성공하든, 하지 않든 상관없었다. 그저 리처드에게 소개받은 인맥들에게 잘 좀 해달라고 살짝 말했을 뿐이었다.

진우의 말은 지구의 그 누구보다 영향력이 컸다. 바로 대대적인 마케팅에 들어갔고, 전 세계 동시 개봉이 확정되었다. 지하철, 버스 할 것 없이 영웅전기 포스터가 붙었다. 손익 생각하지 않고 막대한 돈을 뿌렸다. 라즐의 경영진은 모두 대악마숭배회에 가입된 상태였기에 전혀 문제가 없었다.

대악마숭배회는 이미 지구를 뒤에서 주무르는 비밀결사와 같은 조직이 되어버렸다. 세계 최고의 13인 기업가를 중심으로 야금야금 퍼져 나가 지금은 거대한 네트워크가 구성되었다. 유태자본도, 국제석유자본도 상대가 될 수 없었다.

돈과 명예, 권력이 아무리 많아도, 불치병을 고칠 수 없었다. 나빠진 건강을 되돌릴 수는 없었다. 그러나 대악마숭배회는 돈으로는 결코 살 수 없는 기적을 선물해 주었다. 그러다 보니 알아서 줄을 댔다.

진우는 리처드가 일을 잘해줄 때마다 보답으로 포션이나 최하급 아티팩트를 선물해 주었다. 그러다 보니 13인의 기업가는 각자 하나씩 아티팩트를 지니고 있었다. 진우가 볼 때는 크게 신경 쓸 것들이 아니었지만, 대악마숭배회의 간부를 상징하는 하나의 증표가 되었다.

아무튼, 대중들의 반응은 뜨거웠지만, 걱정하는 부분도 뚜렷했다. 영웅전기가 선풍적인 인기를 끌었다고는 하나, 영화 속 배우들은 모두 처음 듣는 신인 배우들로 구성되어 있었기 때문이다. 배우들에 대한 프로필도 자세하게 공개되지 않았고, 그저 이름과 배역 정도였다. 사진조차 기재되지 않았다. 다른 나라에 방문하여 영화를 홍보하는 일도 없었다. 다만, 그래도 형식을 맞추기 위해 로스앤젤레스에서 시사회를 가지기로 했다.

미국행 비행기에 오른 영훈은 잔뜩 긴장한 상태였다. 그도 예고편만 잠깐 봤을 뿐이지 달 통조림 공장에 처박혀 차기작만 주구장창 쓰고 있었다. 그런데, 갑자기 세계수라는 플랫폼이 생기더니 만화, 애니메이션으로 제작이 되었고, 영화화까지 되었단다. 모두 1년도 되지 않아 벌어진 사태였다. 통장에 찍힌 돈을 보니 도저히 믿기지 않아, 눈을 여러 번 감았다 떴던 기억이 났다. 도저히 돈을 쓸 시간이 없어 계속해서 통장에 쌓이는 중이었다.

영훈은 옆을 바라보았다. 옆에는 진우가 앉아서 원고를 읽고 있었고, 담당자들뿐만 아니라 주변에 배우들이 가득했다. 이번 영화를 촬영한 주요 배우라고 한다. 원화 설정과 똑같이 생겨서 처음에는 깜짝 놀라서 한동안 멍하니 서 있었다. 지금도 놀라기는 마찬가지였다. 도저히 인간 같지 않은 외모였다. 원화를 그대로 찢고 나왔다고 하는 편이 차라리 진실처럼 느껴졌다. 어떻게 저런 인물들을 그렇게 빨리 뽑아서 영화로 만들 수 있을까?

영훈은 상식적으로 이해가 되지 않았다. 그리고 상식적으로 이해가 되지 않는 부분이 또 있었다.

"저……. 팀장님."

"네."

"저, 정말 LA에서 시사회 하는 겁니까?"

한국도 아니고 LA에서 시사회를 한단다. 처음 들었을 때는 때늦은 만우절 조크인 줄 알았다.

진우는 영훈을 바라보았다. 어안이 벙벙한 표정이었다. 이게 꿈인지 현실인지 믿어지지 않았으니 당연했다.

진우는 피식 웃으며 고개를 끄덕여주었다.

'하긴, 너무 굴리긴 했어.'

달에 갇혀서 거의 쉬지 않고 글만 썼으니 그럴 만도 했다. 그러나 쉴 틈이 없었다. 시사회가 끝나고 바로 또 달 통조림 공장에서 차기작을 완결해야 했다. 영훈은 이제 제갈미현 없이는 글을 쓸 수 없는 몸이 되어버렸다.

'포탈을 통해 가는 것도 좋지만, 이것도 괜찮군.'

릭이 전세기를 보내주어 편하게 미국에 갈 수 있었다. 진우는 영훈뿐만 아니라 유나, 그리고 배우들 함께 전세기에 타고 있었다. 주요 배우들은 허영과 단우천을 제외하면 당연히 아바타들이었다. 단우천은 허영의 옆에서 부동자세로 앉아 있었다.

'연기 제대로 못한다고 엄청 맞았지.'

단우천은 허영에게 작은 동산 하나가 날아갈 때까지 맞고 나서야 연기가 무엇인지 제대로 알게 되었다. 극한의 상황에 이르면 역시 새로운 재능에 눈을 뜨게 마련이다. 단우천은 훌륭한 연기자였다.

진우는 미국에 갈 동안 SSS급 절대능력자의 외전 원고를 읽고 있었다. 볼 때마다 옆자리에 앉은 영훈을 비행기 밖으로 던져 버리고 싶은 충동이 생겼지만, 익숙해지니 지금은 그럭저럭 읽을 만했다.

'SF라…….'

우주가 무대였다. 도저히 답도 나오지 않는 곳이었다. 우주라고 해봤자 진우에게 영향을 주는 건 거의 없었지만, 그래도 너무 스케일이 컸다. 진우는 SF를 좋아하지 않았고, 읽어본 작품도 거의 없었다. 그저 영화만 간간이 본 정도였다.

진우는 고개를 저으면서 다시 원고에 집중했다.

'더럽게 재미없네.'

공항에 도착했다. 리처드가 직접 공항까지 마중을 나왔다.

영훈과 배우들은 따로 마련된 차에 올랐다. 고아처럼 어찌 할 바 모르는 영훈에게 단우천이 다가왔다.

"작가님, 가시지요."

"네? 네! 저, 저기……."

"이쪽으로 오시면 됩니다."

단우천은 허영의 매니저를 지내며 사회성 스킬이 만렙이었다. 영훈을 잘 데리고 다녀줄 것이다. 단우천은 의기소침한 영훈의 모습에서 동질감을 느끼는지 아주 잘 챙겨주었다.

"작가님, 혹시 체조 배워볼 생각 없으십니까?"

"체조요?"

"네, 건강에도 좋을 겁니다. 천마신공이라 불리는 체조입니다. 제가 무술을 배웠던 시절이 생각나는군요. 처음 천마신공을 배웠지요. 저는 참고로 왕년에 꽤 잘나갔는데……."

"하하, 그, 그래요? 저, 저는 저기 앉을게요."

정작 영훈은 이상한 사람이라고 생각하면서 피하고 있었다. 허영에게서 살짝 벗어난 단우천은 말이 많았다.

진우는 리처드가 준비한 차에 올랐다. 거대한 리무진이었다. 이번에도 존이 직접 운전했다.

"따로 장소를 마련했습니다."

"그래?"

"다른 이들도 모여 있습니다. 그…… 실례가 안 되면 이, 인사를 드리고 싶다고……."

"상관없어."

진우는 고개를 끄덕였다. 영훈의 소원을 들어주기 위해 꽤 많은 기업가가 도움을 주었다. 만나보는 건 일도 아니었다. 오늘 같은 경우에도 전세기까지 보내줬었다.

차량은 로스엔젤레스의 베벌리힐스로 향했다. 고급 주택가가 형성된 지역이었다. 그중에서 가장 크고 웅장한 저택에 차가 멈추었다. 특이하게도 다른 건물들과는 다르게 어두운색이었다. 대악마숭배회의 교회 중 하나로 비밀집회를 여는 곳이었다. 대악마숭배회는 리처드와 13인의 기업인으로 구성되어 있었다. 리처드가 정치계를 맡고 13인의 기업인들이 재계를 책임지고 있었다.

리처드는 대선 출마 선언을 했는데, 그와 대적할 후보는 없었다. 리처드 밑으로 미국의 정치인들이 줄줄이 엮여 있었다. 의도치 않은 정경유착의 현장이었다.

저택 안으로 들어가니 여러 인물이 앉아 있었다. 릭과 톰도 보였고, 라즐의 대표, 여러 기업가, 그리고 리처드 쪽의 정치인들도 보였다. 상당히 북적북적했다.

리처드는 자신이 가진 모든 능력을 활용해 미국의 핵심 정치인들을 모두 끌어들인 상태였다. 그의 수완은 치명적이었다. 한번 물면 놓아주지 않았다.

벌떡!

진우가 오자마자 모두 자리에서 벌떡 일어났다. 모두 바짝 긴장한 상태였다.

'음, 꼭 내가 나쁜 사람 같네.'

악당이 온 것도 아닌데, 그렇게까지 긴장할 필요가 있나 싶었다. 자신은 딱히 저들에게 막 대하거나 한 적이 없었다. 피해를 준 적도 거의 없고 말이다.

진우가 자리에 앉고 유나가 진우의 뒤에 섰다.

유나가 앉으라는 손짓을 하자 모두 주춤거리다가 자리에 슬쩍 앉았다.

'편하게 해도 되겠지.'

자신이 평범한 사람이 아니라는 걸 여기에 있는 모두가 알고 있었다. 애초부터 다른 사람의 시선을 신경 쓰지는 않았지만 어쨌든, 더 편하게 행동할 수 있었다.

평소처럼 편하게 하자.

"네가 라즐 대표로군."

"처, 처음 뵙겠습니다. 스, 스티븐 윌슨입니다. 만나 뵙게 되어 무한한 영광입니다."

"덕분에 일이 잘 풀렸어."

"아, 아닙니다. 당연히 해야 할 일을 했을 뿐입니다."

스티븐은 식은땀을 뻘뻘 흘리며 그렇게 말했다. 그는 이번 일이 얼마나 중요한지 잘 알고 있었다. 그 지옥에서 수많은 인간을 고문하며 뽑아낸 영화였다. 자칫 잘못하기라도 한다면 자신들이 그렇게 될 수도 있었다.

스티븐은 그 영상을 본 직후 악몽에 시달렸다. 하지만 보상은 달콤했다.

"가, 감사합니다!"

진우가 아공간에서 포션을 꺼내 건네주었다. 스티븐은 조심스럽게 포션을 두 손으로 받았다. 인류를 배신할 만한 가치가 있었다. 장내의 모든 이들이 부러운 눈으로 바라보았다. 저것은 만병통치약에 젊어지는 비약이었다. 진시황이 탐낸 불로초보다 더 귀한 보물이었다.

'한 모금 마시면 모든 병이 치료되고, 두 모금 마시면 흉터가 사라진다. 세 모금 마시면 절단된 신체 부위가 생겨나고 다 마시면 건강한 신체를 되찾고 10년은 젊어진다.'

대악마숭배회에서 그러한 말들이 퍼져 나갔다. 피같이 붉은 액체. 영상에서 인간들이 흘렸던 피와 같았다.

'호, 혹시 피를 재료로…….'

'평범한 재료는 아니겠지.'

모든 일에 대가가 있게 마련이다. 기업가인 스티븐은 그러한 진리를 잘 알고 있었다. 하지만 욕망이 역겨움과 두려움을 이기게 만들었다.

"시, 시사회 준비는 걱정하지 마십시오. 저희가 다 준비를 했습니다!"

"어제 완공한 LA, 아니 세계 최고의 극장에서 시사회가 열릴 것입니다!"

"각 분야 최고들을 게스트로 초대했습니다."

여기 모인 거물들이 모두 진우의 칭찬을 받기 위해 앞다투어 보고했다. 시사회를 크게 하는 건 좋은데, 이러다가 각국의 대통령까지 올 기세였다. 진우는 평범한 상식선에서 이루어졌으면 했다.

"음, 조금 거창하긴 하군."

"그, 그럼 바로 취소하겠습니다!"

"아니, 기왕 왔으니 하긴 해야지."

"그, 그렇군요."

리처드는 식은땀을 흘리며 눈치를 살폈다. 다른 이들은 더욱 심했다.

리처드는 심호흡을 하고는 조심스럽게 입을 뗐다.

"그, 그럼 바라시는 게 있으십니까?"

"그냥 조용하고 평화로웠으면 좋겠군."

리처드와 모든 이들이 맹렬히 머리를 굴리기 시작했다. 대악마께서 하는 말이니 평범한 뜻은 아닐 것이다. 이들 모두 산전수전 다 겪고 이 자리에 올라온 이들이었다. 그러다 보니 오히려 진우가 바라는 평범함과 거리가 멀었다.

'요즘 전쟁, 테러…… 시끄럽기는 했지요.'

'아! 우리의 준비성이 미천했구나! 언론을 압박해야겠군. 모든 채널, 모든 매체에 뿌려야 한다!'

'평화로운 건 또 무엇인가.'

'인간들이 그 사악한 영화에 온전히 집중하길 바라시는구나!'

대악마께서 공들여 만든 작품이었다. 인류를 잔인하게 죽이고 희롱한 지옥의 영화였다. 세상의 모든 사람이 보지 않으면 곤란했다!

잘은 모르겠지만 분명 그런 의도인 것 같았다. 무슨 뜻이냐고 질문하기에는 진우가 너무나 두려웠다. 그렇게 오해가 오해를 낳고 있었다.

진우는 모두가 알아들은 듯하자 고개를 끄덕이며 웃었다.

"아무튼, 그렇게 해줘. 시끄러운 건 별로라서 말이지."

"네! 알겠습니다!"

"저희가 다 알아서 처리하겠습니다!"

"조용하게 만들겠습니다!"

모두 한마음 한뜻이 되어 대답했다. 솔직히 그냥 영화일 뿐인데 너무 요란을 떠는 것 같았다. 이곳까지 온 수고가 있으니 포션과 술을 꺼내 하나씩 나눠주었다.

술은 엘론티에서 만든 최신작이었다. 이민우도 협력해 제조했는데, 스태미나에 탁월한 효과가 있었다. 기력에 쇠한 이들이 많으니 꽤 적절한 선물이었다.

"그럼 내일이 시사회니 좀 쉴까. 그럼 수고해."

진우는 그렇게 말하며 자리에서 일어났다.

"펴, 편히 쉬십시오!"

"내일 모시러 오겠습니다!"

"은혜에 감사드리옵니다."

선물을 준 건 진우는 단순한 호의였지만, 그들은 그렇게 받아들이지 않았다. 세상에 공짜는 없었다. 대악마는 특히 더 그럴 것이다.

'빨리해야 해!'

'급하다!'

'전 세계적으로 협력해야…….'

'대책 회의를 열어야 한다!'

모두 헐레벌떡 핸드폰을 꺼내 어디론가 연락했다. 그 이후 마치 약속이라도 한 것처럼 세계가 조용해졌다. 평화의 달이라는 것을 제정해 사건 사고 없이 오로지 영화에만 집중할 수 있게 만들었다. 미국을 시작으로 다른 나라에까지 퍼져 나갔다. 지구에서 끊임없이 울리던 포화 소리도 조금씩 잦아졌다.

갑작스럽게 찾아온 조용한 평화! 인간의 역사가 시작된 이후로 잠시뿐이겠지만 평화로워졌다. 아이러니하게도 대악마가 만든 평화의 달이었다.

로스앤젤레스 숭배대극장은 영화를 만든다는 소식이 나오자마자 대악마숭배회가 투자해 만든 영화관이었다. 세계 최고의 시설과 규모를 지닌 영화관이었는데, 그곳에서 영웅전기의 첫 시사회가 있었다.

대악마숭배회가 각별한 신경을 쓴 덕분에 유명한 평론가는 물론이고, 주요 언론사의 기자들도 대거 몰려왔다. 그리고 유명한 할리우드 배우, 가수들도 참석했다.

포토존은 숭배대극장의 규모에 맞게 크고 화려했다. 그곳에서 처음으로 영웅전기 배우들이 포토타임을 가졌다.

반응은 엄청났다. 실시간으로 SNS에 폭발적인 반응이 있었다. 할리우드에서 가장 유명한 미남 배우도 김군주에 비할 바가 아니었다. 마치 천사가 만든 것 같은 외모였다.

[조각 같은 외모, 김군주.]

[안허영! 세레스 그 자체!]

[할리우드를 이끌 슈퍼스타의 탄생 예감!]

[세계는 지금 영웅전기 열풍!]

언론사들도 매수를 당해 호의적인 기사만 내놓았다. 포토타임 현장을 미국 주요 채널뿐만 아니라 인터넷으로도 생방송을 했다. 한국에서도 볼 수 있었다.

영훈의 부모님은 골목에서 분식집을 했다. 영훈의 어머니, 김복자는 영훈이 사준 태블릿PC에서 눈을 떼지 못했다.

“아줌마! 여기 쫄면이요.”

“네! 나가요!”

식당은 작은 규모였다. 근처에 중소기업들이 있어 그나마 입에 풀칠할 수 있었다. 빚이 쌓여가서 걱정이었지만, 영훈이 돈을 벌어 건물을 산 덕분에 웃으면서 일을 할 수 있었다. 정말 자랑스러운 아들이었다.

“사장님, 이렇게 싸도 되는 건가요?”

"아이구, 괜찮아요. 맛있게 드세요."

전 메뉴 가격을 내렸다. 이곳에 오는 이들은 모두 학생, 취준생 그리고 가난한 직원들이었다. 김복자는 예전에 자주 챙겨주던 학생이 떠올랐다. 고등학생 시절부터 불러서 밥을 먹였는데, 취직했다고 전화가 온 지 한참이었다. 아들 같아서 챙겨준 학생이었다.

'더 잘해줄걸…….'

후회가 되었다.

"어, 어! 나온다!"

주방에 있던 영훈의 아버지, 이한섭이 태블릿PC를 바라보았다. 어색하게 포토라인에서 손을 흔들고 있는 영훈의 모습이 보였다.

이한섭은 영훈에게 감정 표현을 잘 하지는 않았지만 늘 아들을 걱정했다. 저렇게 대성한 아들을 보니 눈시울이 붉어졌다.

"아들, 저렇게 입으니 잘 생겼네!"

이한섭은 어색하게 눈물을 닦고는 태블릿PC를 바라보았다. 김복자는 쫄면을 손님에게 가져다주었다. 손님 앞에서 슬쩍 태블릿PC를 가리켰다.

"우리 아들이에요."

"어? 진짜요? 할리우드 아니에요?"

"아들이 작가라서요. 영웅전기 아세요?"

"영웅전기요? 진짜요? 저 엄청 팬인데!"

김복자는 손님에게 아들을 자랑하는 재미에 푹 빠져 있었다. 이한섭도 동네 가게를 돌아다니며 아들 자랑을 했다.

이한섭과 김복자 부부는 늘 베풀어서 손해 보는 삶을 살았지만, 베풀면 언젠가 돌아온다는 말을 믿고 있었다. 힘든 환경에서도 착하게 자란 아들이 자랑스러웠다.

'아이구, 팀장님 찾아 뵈어야 하는데…….'

아들을 스타로 만들어준 이진우 팀장님을 한 번 찾아뵙고 고맙다고 말하고 싶었다.

'그러고 보니…….'

예전에 챙겨줬던 학생 이름과 똑같았다. 김복자는 설마 하며 고개를 설레 저을 뿐이었다.

오늘은 정말 행복하고 즐거운 날이다. 이한섭과 김복자는 하루하루가 늘 오늘 같았으면 좋겠다고 생각했다.

✦ Chapter2 ✦
우주적 재해

시사회의 반응은 굉장히 좋았다. 신입 감독 릴리스의 미모도, 배우들도 화제가 되었는데, 영화는 그 화제와 맞먹을 정도로 완성도가 높았고 재미가 있었다.

아무리 언론이 매수되어 호의적인 기사를 써낸다고 하더라도, 영화가 나쁘면 오히려 역효과였다. 그러나 기존의 할라우드 영화와는 비교되지 않을 정도로 좋다 보니, 오히려 호의적인 기사가 부족해 보일 지경이었다.

그 결과는 영화 성적으로 나타났다. 영웅전기는 흥행기록을 갈아치우며 매일매일 신기록을 이어가고 있었다. 두 지구에서 전 세계 동시 개봉을 했기에 벌어들이는 돈도 두 배였다.

[평론가 점수]

(9.5/10) 3부작의 성공적인 시작!

(9.5/10) 다시 깨어난 영웅의 일대기. 영화계의 새로운 바람.

(9.5/10) 눈과 귀, 그리고 머리까지 대만족.

[관람객 점수]

(10/10) 박명석이 9.5점 줬다. 달려라.

(10/10) CG맞음? 너무 사실적이라 놀랐어요. 배우들도 너무 멋지고, 연기도 장난 아니에요! 무엇보다 너무 재미있음!

(10/10) 3시간이 1분처럼 느껴진다. 6번째인데 또 보러 간다.

(10/10) 영웅전기 뽕이 차오른다! 한국 작가가 쓴 소설이 흥행 1위ㅋㅋ 평행세계의 일인가요?

평론가들, 관람객들의 평가도 당연히 굉장히 좋았다. 영웅전기 3부작의 성공적인 시작이었다. 벌어들이는 돈도 엄청났다. 부하들과 영훈, 그리고 일반 직원들에게까지 파격적인 보너스를 주고 나서도 남아돌았다.

진우는 차원 금화로 환전해서 달 기지를 확장하고, 릴리스를 필두로 하여 영화제작소를 세웠다. 꽤 많은 투자를 해주니, 릴리스는 사명감에 불타올랐다.

투자한 돈으로 영화를 제작하든 파티를 하든 상관없었지만, 릴리스는 제작 계획을 짜서 진우에게 보고했다.

'영웅전기 다음에는…….'

3부작이 끝난 다음에도 바로 다음 제작 일정이 잡혀 있었다. 전 차원이 협조하는 공동 작업이었고 벌어들이는 돈도 막대하다 보니, 모두 의욕이 넘쳤다. 영웅전기 다음 작품은 '은밀한 무림'이었다.

'괜찮을까?'

서큐버스 일족뿐만 아니라 인큐버스 일족도 대거 투입될 예정이라 한다. 게다가 무려 남궁휘가 주인공이었다. 릴리스에게 푹 빠진 남궁휘는 자연스럽게 진우 밑으로 들어왔다. 적응 교육을 받고 있었는데, 릴리스를 위해서라면 무엇이든 할 기세였다. 어쨌든, 베이스는 무협 영화이니 괜찮을 것 같았다. 과연, 어떻게 영화로 탄생할지 궁금하기도 했다.

'영훈에게 가봐야겠군.'

진우는 달 기지에 와 있었다. 할리우드 진출도 성공적으로 끝냈으니, 영훈의 소원은 모두 이루었다.

진우는 영훈에게 가보았다. 있을 곳은 작업실뿐이었다. 할리우드에서 돌아온 이후, 영훈은 다시 작업에 들어갔다. 작업실은 알 수 없는 열기로 후끈했다.

작업실에서는 마치 불길이 솟아나고 있는 것처럼 보였다. JW북스 입장에서는 굉장히 바람직한 광경이었다.

"작가님, 작업은 잘 되십니까?"

"네! 팀장님."

영훈은 예전이나 지금이나 변함없었다. 전혀 거만해지지 않았다. 오히려 다음 작품은 더 잘 써야겠다는 의욕으로 불타오를 뿐이었다. 제갈미현의 채찍질도 주요하게 작용한 것 같았다.

"곧 차기작도 완결인데, 길게 휴가 한번 가셔야지요?"
"괜찮아요! 어제 집에 잠깐 갔다 왔어요!"
"그럼 좀 쉬고 오시지……."
"아…… 그게……."
영훈은 어색하게 웃었다.
"자려고 했는데…… 여기가 아니면 잠이 오지 않아서요. 뭔가 여기는 고요하다고 해야 하나…… 그, 그리고 다, 담당자님도 항상 계시니까……."
"그렇군요."
영훈은 '채찍 중독증'에 걸려 있었다.
"할리우드에 진출도 했고, 소원을 이루신 것 같은데…… 어떠십니까?"
"그렇네요. 확실히 그게 소원이었는데……."
영훈은 소원을 이루었다는 것이 실감이 나지 않는 모양이었다. 지금은 더 큰 목표가 생겼고 더 큰 소원이 생겼다. 어쩌면 그게 당연한 건지도 몰랐다.
'이룰 수 없으니까 소원인가.'
진우는 그렇게 생각하며 고개를 끄덕였다. 영훈이 소원을 이루었음을 자각하자마자 바로 정보가 떠올랐다.

[영훈의 소원을 이루었습니다. 노트북과 소원의 파편이 분리되었습니다. 경험치가 상승합니다.]

만족할 만한 결과였다.

“아! 그런데 제가 소원에 대해 말씀드린 적이 있던가요?”

진우는 영훈의 말에 그저 웃을 뿐이었다.

진우는 기지 밖으로 나왔다. 조용히 일을 하는 데에는 달만한 곳이 없었다. 보호막 밖은 아무 소리도 들리지 않았다. 조금 갑갑하기는 하지만, 이제는 적응이 되어 낮잠을 자러 올 정도였다. 무언가 생각을 하고 싶을 때도 딱 좋았다.

진우는 아공간에서 영훈의 노트북을 꺼냈다.

퍼석!

살짝 힘을 주어 당기니 파편이 너무나도 허무하게 빠져나왔다. 그러자 노트북은 완전히 가루가 되어 사라졌다.

‘마신과 군주의 파편이라…….’

잠시 파편을 바라보다가 흡수했다. 기운이 전부 소실된 상태였지만 저항이 거칠었다. 진우의 손이 부들부들 떨리며 마력이 사방으로 분출되었다.

파아아아!

달 기지에 쳐놓은 실드가 흔들릴 정도로 맹렬한 기세가 뿜어져 나왔다. 이러다가 주변이 완전히 박살이 날 것 같아 달 뒤편으로 이동했다. 진우를 중심으로 마치 해일이라도 일어난 것처럼 대지가 울렁거렸다.

‘저항이 거치네.’

기운이 없는 파편치고는 저항이 거칠었다. 하긴, 마신의 파편과 군주 하나가 합쳐진 상태였다.

진우는 두 손으로 잡고 전신의 마력을 일으켰다. 마력이 달 위로 치솟으며 거대한 폭발을 만들어냈다. 마치 태양이 하나 더 생긴 듯한 폭발이었다. 그 여파로 진우의 앞 공간이 찢겨 나가며 거대한 틈이 생겼다. 달의 대지를 중심으로 우주 공간까지 길게 쭉 뻗어 있었다. 차원의 틈새였다.

다른 차원에까지 영향을 준 것인지 사라지지 않고 계속 남아 있었다. 가장 가까운 차원으로 이어진 것으로 보였다.

[소원의 파편을 흡수하였습니다. 대량의 경험치를 획득하였습니다. 대군주의 권위가 상승하였습니다.]

[-SSS]악의 지배자

차원의 지배자, 움직이는 절망, 우주적 재해.

모든 권능이 상승하고 성소를 통하지 않고 언제든 차원 도약을 할 수 있다. 어느 곳이든 이미지만 있다면 바로 이동이 가능하다. 차원 금화를 이용하여 지배의 권능을 사용할 수 있다. 모든 사물의 지배가 가능하다.

단, 대군주의 근원과 닮은 형태와 권능이 부여된다.

본래 가지고 있던 권능들과 비슷한 작용을 했지만, 훨씬 더 강화된 느낌이었다. 군주나 아이템에 국한되지 않고, 모든 사물을 지배할 수 있다는 점이 새로웠다. 평범한 물건까지 지배할 수 있었다.

'시험해 볼까?'

어떤 식으로 지배가 되는 것인지 상당히 궁금했다.

진우는 시험을 해볼 생각으로 아공간에서 스마트폰을 꺼냈다. 달의 척박한 환경에서도 버틸 만큼 내구성이 좋은 G&P 스마트폰이었다.

권능이 스마트폰으로 스며드는 순간이었다.

'오…….'

진우의 스마트폰이 검은색으로 바뀌었다. 마치 우주 공간을 보는 것 같은 느낌이 들 정도로 완전히 검었다.

'근데, 화면이 없네.'

검은 벽돌처럼 보일 뿐이었다. 어째서인지 사악한 오러가 풍기는 것 같았지만 기분 탓이라 생각했다. 핸드폰을 만지작거리다가 손가락으로 여러 번 찍어보았다. 그러자 검은 표면에 통화 목록이 새겨졌다. 마치 돌판에 실시간으로 양각되는 것 같은 모습이었다.

'이거 실망인데…….'

지배라고 해서 뭔가 거창한 것으로 변할 것 같았는데, 그냥 색다른 컨셉의 핸드폰처럼 보였다. 오히려 성능은 더 퇴보한 것 같았다. 마신과 군주를 흡수하여 얻은 권능 치고는 실망이었다.

아공간에 넣으려다가 리처드의 번호를 눌러보았다. 달이라서 통화가 될지 의문이기는 했다.

'음?'

부르르 떨리더니 검은 표면이 갈라지며 빛이 뿜어져 나왔다. 여러 조각으로 갈라지다가 서로 복잡하게 엉키며 새로운 형태를 만들어냈다. 동그란 모양이었는데 가운데가 뻥 뚫려 있었다. 그리고 뿔이 달린 괴물들의 이미지가 표면에 새겨져 있었다. 외관부터 엄청 사악해 보였다.

[연결을 시도합니다.]

그 순간 기이하게 변한 휴대폰에서 보랏빛 연기가 뿜어져 나왔다. 작은 구를 형성하다가 소용돌이치면서 순식간에 커졌다.

'뭐지?'

진우가 관심을 가지며 바라보는 순간이었다. 소용돌이가 사라지며 공간이 열리더니 어느 회의장을 비추었다. 리처드가 보였다. 그리고 중동 쪽 인물인듯한 사람이 보였다. 회의라도 하는지, 리처드와 마주 앉아 있었는데 중동 쪽 인물은 화려한 의자에 앉아 있었다. 제법 거만해 보였다.

리처드의 고개가 옆으로 돌아가며 진우와 눈이 마주쳤다. 중동 쪽 인물도 마찬가지였다.

"허, 허억!"

리처드는 놀랄 수밖에 없었다. 공중에서 진우의 모습이 보였기 때문이다. 보랏빛 연기에 감싸여 있었는데, 상상했던 대악마의 형상을 아득히 뛰어넘을 정도로 사악해 보였다. 지옥에서 바로 지상에 강림하신 것이 틀림없었다!

앞에 앉아 있는 인물은, 세계적으로도 유명한 알타니 왕세자였다.

알타니는 경악했다. 의자에서 넘어지며 바닥을 뒹굴었다.

"아, 아, 악마?!"

세상에 무서운 것 없이 살아온 그였지만 보랏빛 악마의 형상을 본 순간 사지가 떨리고 오줌을 지렸다.

저 악마를 보고 무슨 말이 더 필요할까?

그저 추하게 바닥에 쓰러져 벌벌 떨 수밖에 없었다.

그렇게 잠시 침묵이 가라앉았다.

[연결되었습니다. 즐거운 대화되십시오.]

보랏빛 연기가 천천히 사라졌다. 진우는 홀로그램인가 싶어 손을 넣어보았다. 따듯한 공기가 느껴졌다.

"음?"

타다다닷!

보랏빛 연기가 완전히 사라지자, 알타니 앞에 놓인 찻잔이 마구 흔들렸다. 그러다가 진우 쪽으로 빨려 나갔다. 테이블도 휙하고 넘어가더니 진우의 뒤로 날아갔다. 고개를 돌려 날아간 물건들을 잠시 바라보았다.

'확실히…….'

홀로그램이 아니었다. 포탈처럼 공간이 연결된 것이었다.

이걸 통화라고 할 수 있을까?

'대군주는 통화도 실제처럼 한다!'

실 없는 생각이 떠오르고 말았다.

물건이 빨려 들어온 이유는 명확했다. 진우는 현재 달에 있었다. 방 안에 있는 모든 것이 빨려 들어왔다.

"으, 으아아악!"

알타니가 비명을 질렀다. 그의 몸이 진우를 지나쳐 달에 노출되었다. 그가 마지막으로 본 것은 우주 공간과 달의 표면이었다. 리처드도 마찬가지로 진우 쪽으로 빨려 들어왔다. 진우는 빠르게 두 사람의 다리를 잡고는 안으로 들어왔다. 그리고 통화를 끊었다.

리처드는 그나마 괜찮았지만 알타니의 상태는 좋지 못했다. 다행히 정신은 있었다. 하마터면 큰일 날 뻔한 상황이었다. 치료를 해줘야 했다.

진우는 포션을 꺼내 리처드에게 먹였다. 알타니에게도 먹이려고 하니 리처드가 조심스럽게 손을 뻗었다.

"제, 제가 먹이겠습니다."

포션을 받은 리처드가 알타니에게 포션을 먹였다. 그러자 알타니의 상태가 정상으로 돌아왔다.

다행히 경호원들은 멀리 떨어져 있어 추가 피해는 없었다. 갑작스러운 소란에 경호원이 들어오려고 했지만, 알타니는 무척이나 떨리는 목소리로 돌려보냈다.

진우는 사과의 말을 건네려 알타니를 바라보았다.

"아, 미안합니다."

"아, 아, 아닙니다. 제, 제가 미, 믿었어야 해, 했습니다."

진우는 굉장히 미안해졌다. 그는 인상을 찡그리며 손에 들린 스마트폰을 바라보았다.

[C]악의 부름

'너를 지배할 자의 모습을 보아라.'

G&P 스마트폰이 지배의 권능을 받아 변형되었다. 공간과 공간을 연결하여 마주 보며 대화를 하게 만들어준다. 연결이 될 동안 대군주의 위엄을 나타내는 형상을 보여준다.

괴상하게 변해 있었다. 알타니의 눈에는 지옥을 여는 열쇠로 보일 뿐이었다.

진우는 리처드에게 시선을 옮겼다.

"미안해. 중요한 회의였어?"

"아닙니다! 사소한 이야기입니다! 신경 쓰실 것 없습니다."

정치인인 리처드와 이야기 중인 걸 보면, 사소한 이야기는 아닐 것이다. 상당히 미안했다.

진우는 아공간에서 포션 몇 개를 더 꺼내 리처드와 알타니에게 건네주었다. 사과의 의미를 담은 선물이었다. 정말 미안하기는 하지만, 뒷수습은 부탁하는 게 나을 것 같았다. 여기에 계속 있으면 분위기만 더욱 이상해질 것 같았다.

"가볼게. 충격을 많이 받은 것 같은데…… 알아서 이야기를 잘 좀 해줘."

"알겠습니다! 걱정하지 마십시오!"

"고마워."

진우는 포탈을 열어 다시 달 기지로 이동했다.

진우가 사라지자 정적이 깔렸다. 방 안의 모든 게 깔끔하게 사라져 있었다. 알타니가 떨리는 눈빛으로 리처드를 바라보았다. 두 눈에는 물기가 가득해 유난히 초롱초롱해 보였다.

"저, 저…… 그, 그 제안은 아직 유효하오?"

"잠시 생각을 좀 해봐야겠습니다."

밖으로 나가려고 하자 알타니가 거의 무릎을 꿇으며 그를 잡았다. 리처드는 순종적으로 변한 알타니를 보며 씨익 웃었다. 중동에 변화가 찾아오는 순간이었다.

달 기지로 돌아온 진우는 달의 뒤편으로 가보았다.

차원의 틈은 더욱 거대해졌다. 멀리서도 크게 보일 정도였다. 이러다가 달을 아예 삼켜 버릴지도 몰랐다. 정보의 마안으로 살펴보니 차원이 완전히 연결되어 버렸다.

'지배의 권능으로 닫을 수 있을 것 같군.'

문제는 달에 있는 차원의 틈만 지배한다고 해서 완전히 닫히는 게 아니었다. 이쪽을 닫고 저쪽으로 넘어가서 또 닫아야 했다. 그래야 완벽하게 닫혔다. 아무래도 지구의 가장 가까운 곳에 있는 차원이라면 외전이 분명했다. 그곳에서 무언가 하나라도 튀어나온다면 달 기지는 괜찮겠지만 지구는 멸망할지도 몰랐다. 무슨 일이 벌어지기 전에 닫아야 했다.

머리가 아팠다. 하나를 수습하면 하나가 터지니 골치가 아플 수밖에 없었다. 딱히 준비는 필요 없었다. 아공간에 워낙 많은 물품이 들어 있었고 이미 고온과 저온에서도 아무렇지도 않은 옷을 입고 있었다.

진우는 손을 뻗어 차원의 틈새를 지배했다. 그저 일렁이는 것처럼 보이던 공간이 붉은 불꽃으로 물들더니 사악한 형상을 띠게 되었다. 마치 악마의 눈처럼 보였다.

'이거 너무 눈에 띄는데.'

그래도 무방비하게 열려 있는 것보다는 나을 것 같았다. 달의 뒷면이니 크게 상관없기도 했다. 진우는 차원의 틈새 안으로 들어갔다.

'후끈하군.'

굉장한 고열이 느껴졌다. 사방이 압축되는 것 같았다. 통로는 길지 않았다. 금방 반대편으로 빠져나올 수 있었다.

[차원의 틈을 지배하였습니다. 차원의 틈이 악마의 눈으로 변경됩니다.]

[A]악마의 눈

'지옥에 온 걸 환영한다.'

차원과 차원을 연결하는 틈새. 지배의 권능에 의해 새롭게 변화하였다. 대군주가 마음대로 열거나 닫을 수 있다.

진우가 도착한 곳은 우주 공간이었다. 지금까지 다른 차원에 가면 다른 차원이라는 것이 실감이 되었다. 환경이 바뀌었기 때문이다. 하지만 이곳은 우주 공간이었다.

달이나 지구 주변에 있는 우주 공간과 전혀 다를 바가 없었다. 일단 다시 달 기지로 돌아가려 할 때였다.

'음?'

진우는 옆을 바라보았다. 거대한 전함이 보였다.

진우는 생각을 고쳤다. 역시 이곳은 다른 차원이었다.

우주전함! 진우는 정면에 있는 전함을 감탄하며 바라보았다. 백색의 전함이 검은 우주를 가르며 나아가고 있었다.

웅장하게 느껴지는 크기였다. 바다를 오가는 배를 보는 것과는 차원이 다른 멋이 존재했다. 영훈의 상상력에서 저런 것이 나올 수 있었다니 굉장히 신기했다.

외전은 엉망진창이었지만, 그 안에 있는 것들이 실제로 구현되니 봐줄 만하기는 했다. 그러나 역시 전문가가 쓴 SF와는 조금 다를 것이다. SF를 즐겨 보지 않은 진우도 느낄 정도였다.

[C]엘라이스급 호위함

조사단이 탑승한 여객 함선을 호위하는 호위함.

대균열을 조사하기 위해 급파되었다. 여객선은 라이네스 왕국의 특별 요청으로 방향을 돌려 대균열로 향하는 중이다.

엘라이스급 호위함은 라이네스 왕국에서 새로 개발한 특수한 엔진을 장착하여, 기존 전함과는 다른 매끄러운 형태를 지니고 있다. 우주의 물방개라 불린다.

[C]마력엔진 [C]에너지빔

호위함이었다. 길다란 함포도 상당히 멋있었다. 저곳에서 포탄이나 빔이 뿜어져 나오면 굉장히 짜릿할 것 같았다.

'음, 실제로 보니 꽤 멋지네.'

호위함들 사이로 조사단이 탄 여객선이 보였다. 여객선은 훨씬 컸는데, 상당히 아름다웠다.

호위함들이 진열을 갖춰 여객선을 호위하고 있었다. 그 모습은 굉장했다. SF영화를 보는 것 같았다.

'역시 닫길 잘했군.'

하마터면 저런 것들이 달에 나타날 뻔했다. 만약에 저 호위함들이 지구 쪽으로 향한다면 지구는 속수무책으로 당할 수밖에 없었다.

호위함들의 정보를 살펴보니, 대기권 내에서도 우주 공간처럼 자유롭게 항해할 수 있었고, 전반적인 능력을 모두 발휘할 수 있었다. 물론, 그건 진우가 없을 때의 이야기였다.

일단 넘어왔다면 박살 내고 돌려보내던가 했을 것이다.

'좀 지켜볼까?'

악마의 눈은 진우가 열지 않는 이상 열리지 않았지만, 어떤 조사를 하는지 지켜보는 것이 좋을 것 같았다. 그러면서 외전의 어느 시간대인지 알아볼 생각이었다.

무료로 쓴 외전이었기에 스토리 진행에 따른 시간대나 설정이 중구난방이었지만, 다른 차원에서 그랬듯이 현실 보정이 있을 것이다.

진우는 우주 공간을 가르며 이동했다. 이미 우주 공간에 대한 경험은 충분했기 때문에, 마력을 분출하여 빠르게 이동할 수 있었다. 너무나 쉽게 여객선 위에 올라섰다. 무언가 밟는 기분은 꽤 좋았다. 여객선에서 자체적으로 중력을 생산하는지, 묵직한 중력이 느껴졌다. 역시 사람은 땅을 밟고 살아야 했다.

진우는 여객선 위에 서서 정면을 바라보았다.

'이거 장관인데. 부하들에게 보여주고 싶군.'

저 멀리 항성과 행성이 보였다. 목성을 보는 것 같은 거대한 행성은 상당한 위압감을 자랑했다. 붉은 가스가 소용돌이치는 모습이라 더욱 그러했다. 예전에 목성 공포증이라는 단어가 유행했던 적이 있었다. 인간이 맨몸으로 저런 걸 보면 아마 위압감에 짓눌리지 않을까?

오랜 세월을 살아오고 산전수전을 다 겪은 부하들이지만 이 광경을 보면 아마 크게 감탄할 것이다.

'한번 들어가 볼까?'

목성과 같은 가스 행성 안에 들어가 보고 싶었다. 과연 어떤 기분일지 궁금했다.

지금은 일단 해야 할 일이 있으니 아쉽지만 다음 기회로 미루도록 하자.

잠시 의자를 꺼내 행성을 감상하다가 기척이 느껴져 뒤를 바라보았다. 우주복을 입은 사람이 조금 큰 킥보드같이 생긴 걸 타고 함선 외부에 나와 있었다.

엔지니어로 보였는데, 무언가 수리를 하기 위해 온 건지 수리도구 또한 들고 있었다. 네비게이션 같은 장비를 꺼냈다. 아마도 손상된 부분을 추적하는 장치 같았다.

네비게이션을 따라오니 진우와 자연스럽게 가까워졌다.

손상된 부위와 가까워지자 엔지니어는 수리도구를 꺼냈다. 그리고 고개를 돌리다가 의자에 앉아 있는 진우를 발견했다.

고개를 갸웃하고는 눈을 여러 번 깜빡이고는 진우를 바라보았다. 인간이 우주 공간에서 우주복도 없이, 그것도 함선 위에 있을 수 없기 때문이다.

[어?]

[왜 그래?]

[저, 저기 사람이…….]

[또 시작이네. 그놈의 귀신은 너한테만 나타나냐? 난 한숨 자고 올 테니까, 돌아오면 보고서나 올려.]

엔지니어는 자신의 상관과 통신을 했다. 진우 쪽을 안 보려고 노력하다가 다시 심호흡을 하고 진우 쪽을 바라보았다.

진우는 여전히 그대로 있었다. 헬멧 너머로 진우와 시선이 마주쳤다.

진우는 시선을 내려 의자를 바라보았다.

'아…….'

의자의 끝이 여객선의 표면에 박혀 있었다. 조금 강하게 내려놓은 탓이었다. 여객선이 워낙 크고 표면 장갑이 두꺼워 이런 기스 정도는 괜찮을 것 같았는데, 생각보다 굉장히 철저했다. 진우는 어색하게 손을 올려 인사했다.

[꺄아아악!]

그러자 엔지니어가 장비를 놓치며 정신을 잃었다.

'이런…….'

난감해졌다. 가까이 다가가서 살펴보니 얼굴이 창백하고 눈은 이미 돌아가 있었다. 무언가 굉장히 공포스러운 존재라도 본 것 같았다. 진우는 의자 때문에 파인 부분을 불꽃을 일으켜 땜질했다.

'데려다주긴 해야겠지?'

방치하다가 혹시 죽기라도 하면 곤란했다. 잠시 고민하다가 일단 안전한 곳으로 옮겨주기로 했다. 조금 떨어진 곳에 작은 우주선이 보였다. 수리정이었다.

저걸 타고 함선에서부터 여기까지 온 것 같았다.

진우는 수리정에 올랐다. 여러 장치와 버튼이 가득했는데, 상당히 복잡해 보였다. 깜빡이고 있는 버튼을 바라보다가 손가락을 가져다 대었다. 눌러보고 싶은 강력한 욕구가 생겼다.

'뭐, 괜찮겠지.'

자신은 운이 아주 좋은 편이었으니까. 버튼을 눌렀다.

[자동 귀환합니다.]

'오…… 역시 SF.'

방향키가 틱틱 움직이며 수리정이 자동으로 움직이기 시작했다. 이렇게 택티컬한 모습을 보니 무언가 가슴에서 끓어올랐다. 진우는 SF도 그렇게 나쁘지는 않다는 생각을 했다.

수리정이 함선 안으로 들어갔다. 수리정들이 모여 있는 곳에 내려서자 깨끗한 공기가 차올랐다. 진우는 엔지니어의 헬멧을 벗겨주고 수리정에서 내렸다. 그리고 은밀하게 그곳에서 빠져나와 사람이 많은 곳으로 이동했다.

이 함선은 여객선이었다. 귀환을 하고 있던 연구원들이 타고 있었는데, 라이네스 왕국에서 특별히 협력을 요청해 대균열을 조사하러 왔다. 여객석에서 조사단이 꾸려진 것이다.

라이네스 성계 외곽 지역이었고, 델록스 제국과 인접한 곳이었기에 함부로 움직이기 어려웠던 이유도 있었다. 여객선은 중립이었기에 어느 정도 자유로웠다.

외전에 나오는 큰 세력은 작은 세력들이 모여 만든 우주연합국, 라이네스 왕국, 그리고 델록스 제국이 있었다. 각 세력들은 맞물리며 아슬아슬하게 균형을 이뤄가고 있었다.

"오……."

여객선이라 그런지 안은 상당히 멋있었다. 홀로그램으로 만들어놓은 하늘도 있었고, 푸른 대지도 존재했다. 게다가 마치 도시처럼 함선 내부에 수많은 건물이 들어서 있었다.

쇼핑을 할 수 있는 백화점과 음식점, 그리고 수영장뿐만 아니라 도박장까지 있었다. 여객선에 탑승해 있는 사람은 상당히 많았다. 많은 사람들이 SF영화에서나 볼법한 복장으로 거리를 돌아다니고 있었다.

진우만 전혀 다른 양식의 복장을 하고 있으니, 자연스럽게 그에게 시선이 몰렸다.

“어머, 고풍스러워라.”

“어디 귀족이신가?”

“델록스 제국 쪽이 아닐까요?”

그래도 이상한 놈 취급은 받지 않았다. 현대에서는 나름 세련된 복장이 이곳에서는 마치 퓨전 한복처럼 여겨졌다.

‘음…….’

이런 곳에 왔으니 가만히 있을 수는 없었다. 진우는 차원금화를 환전했다. 크레딧칩이 생성되었는데, 체크카드처럼 쓸 수 있었다. 델록스 제국에서 발행한 것으로 은하연합국이나 라이네스 왕국에서도 쓸 수 있었다.

환전을 거쳐야 했지만 그냥 결제하면 자동적으로 환전이 되니 신경 쓸 건 없었다.

쇼핑가를 한 바퀴 돌았다. 일단 신기한 것이 있으면 다 샀다. 소형 컴퓨터가 인상적이었다. 지구의 것과 비교도 할 수 없을 정도로 대단했다. 세연에게 준다면 괜찮을 것 같았다.

생각난 김에 다른 이들에게 줄 선물도 고르기 시작했다.

옷 가게에 들어가니 점원이 진우를 졸졸 따라다녔다.

"혹시 애인에게 주실 거라면 이게 딱입니다!"

[-]분홍빛 밤의 비서옷.

자동 탈착 기능이 있는 복장. 평소에는 엄격한 느낌의 복장이나 스위치를 누르면 화끈한 모습으로 바뀐다. 현재 젊은 장교들에게 유행하고 있다.

진우는 문득 유나가 생각났다. 그러다가 피식 웃으며 고개를 저었다.

"마음에 안 드시면 다른걸……."

"저기서부터 여기까지 다 주세요."

"네, 네?"

크레딧칩을 건네자 직원이 눈을 크게 뜨며 기겁했다.

"V, VVIP실로 모시겠습니다!"

"괜찮습니다."

진우는 쇼핑팩을 가득 들고 옷 가게 밖으로 나왔다. 아공간에 넣으면 되니 쇼핑은 끝도 없이 이어졌다.

'함선도 구할 수 있으면 좋겠는데…….'

나중에 함선을 파는 곳에 간다면 함선을 사고 싶었다. 딱히 무언가를 하려는 건 아니었다. 달 뒤에 종류별로 세워놓고 감상하고 싶었다. 피규어를 모으듯이 말이다.

오랜만에 보람찬 쇼핑이었다.

굳이 옷은 갈아입지 않았다. 솔직히 우주 패션은 진우가 받아들이기에는 아직 조금 일렀다.

'이제 정보를 좀 모아볼까?'

진우는 근처에 있는 주점으로 향했다. 안으로 들어가니 상당히 복잡했다. 기계팔을 단 남성이나, 특이한 복장을 한 여성도 있었다. 음악은 특이하게도 클래식이었다. 뭔가 굉장히 안 어울리면서도 잘 어울렸다.

진우는 바텐더와 가까운 곳에 앉았다. 그러곤 크레딧칩을 꺼내 올려놓았다. 가장 비싼 술을 시키자 바텐더가 씨익 웃더니 술을 내왔다.

'음…….'

커다란 눈알이 들어 있는 술 한 잔이었다.

[D]룩타스

룩타의 눈알이 들어간 위스키.

한때는 절망을 불러오는 술이라는 이름으로 우주에 큰 명성을 날렸다. 유명 인사들이 룩타스를 마실 때마다 큰 사건이 벌어졌기 때문이다. 우주급 멸종보호종인 룩타의 눈알이 필요했기에, 가격은 상당히 비싼 편.

허가받은 소수의 장인만이 제조가 가능하다.

가격: 500만 크레딧 / 1잔

화폐 단위는 지구와 비슷했다. 한 잔에 500만 원 정도라 생각하면 되었다. 장내에 있는 모두가 진우를 바라보았다.

좀처럼 보기 힘든 술이었기 때문이다. 진우는 잔을 들어 술을 마셔보았다.

'오…….'

꽤 괜찮았다. 눈알 자체는 젤리 같았는데, 술의 풍미를 살려주었다.

"어떠십니까?"

"좋군요."

"감사합니다. 귀하신 분 같은데 델록스 제국에서 오셨습니까?"

"더 멀리서 왔습니다."

"그러시군요."

바텐더는 꽤 친절했다. 남자 냄새가 진하게 묻어나왔는데, 상당히 괜찮은 사내였다. 진우는 조사단에 대해 물어봤다.

"조사 때문에 항로가 변경되어서 일정이 하루 정도 늦춰졌습니다. 전부 라이네스 왕국에서 보상을 해드린다고 합니다."

"그게 그만한 가치가 있는 일입니까?"

"하하, 그런 것까지는 잘 모르겠습니다. 하루하루 사는 것도 힘들어서 말이지요. 그런 것까지 신경 쓸 틈이 없습니다."

"어딜 가나 사는 건 똑같군요."

"맞습니다. 우주가 넓다고는 하나 사람 사는 건 다 똑같지요."

진우는 바텐더와 이야기를 나누며 정보를 뽑아냈다. 델록스 제국이 특별한 움직임을 보이지 않는 걸 보니, 아직 원작에 진입하지는 않은 것 같았다.

"아! 방금 조사단을 태운 우주선이 귀환했다고 합니다. 이제 곧 라이네스 성계로 진입할 수 있을 겁니다."

"그렇군요."

바텐더는 다른 곳에 연락까지 해서 상황을 알려주었다. 만족스러운 결과였다.

진우는 자리에서 일어났다. 크레딧칩을 바텐더에게 내밀었다.

"록타스, 좋더군요. 여기 모든 분들에게 대접해 주세요."

"네? 아…… 가, 감사합니다."

절망을 부르는 록타스를 모두에게 나눠주자 주점은 순식간에 환호성으로 뒤덮였다. 수십 명에게 그런 술을 제공했으니 절망이 찾아오지 않을까?

진우는 피식 웃었다. 그런 미신을 실재했다가는 우주가 진작에 멸망했을지도 몰랐다.

악마의 눈은 큰 변화가 없었고, 모든 상황이 괜찮았다.

'일단 달 기지로 돌아갈까?'

쿠웅!

그때 무언가 부딪히는 소리와 함께 바닥이 울렸다. 홀로그램 하늘이 사라지며 붉은 등이 켜졌다. '비상대피'라는 글자가 사방에 떠올랐다. 주변에 있던 사람들이 깜짝 놀라며 비명을 질렀다.

[비상대피소로 안내하겠습니다!]

[침착하게 대피하시길 바랍니다!]

[실제 상황입니다!]

드론들이 떠오르며 사람들을 비상대피소로 안내했다.

"대피소로 이동하세요!"

"빨리!"

쿠우우웅!

충격이 휘몰아쳤다. 직원들도 모두 나와 손님들을 대피시켰다. 바텐더도 건물 밖으로 대피를 도왔다.

그그극!

천장이 무너지며 잔해가 떨어졌다. 함선의 표면에서 만났던 엔지니어가 보였다. 붉은 머리카락을 지닌 여성이었는데, 천장을 보고는 아연실색했다.

"소, 손님! 거, 거기에 계시면! 위, 위험!!"

바텐더가 소리쳤다.

엔지니어에게 거대한 잔해가 덮쳐왔다. 엔지니어는 피할 생각도 하지 못하며 멍하니 그걸 바라보고 있었다. 피한다고 해도 이미 늦었다. 잔해가 워낙 컸기 때문이다.

진우는 순식간에 그녀의 옆으로 이동했다.

탁!

가볍게 손등으로 치자 잔해가 옆으로 튕겨 나가며 벽에 처박혔다. 엔지니어는 멍하니 그 광경을 바라보았다. 바텐더도 마찬가지였다.

"일단 피하세요."

진우가 바텐더를 바라보자, 간신히 정신을 차린 바텐더가 엔지니어를 데리고 대피소로 향했다. 여전히 방금 본 것을 믿을 수 없어 멍한 표정이었다.

대피 시스템이 잘 되어 있는지 순식간에 모든 사람들이 사라졌다. 그리고 곧, 또다시 충격이 덮쳐왔다.

콰아아아!

천장에 거대한 구멍이 뚫렸다. 주변의 모든 것들이 부서지며 우주 공간으로 빨려 나갔다. 잔해들이 천장과 부딪히며 구멍을 더 크게 만들었다.

'음, 습격인가?'

진우는 가만히 천장을 바라보다가 가볍게 도약해 구멍을 빠져나왔다. 함선 위에 올라서니 격렬한 전투가 벌어지고 있었다. 해골 마크를 단 회색 전함들이 호위함을 공격하고 여객선에게 포탄을 날려댔다. 작은 전투기까지 정신없이 떠다니고 있었다.

호위함에 비하면 구식 무기였지만 숫자가 워낙 많았다.

'해적이네.'

우주 해적! 외전에도 등장하는 세력이었다. 히로인이 있는 곳이었고, 주인공도 잠시 해적에 몸을 의탁했다. 해적이 꽤 괜찮게 나왔지만 그래 봤자 해적은 해적이었다.

휘우우!

진우가 있는 곳을 향해 거대한 포탄이 뻗어왔다.

진우는 잠시 그것을 바라보다가 손을 뻗어 포탄을 잡았다.

우그그극!

진우가 잡은 곳부터 우그러지더니 그대로 표면이 박살 나며 찌그러졌다. 함선의 실드를 뚫고 장갑을 박살 내기 위한 포탄으로 보였다. 원리 자체는 철갑탄과 비슷한 것 같았다.

진우는 외투를 벗고 먼저 손목과 발목을 풀었다. 뻐근한 목까지 풀고 나서 주변에 날아다니는 해적 전투기를 바라보았다. 해적 깃발까지 달고 아주 미쳐 날뛰고 있었다.

진우는 그 모습을 보며 살짝 웃었다.

그러곤 발을 중심으로 함선의 장갑이 일그러졌다. 단단한 장갑이 파도가 치는 것처럼 물결쳤다. 진우가 살짝 바닥을 박차는 순간이었다.

파아!

진우의 모습이 흐릿해지는가 싶더니 엄청난 속도로 뻗어 나갔다. 순식간에 해적 전투기 하나를 그대로 뚫어버리고 다른 전투기의 날개 부분에 착지했다.

[뭐, 뭐야?!]

뭐긴 뭐야, 대군주지.

진우는 콕피트를 내려다보았다. 해적이 진우의 모습을 보며 당황해했다. 진우는 씨익 웃고는 손을 들었다.

퍼석!

콕피트를 감싸고 있는 강화유리와 장갑은 가볍게 뜯겨 나갔다.

"끄, 끄아아악!"

해적이 우주 공간으로 날아갔다. 진우는 뻥 뚫린 콕피트로 들어가 자리에 앉았다. 경고판이 모조리 붉은색이었지만 큰 문제는 아니었다.

일단 이리저리 만져봤는데, 마음대로 움직여지지 않았다. 진우는 지배의 권능을 일으켰다. 지배의 권능이 깃들며 해적 전투기가 다른 모습으로 바뀌었다.

'음…….'

본래 모습보다 훨씬 더 길쭉한 모양으로 바뀌었다. 그리고 사방에 가시가 가득 돋아났다. 거기까지는 괜찮았다.

'……좀 그렇군.'

꿈틀꿈틀! 파아아아!

검은 칼날이 달린 촉수들, 그리고 많은 악마의 눈을 보는 것 같은 많은 눈알이 전투기 표면에 박혀 있었다.

[C]폭발하는 절망

'그 눈으로 절망을 응시해라.'

폭발의 눈이 가득 달린 자폭기.

구축함 하나를 가볍게 날려 버릴 정도이다.

'외관은 좀 징그럽지만…….'

쓸 만했다.

진우는 해적 전함을 바라보았다. 호위함에 비하면 작았지만 그래도 건물을 보는 것처럼 컸다.

파아아아!

자폭기가 엄청난 속도로 가속하기 시작했다. 붉은 꼬리를 달며 빛살처럼 뻗어갔다. 해적 전함 주변에 있던 전투기가 격투시키려 했지만.

서걱! 서걱!

촉수가 뻗어 나가며 전투기를 갈라 버렸다. 자폭기가 지나간 곳에는 전투기의 잔해들만이 있을 뿐이었다. 해적 전함이 보였다. 전함 주변에 펼쳐져 있는 실드가 칼날에 의해 가볍게 잘려 나갔다. 전함과 진우가 탄 자폭기가 순식간에 가까워졌다.

"음……."

해적 전함의 장갑을 뚫고 자폭기가 박히는 순간.

콰아아아아앙!

해적 함선이 중앙 부분부터 물풍선처럼 부풀어 오르는가 싶더니 엄청난 폭발이 일어났다.

위력이 엄청났다. 주변에 있던 전투기들이 폭발에 휘말려 사라질 정도였다.

'이런 것도 괜찮군.'

스트레스가 확 풀리는 느낌이었다.

진우는 고개를 끄덕이며 다음 해적 전함으로 이동했다. 주먹을 쥐고 전함의 옆구리를 때리자.

빠각!

그대로 두 동강이 났다.

이 광경을 어떤 말로 표현할 수 있을까?

움직이는 절망, 우주적 재해가 처음으로 모습을 드러내는 순간이었다.

우주복을 입은 해적들이 어떻게든 도망치려 했지만, 그들에게 베풀 자비는 없었다. 놔준다고 해서 개과천선할 것 같지는 않았다.

편하게 보내주도록 하자.

두 조각난 전함을 두 손으로 잡았다.

휘이!

두 조각 난 전함을 잡고 서로를 부딪치게 했다. 야구장에 흔히 있는 응원 도구인 막대풍선이 생각났다. 막대풍선을 부딪치게 하면 재미있는 소리가 났는데, 전함은 그렇지 않았다.

구그그극! 콰가가가가!

전함이 박살 나며 크게 우그러들었다가 그대로 터져 버렸다. 비싼 돈을 들여 개조한 해적 전함이었지만 진우에게는 치즈스틱처럼 보일 뿐이었다. 토핑이 무엇으로 되어 있는지만 다를 뿐이었다.

'그래도 부수는 맛이 있군.'

손맛이 괜찮았다. 하나같이 모두 커다랗고 단단해서 때리는 맛이 있었다. 진우는 만족했다.

어쩌면 그동안 욕구불만에 쌓여 있었는지도 몰랐다. 강력한 힘을 가지고 있는데, 그나마 제대로 분출해 본 것이 저번 단우천과 투닥거릴 때였다. 그것도 전력을 다한 게 아니었다.

그러나 우주같이 스케일이 크면 이야기가 달라졌다. 주변

피해를 생각하지 않고 스트레스를 풀 수 있었다.

우주는 넓고 부술 건 많았다. 해적같이 사정 봐주지 않아도 되는 놈들도 그에 포함되었다.

해적 전함은 상당히 많았다. 그중에서 가장 큰 전함이 눈에 띄었다. 여객선만큼이나 컸는데, 선체에서 전투기들이 쏟아져 나오고 있었다.

'본격적으로 움직여 볼까?'

몸이 완전히 풀렸다. 진우가 손짓하자 검은 불꽃이 치솟으며 주변에 떠다니는 잔해들을 모조리 녹여 버렸다. 간신히 탈출정에 오른 해적들도 불꽃에 휩싸여 사라졌다.

그는 자비롭지 않았다.

진우의 몸이 움직이기 시작했다. 옆에 있는 해적 전함 위에 순식간에 올라섰다. 해적 전함과 전투기들은 진우를 발견한 지 오래였다.

[이, 인간이 아, 아닌 것 같습니다!]

[쿤조 전함이……!]

[으, 으아아! 쏴, 쏴버려!]

통신으로 난리가 났지만 진우에게는 들리지 않았다. 우주는 이런 난리를 펴도 참 고요해서 마음에 들었다. 해적 전함의 포신이 돌아가며 진우를 조준했고 전투기들도 탄환을 쏘아댔다. 하지만 닿기도 전에 탄환들이 그대로 녹아 사라졌다.

전투기들이 마치 파리 때처럼 느껴졌다. 파리를 잡으려면 파리채가 있어야 했다.

'밑에 있군.'

파리채로 쓰기 딱 좋은 크기의 전함이었다. 진우는 해적 전함의 앞으로가 가볍게 손을 쑤셔 넣었다. 두껍게 개조한 장갑이 종이처럼 찢어지며 손이 박혔다.

[지배의 권능을 사용하였습니다. 나타 해적 전함이 지배의 권능에 의해 변형되었습니다! 손에 딱 맞을 것입니다!]

[B]끈끈이 파리채
날파리를 잡는 데 효과적이다.

해적 전함이 변형되었다. 거대한 가시촉수가 돋아났다. 가볍게 잡고 휘두르자 수많은 전투기들이 촉수에 꽂히며 터져버렸다. 비주얼은 끔찍했지만, 역시 성능은 쓸 만했다.

이 권능도 이제 조금씩 익숙해진 것 같았다.

진우는 방망이를 휘두르는 것처럼 전함을 휘두르며 주변에 있는 모든 것을 박살 냈다.

콰앙! 콰아아!

상쾌했다. 오랜만에 근육을 제대로 쓰는 느낌이었다.

파리채로 변한 전함에 마력을 쑤셔 넣자 검은 화염이 치솟으며 그대로 녹아버렸다.

[괴, 괴물……!]

[아, 아…….]

[모, 목표를 확보했다! 도망쳐!]

[어서 워프 드라이브를!]

전투기들과 해적 전함이 방향을 틀었다. 호위함과 여객선도 방향을 틀어 도망친 지 오래였다.

진우는 해적들을 놔둘 생각이 전혀 없었다. 우선 흑염룡을 소환하려 했다. 마력을 잔뜩 쑤셔 넣은 브레스를 사용하면 얼추 상황이 정리가 될 것 같았다. 전함의 실드와 장갑 따위는 브레스 앞에서 무용지물이었다. 애초부터 레벨이 달랐다.

'제대로 사용하면…….'

마력을 가득 써서 사용하면 작은 위성 정도는 초토화시킬 수 있었다.

'음?'

나포당한 우주선이 보였다. 조사단이 탄 우주선이었는데, 전투기들에 의해 가장 큰 해적 전함으로 옮겨지고 있었다. 해적들의 목적은 약탈이 아니라 저 우주선인 것 같았다.

진우는 흑염룡을 소환하려는 것을 멈추었다. 가장 큰 우주선은 '외눈박이 녹트 해적선'이었다. 죽음의 칼날이라 불리는 해적 연합의 간부, 녹트가 탄 전함이었다.

'음, 포로가 있는 것 같은데.'

정보의 마안으로 보니 해적선에 있는 건 해적만이 아니었다. 감옥이있었다. 여객선에서 탈출한 탈출정도 해적 전투기들에 의해 수거되고 있었다. 인신매매를 하기 위함이었다.

'놓아주기도 그렇고…….'

여객선이 방향을 돌린 것도 악마의 눈 때문이었다. 진우가 아니었더라도 다른 곳에서 일이 벌어졌을지도 몰랐지만 찝찝했다. 그는 좋은 쪽이든 나쁜 쪽이든 빚지고는 못 사는 성격이었다.

해적선의 주변 공간이 일그러지기 시작했다. 일반적인 움직임은 아니었다. 워프 드라이브를 준비하고 있는 것 같았다. 포탈과 비슷한 원리인 것 같았는데, 마법과는 달리 저쪽은 많은 에너지가 들고 훨씬 복잡했다.

진우는 귀환하고 있는 전투기 밑으로 이동하여 슬쩍 매달렸다. 그가 매달린 전투기가 격납고에 들어온 순간, 해적선 주변 공간이 흔들리더니 그 자리에서 사라졌다.

워프 드라이브가 작동한 것이다.

"뭐, 뭐야, 그 괴물은!"

"도대체…… 꿈인가?"

"이, 이제 괜찮겠지?"

전투기에서 내린 해적들이 겁에 질려 있었다.

"이, 이번 상품은 꽤 고가로 팔릴 것 같은데?"

"여객선에는 귀족들이 많으니 흐흐……."

해적들은 두려움을 떨쳐내려 애써 허세를 부렸다. 그러나 아직 방금 본 광경을 머릿속에서 지우지 못하고 있었다.

스윽!

진우는 전투기 밑에서 슬쩍 나왔다. 격납고 문은 3중으로 잠겨 있었다. 해적선의 메인 브릿지에서 제어가 되어 여기서는 열 수 없었다.

진우는 천천히 문으로 다가갔다.

뚜벅! 뚜벅!

발소리가 격납고에 울려 퍼졌다. 해적들의 고개가 동시에 돌아갔다. 허세를 떨며 두려움을 이겨냈지만 다시 두려움이 찾아왔다.

침묵.

시끄러웠던 격납고가 순식간에 조용해졌다. 숨소리마저 들리지 않았다. 그대로 얼음처럼 굳어 누구 하나 움직이지 않았다. 다만, 이마와 뺨을 타고 땀 한줄기가 흐를 뿐이었다.

진우는 잠금장치가 강력하게 걸린 격납고의 문을 바라보다가 천천히 손을 뻗었다.

"아, 아, 안 돼!"

"으, 으아아아!"

해적들은 서로 끌어안으며 눈을 질끈 감았다. 격납고 문에 진우의 손이 닿았지만 다행히 아무 일도 일어나지 않았다.

"다, 다행……."

"허억!"

하지만 안심하기는 일렀다.

우그극!

진우의 손을 중심으로 문이 우그러들기 시작했다. 선체에 무리가 가는 워프 드라이브조차 견딜 수 있게 설계된 문이었다. 그런데 단지 손을 올려놓은 것만으로 구겨졌다.

3중으로 되어 있었지만, 진우가 마력을 흘리자.

콰가가가가!

종이처럼 찢겨 나갔다.

"피, 피해!"

"으아악!"

격납고에 있던 모든 것들이 문 쪽으로 빨려 들어갔다. 전투기들도 미끄러지더니 문으로 빨려 들어갔다. 해적들도 마찬가지였다. 어떻게든 버티려 했지만 그럴 수 없었다.

현재 워프 드라이브를 하는 중이었다.

진우는 문밖을 바라보았다. 마치 빛 속에 있는 것처럼 밖이 빛나고 있었는데, 밖으로 빨려 나간 물건들이 그것에 닿자마자 가루가 되며 부서졌다.

"끄아악!"

"살려……."

해적들의 나약한 신체가 버틸 수 있을 리 없었다.

격납고가 깔끔하게 정리되었다. 먼지 하나 없이 깨끗했다. 모두 사라진 순간 사이렌이 울리더니 차단벽이 내려오며 격납고가 격리되었다. 붉게 반짝이는 사이렌만이 주변을 비추고 있었다.

'분위기 좋네.'

SF장르는 우주전쟁과 같은 분위기만 있는 게 아니었다. 다양한 분위기를 보여주는 게 SF장르의 매력이었다. 그중에서 가장 인상적인 걸 꼽으라면 역시 공포물일 것이다.

미지의 우주! 미지의 존재에게서 오는 공포!

SF와 공포는 꽤 궁합이 좋았다.

'외계 생명체가 우주선에 난입해서 막 죽이고 그랬지.'

귀신보다 현실적이지 않았다. 말도 안 되는 이야기라 생각했다. 진우는 피식 웃었다. 그런 종류의 영화를 케이블 채널에서 주말에 자주 해줬다.

그래, 해적들을 처리하도록 하자. 영화 속 외계 생명체처럼.

그렇게 생각한 순간, 몸이 검은 불꽃과 연기에 휩싸이기 시작했다.

진우는 어디서 본 건 많았다.

해적 연합 죽음의 칼날. 그들은 악명 높은 해적이었다. 나타났다고 하면 정규군조차 긴장하며 눈치를 볼 정도였다.

우주연합에 속하지 않은 많은 약소 행성들은 해적 연합에게 세금을 내고 우주를 오가고 있었다. 델록스 제국이나 라이네스 왕국, 우주연합국에 비하면 작은 세력이었지만, 해적 연합까지 포함하여 4대 세력으로 쳐야 한다는 주장도 있었다. 해적들은 우주에서 불법인 모든 것들을 했다. 도박이나 마약, 불법 신체개조 같은 것은 물론이고 인신매매나 암살, 유괴 등도 가리지 않았다. 그들의 목표는 오로지 돈이었다.

델록스 제국과 라이네스 왕국은 물론 우주연합국까지 해적에 막대한 현상금을 걸고, 강력한 대처를 보이고 있었지만 해적이 뿌리 뽑히지 않는 이유가 있었다.

이미 해적 연합이 심어놓은 스파이들이 각국에 침입한 상태였다. 매수당한 관료들도 상당히 많았다. 오죽하면 해적 연합이 각 세력보다 더 정보력이 뛰어나다고 하겠는가. 외딴 행성에서 해적의 끄나풀이 발견될 정도였다.

해적 연합의 수뇌부는 수장과 5인의 간부로 구성되어 있었다. 외눈박이 녹트는 5인 중 하나였다. 그는 델록스 제국의 준장 출신으로 강인한 정신력과 신체를 지니고 있었다.

녹트는 이번 계획도 차질없이 진행되리라 생각했다. 여객선에는 가치가 높은 인물이 타고 있었다. 라이네스 왕국에서 천재로 이름 높은 레아르 백작이었다. 어린 나이에 백작위를 받을 정도로 대단한 업적을 이루었다.

그녀가 개발한 신형 전함은 우주 정세에 많은 변화를 불러왔다. 제국에서도 난리가 날 정도로 성능이 좋았다. 그 전함 여러 대가 녹트의 기지 창고에 보관되어 있었다. 해적 연합에서 심혈을 기울여 입수한 것들이었다. 다만 문제가 있다면 작동키를 입력해야 전함을 이용할 수 있었다.

그랬기에 위험을 감수하고 레아르 백작을 납치했다. 신형 전함이 있다면 해적 연합은 더욱 큰 영향력을 행사할 수 있을 것이다. 정보를 빼돌리고, 좌표를 획득해 타이밍 좋게 납치를 시도한 것까지는 좋았다.

그런데 대체 그 괴물은 뭐란 말인가! 그 괴물은 인간이 아니다. 인간이 상상할 수 있는 절망, 그 자체였다.

으득!

그가 자랑하던 전함들이 종이짝처럼 찢어졌다. 이가 갈렸다. 제국의 정규군 앞에서도 도망치지 않았던 녹트였다.

그런데, 이렇게 추하게 도망치고 있었다. 그나마 목표를 완수하고 탈출정들을 획득한 게 다행이기는 했다. 노예로 팔아치워 이번에 입은 피해를 조금이라도 충당해야 했다.

잊자, 잊어버리자.

녹트는 그렇게 생각하며 고개를 저었다.

"훗, 문제가 있었나 보군요."

"……별거 아니다."

"그런 것 같지 않은데요?"

레아르 백작이 이죽거리며 그를 노려보았다. 녹트의 얼굴이 일그러졌다. 그는 레아르 백작에게 코드입력 장치를 내밀었다.

"작동 코드를 입력해라."

"제가 할 것 같나요? 고문도 협박도 소용없습니다. 죽이십시오."

녹트가 손짓하자 부하들이 탈출정에서 납치한 사람들을 데려왔다.

"어디 출신이지?"

"라, 라이네스 왕국…… 으악!"

녹트는 칼을 꺼내 포로의 허벅지를 찔렀다. 그리고 레아르 백작을 바라보았다.

"네년과 같은 왕국 출신들은 모조리 잘게 잘라서 돼지밥으로 주겠다."

"……."

"코드를 입력하면 치료를 해서 정중히 풀어주도록 하지."

"……당신을 어떻게 믿죠?"

"해적은 비겁할지언정 거짓말은 하지 않는다."

겉멋이 든 말이었다. 자유라는 명분 아래 모였으면서 하는 짓은 약탈과 살인이었다.

레아르는 주변을 살펴보았다. 납치된 사람들이 모두 부들부들 떨고 있었다. 어린아이도 많았다. 해적들은 어린아이를 좋아했다. 가장 비싸게 팔렸기 때문이다.

레아르는 결국 녹트의 제안을 승낙할 수밖에 없었다.

"조금 힘들더라도 네년의 뇌를 열어 정보를 빼낼 수도 있다. 불법이지만 우리에게 불법은 없지."

"……알겠어요."

이길 수 없는 게임이었다. 레아르는 떨리는 손으로 코드를 입력했다. 입력이 완료되자 녹트는 바로 확인을 해봤다. 정상적으로 보안이 해제가 되었다.

녹트는 그가 가지고 있는 키에 보안 코드를 넣었다. 이제 이 키만 있다면 왕국의 최신 전함을 자유롭게 이용할 수 있었다.

"이제 약속을……."

레아르의 말에 녹트가 씨익 웃는 순간이었다.

콰아아앙!

선체가 기울었다. 레아르가 바닥에 넘어졌다. 녹트는 간신히 균형을 잡고 메인 브릿지로 달려갔다.

"무슨 일인가!"

"워프 드라이브가 갑작스러운 충격에 방해를 받고 있습니다! 도착 예정시간 1시간에서 3시간으로 변경되었습니다."

"도대체 무엇 때문에……?"

"A23격납고에서 문제가……! 허, 허억! A21, A20까지…… 화, 화면을 띄우겠습니다."

녹트는 화면을 보자마자 눈을 동그랗게 떴다.

격납고의 벽이 찢겨 나가더니 부하들이 우주 공간 밖으로 사라졌다. 워프 드라이브를 가동한 상태라 구하러 나갈 수도 없었다.

[오, 오지마!]

[으아!]

검은 불꽃에 둘러싸여 있는 괴물이 보였다. 전함을 박살 낸 그 괴물체가 분명했다. 그 괴물이 함선에 오른 것이다!

타다다다!

강화복을 입은 부하들이 겁에 질려 마구 총을 쏘아댔다. 그러나 괴물에게는 소용이 없었다. 검은 불꽃에 닿자마자 모두 거짓말처럼 사라졌다. 화면이 꺼졌다.

"뭐, 뭐야! 어떻게 된 거야?"

"가, 강화복 카메라로 전환하겠습니다."

화면이 강화복에 달린 카메라와 연결이 되었다. 강화복을 입은 부하들이 긴 복도를 달리고 있었다. 뒤에서부터 비명 소리가 들려왔다. 방금 전까지 웃으면서 이야기를 했던 부하들의 비명이었다. 녹트의 얼굴이 일그러졌다.

[나, 나는 틀렸어. 놓고 가!]

[하지만…….]

[내, 내가 미끼가 될 게. 그동안 피해! 워, 워프 드라이브 시간을 버티고 탈출하면 어떻게든…….]

[알렉스…….]

화면에 알렉스의 얼굴이 비쳤다. 그는 부상을 당해 움직일 수 없었다.

[가! 진! 어서!]

진은 달렸다.

[으, 으아아악!]

달리는 진의 뒤로 총소리와 함께 알렉스의 비명 소리가 들려왔다.

[헉헉!]

숨이 턱 밑까지 차올랐다. 헬멧에는 김이 잔뜩 서렸다. 순식간에 주변이 조용해졌다. 비명 소리도, 총탄 소리도 들리지 않았다. 오로지 숨소리만이 가득했다. 녹트와 부하들은 침을 꿀꺽 삼키며 그 장면을 바라보았다.

깜빡, 깜빡!

복도의 전등이 깜빡거렸다. 아무런 소리도 들리지 않자 진은 총을 바짝 몸에 당겨 들고 천천히 걸었다.

휘익!

무언가 지나가는 소리가 들린 것 같았다. 진은 몸을 돌려 바로 총을 난사했다.

타다다다!

총탄이 복도를 따라 놓여 있는 관을 때리자 뜨거운 김이 뿜어져 나왔다.

팅 타다닥! 팅 타다닥!

김에 의해 휘날리는 철판이 그런 규칙적인 소리를 내었다. 아무런 소리도 들리지 않는 것보다 더욱 무서웠다. 진은 턱을 떨며 조심스럽게 총탄이 박힌 곳을 확인해 보았다.

찌직? 찍찍!

커다란 쥐가 고개를 내밀더니 그의 발밑을 지나갔다. 진은 겨우 안도의 한숨을 내쉬었다. 그러다가 등골을 서늘하게 만드는 감각에 뒤를 돌아보았다. 다행히 아무것도 없었다.

그때였다.

띠이이이! 띠이이이!

강화복에서 경보음이 울리기 시작했다. 갑자기 주변 환경이 바뀌게 되면 경고를 보내주는 기능이었다.

[무, 무슨…….]

진이 다시 앞을 보는 순간이었다.

[허, 허어억!]

복도 끝에 누군가 서 있었다. 검은 연기와 불꽃에 가려져 잘 보이지 않았다. 불꽃이 마치 칼날을 보는 것처럼 섬뜩하게 느껴졌다.

괴물! 그 괴물이었다!

괴물이 보이는 순간 화면에 노이즈가 끼며 줄이 생겼다. 진은 방아쇠를 당길 생각조차 하지 못했다.

괴물이 다가왔다.

우드드드드!

마치 공간을 이동하는 것처럼 순식간에 가까워졌다. 단순히 다가오는 것이 아니었다. 괴물이 이동할 때마다 복도가 찌그러지더니 터져 나갔다.

[끄아아악!]

진의 비명과 함께 화면이 검은색으로 물들었다. 영상이 거기서 끊겼다. 녹트와 부하들은 잠시 아무 말도 할 수 없었다.

"저, 전 구역을 폐쇄해!"

"하, 하지만 아직 도, 동료들이……! 아, 알겠습니다!"

복도와 방, 그리고 메인 브릿지에 이르기까지 모든 구역이 폐쇄되었다.

'세, 세 시간만 버티면 어, 어떻게든……!'

녹트의 안색이 새파랗게 질려 있었다.

"어, 어디 있는지 알 수 없나?"

"여, 열 스캔으로 추, 추적해 보겠습니다."

부하가 열 스캔을 가동했다. 그러자 레이더가 떠올랐다. 해적선 전체를 탐지하는 레이더였다. 레이더에 거대한 붉은 점이 떠올라 있었다. 굉장한 열이었다. 마치 항성을 보는 것 같았다.

붉은 점이 천천히 움직이더니 봉쇄된 구역을 뚫었다.

"B4, 도, 돌파되었습니다! B3, B2, B1! 너무 빠릅니다!"

붉은 점이 빛살처럼 길게 늘어지더니 사라졌다.

"어, 어디에 있나!"

"차, 찾아보겠습니다! 어억!"

부하가 버튼을 조작하다 비명을 질렀다. 녹트가 바라보자 하는 움직여지지 않은 고개를 겨우 움직여 녹트를 바라보았다.

"바, 바로 앞입니다."

지이이이!

메인 브릿지의 문이 붉게 달아올랐다.

절망이 찾아온 것이다.

해적선의 감옥은 좁았다. 짐칸처럼 생긴 곳에 납치한 사람들을 묶어놓고 아무렇게나 처박아놓았다. 레아르가 타고 있던 우주선과 탈출정에서 납치한 사람들이 모두 한곳에 모여 있었다. 그나마 녹트가 창살의 문을 열어놓고 간 덕분에 넓은 공간으로 나올 수 있었다. 레아르는 허벅지에서 피를 흘리는 남자에게 다가가 지혈을 해주었다. 바닥에 피를 가득 흘리고 나서야 겨우 피가 멈추기 시작했다.

레아르는 이마에 흐르는 땀을 닦았다.

'이상해…….'

사람들은 해적선에 납치된 사람들치고는 침착하고 고요했다. 레아르는 그게 기이하게 느껴졌다. 그녀는 엔지니어 복장의 붉은 머리 여성을 바라보았다.

"엔지니어입니까?"

"네, 백작 각하. 하린이라 합니다. 말씀 낮추시지요."

"아니에요. 이게 편합니다."

라이네스 왕국은 귀족제였지만, 세습이 아니라 능력 위주로 작위가 수여되었기에 백성들이 귀족들을 존경하는 편이었다. 그리고 귀족들도 격식을 그렇게 따지지 않았다. 무시했던 자가 언제 자신의 상관으로 올지 모르는 곳이 바로 라이네스 왕국이었다.

"이런 상황에서도 침착하네요."

"그…… 칼로스 은하에서 온 분들이 많아서 그런 것 같습니다."

"칼로스 은하요?"

"네, 우주 밖 외신을 믿는 종교의 발상지입니다."

칼로스 은하는 현재 도달 가능한 우주 공간 중 가장 외곽에 있는 곳이었다. 그곳마저 벗어나면 그저 무한한 빈 공간만 나올 뿐이었다. 보이드보다도 어둡고 지옥처럼 끝이 없었다. 그런 공간과 맞닿아 있는 것이 바로 칼로스 은하였다.

어둡고 무한한 공간 너머에 있는 외신, 그러한 존재를 믿는 종교가 탄생한 것도 전혀 이상하지 않았다. 아주 오래전, 인류는 어두운 바다를 보며 크라켄 같은 끔찍한 몬스터를 상상하지 않았던가.

좁은 공간에 갇혀 있어 서로 동화라도 된 것일까?

대부분의 사람이 동그랗게 앉아 기도를 올리고 있었다. 울고불고하는 것보다는 나았지만, 분위기가 기묘했다.

"외신이시여……."

"불러서는 안 될 이름이여."

"피와 재물이 준비되었습니다."

섬뜩한 분위기였다.

레아르는 고개를 저었다. 은하를 자유롭게 오가고 우주 패권을 두고 기 싸움을 하는 시대였다. 그들은 바닥에 있는 피로 기이한 문양을 그렸다. 그것은 거대한 눈이었다. 마치 악마의 눈을 보는 것 같았다.

'……대균열?'

미지의 에너지와 함께 나타난 대균열의 형상과 똑같았다. 그 미지의 에너지를 측정했을 때 그녀는 흥분 상태였다. 기존 에너지와 비교도 할 수 없는 신에너지였다. 우주의 판도를 바꿀 힘이었다. 대균열을 조사해 봤지만, 아무것도 알아낼 수 없었다. 기존의 과학기술을 아득히 넘어서는 무언가였다. 하린의 손에도 대균열의 문양이 그려져 있었다.

그걸 본 레아르는 어이가 없어 실소가 나왔다.

"엔지니어인 하린 씨도 그런 허무맹랑한 신을 믿는 건가요?"

"……저는 실제로 봤습니다."

"네?"

하린은 세 번이나 직접 목격했다. 여객선 위에서, 안에서 그리고 탈출정에서. 레아르가 탄 우주선에서는 보이지 않았지만, 탈출정으로 대피한 이들 모두 외신을 볼 수 있었다.

수많은 촉수와 눈을 가진 외신. 생명체가 대항할 수 없는 절대적인 존재. 그것이 외신의 진정한 모습이었다.

절망을 상징하는 우주적 존재였다. 그런 광경을 본 이상 모두 칼로스 은하에서 온 성직자를 따를 수밖에 없었다.

콰아아앙! 두드드드!

해적선 전체가 크게 흔들렸다. 비상사태인지 차단벽이 내려왔다. 레아르는 워프 드라이브 중 이상이 생긴 것이라 생각했다. 그도 그럴 것이 해적선은 꽤 연식이 된 함선이었다.

"오오오! 외신께서 이곳에 강림하셨다!"

"아아! 부디 해적들을 죽여주소서!"

"절망을 내려주소서!"

칼로스에서 온 이들이 믿는 외신은 소원을 들어주는 자가 아니었다. 오로지 절망과 고통을 선사하는 부정한 자였다. 이것은 저주에 가까운 기도였다.

"모두 제정신이 아니군요."

레아르가 보기에는 모두 미쳐 버린 것 같았다. 그녀는 머리핀을 빼서 구부렸다. 그러자 작은 전선들이 나오며 바닥으로 파고들었다. 그리고 온몸 곳곳에 숨겨놓은 장치들을 조작하자 작은 화면이 떠올랐다. 현재 상황이 어떤지 알아보고 탈출하기 위함이었다.

그녀가 타고 있던 우주선에는 워프 드라이브 장치가 내장되어 있었다. 탈출을 시도해 봄직했다.

레아르는 메인 시스템을 해킹하는 도중, 브릿지에서 영상을 보고 있는 걸 발견했다. 그녀는 살짝 고개를 갸웃하며 영상을 크게 띄웠다. 레아르뿐만 아니라 모두의 고개가 돌아가며 그 영상을 바라보았다.

"마, 말도 안 돼!"

레아르는 비명을 질렀다. 그곳에는 칼로스 은하에서 온 자들이 믿는 외신이 있었다. 그녀의 상식을 완전히 박살 내는 광경이 펼쳐져 있었다.

"오오! 오오! 오오!"

"아아아! 아아아!"

사람들이 기괴한 노래를 부르기 시작했다.

외신에게 바치는 죽음의 성가였다.

진우는 해적들이 보이는 족족 깔끔하게 소탕했다. 탈출정에 숨어 있어도 소용없었다. 탈출정은 각종 재해에서 보호할 수 있도록 강한 외피 장갑을 두르고 있었지만, 콜라캔 따는 것보다 쉬웠다.

진우는 탈출정에 다가가 뚜껑을 열었다.

"허억!"

"으, 으아악!"

고급 옷을 입고 있는 해적들이 비명을 질렀다. 진우는 친절히 우주 공간 밖으로 안내해 주었다. 찬 바람 좀 쐬라고 뚜껑을 따서 밖으로 내보냈다. 현재 워프 중이니 밖은 매우 더웠다. 창문이라도 열어놓는 게 좋았다.

아무렇게나 버튼을 누르다 보니 탈출정이나 탈출 포트가 사출되었다. 대피해 있던 해적들이 가루가 되어 사라졌다.

"해적 연합이라……."

해적 연합의 수장은 붉은 칼날 라티카였다.

긴 도를 들고 싸우는 섹시한 여성 선장! 영훈의 취향이 잔뜩 들어간 SF 세계의 히로인 중 하나였다.

자유를 위해 우주로 나왔다는 명분이 있었지만, 해적은 어차피 해적일 뿐이었다.

'메인 브릿지는 저쪽인가?'

구역별로 폐쇄되었지만 딱히 장애가 되지는 않았다. 차단벽을 가볍게 박살 내면서 메인 브리지 쪽으로 다가갔다. 메인 브릿지를 찾는 건 어렵지 않았다. 그냥 다 부수고 다니다 보니 금방 도착할 수 있었다.

메인 브릿지 역시 잠겨 있었다. 꽤 두꺼운 차단벽이 내려와 있었다. 최신 빔 함포의 공격에도 견딜 수 있게 설계된 차단벽이었다. 하지만 진우가 손을 대자 차단벽이 붉게 달아오르며 녹아내리기 시작했다.

주르륵!

차단벽이 붉은 액체가 되어 발밑으로 흘렀다. 손에 힘을 주자 액체가 사방으로 튀며 단번에 거대한 구멍이 뚫렸다.

진우는 천천히 안으로 들어갔다. 메인 브릿지에는 많은 해적이 있었다. 모두 진우를 바라보며 겁에 질려 있었다.

그중에서 가장 덩치가 큰 사내가 눈에 띄었다. 한쪽 눈이 가짜였고, 해적 선장 모자를 쓰고 있었다. 꽤 그럴듯한 장교복까지 입고 있었다. 해적을 상징하는 해골 마크가 인상적이었다.

외눈박이 녹트. 주인공이 해적 쪽에 있을 때 등장한 조연이었다. 폭발 사건에서 그를 구해주면서 친해졌는데, 해적치고는 의리 넘치는 모습을 보여주었다.

해적인데 그런 모습을 하니 이중적이라고 생각할 수밖에 없었다. 물론, 영훈이 깊게 생각하고 그렇게 쓴 건 아닐 것이다.

'그러고 보니 외전에서는 다들 잘 안 죽었지.'

무료이다 보니 댓글이 꽤 달렸는데, 그걸 의식했기 때문인지도 몰랐다. 녹트도 끝까지 살아남아 주인공과 친하게 지냈다. 그렇다고 사정을 봐줄 필요가 있을까?

주변에 있던 검은 화염이 사라지며 진우의 모습이 드러났다. 녹트를 바라보자 주춤거리며 물러났다.

녹트는 겨우 용기를 냈다.

"도, 도대체……. 우, 우리에게 왜, 왜 이러시는 겁니까?"

"먼저 공격했잖아."

"그건 그, 그렇지만……. 그, 그래도……."

진우는 함장석에 앉아보았다. 꽤 푹신했다. 달에 이런 거 하나쯤 가져다 놓으면 좋을 것 같았다. 해적선이 조금 부서지긴 했지만 외관은 아직 멀쩡했다.

"으, 으아!"

해적 몇몇이 진우 몰래 도망치려 했다. 진우가 살짝 바라보자 검은 화염이 치솟으며 그들을 삼켰다.

"허억……!"

"아, 아아……."

그 광경을 본 해적들은 감히 도망갈 생각을 하지 못했다.

진우는 녹트를 바라보았다. 턱이 덜덜 떨렸고, 바지가 축축해졌다. 그의 손에 자동차 무선키 같은 것이 들려 있었다.

조금 더 크고, 복잡했지만 비슷한 외형이었다.

"그거 함선 키야?"

진우가 손가락을 까딱하자 녹트가 움찔하더니 손에 들린 키를 공손히 진우에게 건넸다. 진우는 피식 웃으면서 아공간에 넣었다.

현재 해적선은 녹트의 기지로 가는 중이었다. 진우는 해적에게서 해적질할 생각이었다. 어차피 원래 주인에게 돌려주기는 힘들었으니, 해적들이 쓰는 것보다는 자신이 가져가는 게 더 정의롭지 않을까?

진우는 느긋하게 기다렸다. 녹트와 해적들은 죽을 맛이었다. 숨소리도 제대로 못 내며 덜덜 떨었다. 그렇게 기다리자 워프 드라이브가 멈추며 다시 우주 공간으로 돌아왔다.

"오…… 멋진데?"

해적 기지가 보였다. 이동이 가능한 요새였다. 굉장히 웅장해 마치 소행성처럼 보일 지경이었다. 속도는 아주 느렸지만, 워프 드라이브가 탑재되어 장거리 이동은 가능했다.

전투가 가능한 함선을 대부분 이끌고 나갔기에 텅 비어 있었다. 최소한의 인원만 남겨진 상태였다. 물론, 그 함선들은 진우의 손에 의해 이미 사라지고 없었다. 해적선이 기지 안으로 들어갔다.

진우는 해적들을 무장해제 시켰다.

해적들이 반항했지만.

콰아앙!

해적 기지 한쪽 부분을 시원하게 만들어주니 모두 얌전해졌다. 스스로 포박까지 해서 얌전히 구석에 찌그러졌다.

진우가 녹트를 살려둔 이유가 있었다. 해적 기지를 안내받기 위해서였다. 그리고 그는 꽤 많은 것들을 알고 있었다.

"이, 이곳이 차, 창고입니다."

해적 기지의 창고는 그 규모에 맞게 거대했다. 여러 은하에서 약탈한 사치품들이 잘 진열되어 있었다. 우주에서도 희귀한 자원으로 만든 장신구도 보였고, 자동차들도 보였다.

"이건?"

"크, 클래식카입니다."

지구에서 흔히 볼 수 있는 차였지만, 이곳에서는 귀한 골동품 취급을 받았다. 녹트가 필사적으로 이런저런 말을 해주었는데, 지구의 옛 음식 같은 경우에는 굉장히 귀한 전통 음식 취급을 받아서, 높으신 분들이나 먹는다고 한다. 특이한 설정이었다.

무엇보다 놀라운 게 있었다. 커다란 전함들이 늘어서 있었다. 곡선과 직선이 적절히 조화된, 아름다운 모습이었다.

"제, 제가 드린 게 저, 전함들의 키입니다."

라이네스 왕국의 신형 전함. 천재가 개발한 세기의 걸작!

녹트와 해적 연합이 그토록 얻기 위해 노력했던 전함이었다.

진우는 아공간에서 무선키를 꺼냈다. 버튼을 누르자.

띡띡! 부우우우!

전함들에서 빛이 반짝이더니 엔진이 작동했다. 새 차를 여러 대 뽑은 느낌이었다. 창고에 있는 물건들 중 가장 마음에 들었다.

"좋군."

다른 창고도 있었다. 그쪽으로 가보니 전혀 다른 풍경이 펼쳐져 있었다. 수많은 사람이 철창에 갇혀서 덜덜 떨고 있었다. 폭행을 당한 사람도 많았고 몹쓸 짓을 당한 이들도 상당했다. 납치해서 노예로 파는데, 이런 감옥이 없다면 그게 더 이상했다. 외전에서 표현하지 않은 진짜 모습이었다.

'어느 세상이나 똑같네.'

지구든, 또 다른 지구든, 소설 속 세상이든 이런 건 똑같았다. 조금 씁쓸해졌다.

진우는 녹트에게 해적선에 있는 포로들과 기지에 있는 이들을 모두 우주선에 태우라고 지시했다. 해적 기지에 있는 운송용 우주선이었다. 워프도 가능했고 구조 신호를 보낼 수 있었다. 쓸 만한 지식이 있는 해적들을 제외하고 모두 포박하여 태워버렸다. 그동안 학대당한 포로들이 해적들을 죽이든지 살리든지 마음대로 할 것이다. 모두 그렇게 보내자, 녹트와 해적 기술자들만 남게 되었다.

'무얼 들고 갈까? 전함은 챙겨야겠지?'

아공간은 크기는 하나 공간이 한정되어 있었다. 전함을 넣으면 끝날 것 같았다. 잠시 생각하던 진우는 녹트를 바라보았다.

"지금 기지를 움직일 수 있나?"

"네! 가, 가능합니다."

움직일 수 있다고 하니 그냥 다 들고 가도록 하자.

본래는 함선만 가져갈까 했지만, 역시 아예 다 가져가는 게 더 좋을 것 같았다. 악마의 눈을 통해서 가져갈 생각이었다.

진우는 녹트에게 악마의 눈이 있는 곳으로 워프를 하라 지시했다. 녹트와 해적들이 죽을힘을 다해 뛰어다녔다. 잠시 기다리자 해적 기지가 악마의 눈 방향으로 워프했다.

전방에 악마의 눈이 보였다. 진우가 가볍게 손짓하자 악마의 눈이 열렸다.

"허, 허억!"

"아, 아아……."

해적들이 악마의 눈을 보고 망연자실한 표정이 되었다.

악마의 눈이 열리는 과정은 포탈처럼 평범하지 않았다. 눈이 두 갈래로 찢어졌다. 마치 피가 나는 것처럼 붉은 연기가 사방으로 뿜어져 나왔다. 수많은 손이 돋아나더니 눈을 잡고 더욱 크게 찢었다.

'음…….'

진우가 보기에도 끔찍한 광경이었다. 하지만 잘 작동을 하니 크게 문제 될 건 없었다.

해적 기지가 악마의 눈으로 진입했다. 녹트와 해적들은 마치 죽으러 가는 것처럼 절망했다. 반쯤은 맞았다. 진우는 그들이 가진 지식을 쏙쏙 뽑아낼 생각이었다. 마족들의 특기 중 하나였다. 차라리 죽는 게 나을 것이다.

해적 기지가 악마의 눈 반대편으로 빠져나왔다. 진우는 일단 해적 기지를 달 기지 옆으로 다가가게 했다. 거대한 해적 기지가 등장하자 유나와 아르카나를 비롯한 부하들이 기지 밖으로 나왔다.

유나의 표정이 멍해졌다. 엄청나게 커다란 우주선을 보고 놀라지 않을 사람은 존재하지 않았다.

외계인의 공습이라도 시작된 걸까? 아르카나가 진우의 기운을 느낀 것이 다행이었다.

두드드드드!

해적 기지가 달 기지 옆에 착지했다. 진우는 기지에서 내려 달 기지로 걸어갔다. 안으로 들어가니 유나가 멍하니 진우를 바라보았다.

진우는 그녀를 보며 슬쩍 웃었다.

"저건 무엇입니까?"

"해적 기지야. 그냥 조금 큰 우주선이라 보면 돼."

"저걸 어떻게……?"

"오다가 주웠어."

저런 말도 안 되는 크기를 지닌 우주선을 오다가 주웠다고 말할 수 있는 존재는 역시 대군주밖에 없었다.

진우는 해적 기지를 연구하기 위해 부하들을 부를 생각이었다. 하지만 그전에 해야 할 일이 있었다.

진우는 먼저 황금의 여성회 회원들을 모았다. 여객선에서 사들인 선물을 주기 위함이었다.

"뭘 좋아할지 몰라서 그냥 다 사 왔어. 골라봐."

쇼핑한 것들을 모두 꺼내자 주변이 물건으로 가득 찼다.

"오! 많음!"

"엄청나요!"

미궁과 루나가 두 팔을 들며 좋아했다. 미궁이 고른 건 킥보드였다. 공중에 뜬 채로 빠른 속도로 이동할 수 있었는데, 킥보드에 매달린 채로 돌아다녔다. 루나는 신형 게임기를 골랐다. 아르카나는 최신 주방용품을 만져보고는 굉장히 좋아했다. 허영은 술 몇 병을 가져갔을 뿐이었다.

다른 이들은 옷을 고르고 있었다. 아리나, 희연, 그리고 세연이 웃으면서 옷을 골랐다. 세연도 여성회에 합류하였다. 계산이 빨랐기에 그녀는 총무를 맡고 있었다. 유나만이 진우의 옆에 가만히 서 있을 뿐이었다.

"골라 보는 게 어때?"

"알겠습니다."

유나는 잠시 생각하다가 고개를 끄덕였다. 그녀는 늘 정장만 입고 다녔다. 다소 답답하게 느껴질 정도로 정장을 고집했다. 아리나와 다른 이들이 유나에게 어울릴 만한 옷을 건넸지만, 거부했다. 그러다가 시선에 들어온 옷이 있었다. 격식이 있는 비서복이었다. 재미없게 느껴질지도 모르지만, 유나는 이런 복장을 하는 것이 편했다.

모두 고른 옷을 입고 왔다. 유나도 그녀가 고른 비서복을 입었다. 상당히 잘 어울렸다.

'저 옷……. 무언가 있었던 것 같은데.'

진우는 고개를 갸웃했다. 잘 생각이 나지 않아서였다. 유나도 나름대로 만족하며 자신이 입은 옷을 바라보다가 주머니가 볼록 튀어나와 있는 것을 발견했다. 스위치였다.

"이건……?"

유나가 스위치를 누른 순간, 진우는 직원이 보여주었던 광경이 떠올랐다.

"아 그거……!"

다급히 말리려 했지만 이미 늦었다.

파삿!

비서복이 찢겨 나가며 엄청난 광경을 연출했다. 직원 말대로 화끈한 모습이었다. 진우뿐만 아니라 모두가 깜짝 놀라며 그녀를 바라보았다. 아리나는 고개를 끄덕였다.

"역시…… 비장의 무기를 가지고 계셨군요."

"주, 주인님께서 저, 저런 취향이……."

아르카나는 수첩을 꺼내 메모했다. 최희연은 손가락을 만지작거리며 얼굴을 붉혔다. 그러며 은근슬쩍 비슷한 옷을 골랐다.

미궁은 킥보드를 타며 미친 듯이 돌아다닐 뿐이었다. 태양에 가본다고 날아가려는 걸 루나가 겨우 말렸다.

진우는 무슨 말을 해야 할지 떠오르지 않았다.

"잘 어울리네."

"하아……."

진우의 말에 유나는 한숨을 내쉬었다. 그녀가 정장 이외에 조금씩 다른 옷을 입기 시작한 건 그때부터였다.

어쨌든 좋은 변화였다.

◆ Chapter3 ◆

암흑제국의 탄생

진우는 해적 기지를 달 뒤편에 가져다 놓았다. 악마의 눈 근처에 놓았는데, 그럭저럭 잘 어울렸다. 휑했던 주변이 조금은 채워진 느낌이었다. 세트장 같은 느낌이 들기도 했다.

이제 해적 기지를 연구하고 뜯어고칠 차례였다. 세연과 G&P연구소의 인물들이 제격이었다.

진우의 부름에 세연과 G&P 연구소의 두 박사들, 그리고 연구원들이 달 기지로 이동했다.

세연은 이미 달에 기지를 세웠다는 걸 알고 있었지만, 박사들과 연구원들은 전혀 그 사실을 몰랐다. 그저 지금까지 진우의 지시에만 열중하고 있을 뿐이었다. 로봇에 대한 연구였다. 박사들은 의기소침한 상태였다. 밤낮으로 기술개발 중이지만 한계에 부딪혔기 때문이다.

"이, 이, 이곳은 다, 달입니까?"

"다, 달에 오다니! 엄청난 연구가치가 있는 일입니다!"

유나가 그들이 오기 전에 간략하게 설명해 줬지만 박사들과 연구원들은 굉장히 놀랐다. 김대진 박사와 최성민 박사는 흥분을 감추지 못했다. 세연과 연구원들도 마찬가지였다. 달 기지 밖에 보이는 달 표면을 바라보며 굉장히 들떠있었다.

진우는 그 모습을 보며 피식 웃었다. 아직 놀라기는 일렀다. 훨씬 놀랄 일이 남아 있었다.

"이쪽입니다."

진우는 그들을 해적 기지가 있는 곳으로 안내했다. 포탈을 연결해 바로 이동할 수 있었다. 그 주변도 역시 차원 금화를 투자해 중력과 보호막을 만들었다. 기존의 달 기지는 JW북스 전용으로 쓰고, 이곳을 메인 기지로 삼을 생각이었다.

"저, 저게……."

"허억!"

해적 기지를 본 두 박사의 표정은 경악 그 자체였다. 연구원들도 눈알이 빠져나올 것 같은 표정이었다. 세연도 마찬가지였다. 그녀는 흥분을 감추지 못하고 진우에게 매달렸다.

"우, 우, 우주선?! 자, 작동되는 건가요?"

"응, 직접 몰고 왔어."

"에, 에너지원은요? 워프 시스템은요? 실드도 작동하나요? 어떤 엔진을 쓰죠? 핵융합 엔진인가요? 아니면 반물질? 저 정도 크기라면…… 츄르릅!"

세연의 질문은 계속되었다. 박사들과 연구원들도 마찬가지였다. 거의 눈이 돌아가 있었다. 살짝 무서울 정도였다. 세연은 해적 기지의 웅장한 모습을 보면서 침까지 흘렸다.

'저 상태라면…… 장난도 못 치겠군.'

다 보여줬으니 이제 돌아가라고 말하려다가 그만두었다. 그렇게 한다면 폭동이라도 일어날 것 같았다.

진우는 피식 웃으면서 해적 기지 안으로 그들을 데리고 들어갔다. 연구원들은 당장 해적 기지를 분해해 보고 싶어서 안달이 났다. 걸음을 걸을 때마다 비명을 지르며 감탄했다.

진우는 창고로 데려갔다. 그곳에는 최신형 전함이 진열되어 있었다. 쌔끈한 외형을 지닌 전함을 보자마자 세연의 표정이 황홀감으로 물들더니 뒤로 넘어갔다. 진우가 잡아줘서 겨우 넘어지지 않았다. 잠시 정신이 나간 모양이었다.

"우오오오오!"

"그아아아아!"

세연과 연구원들이 기괴한 소리를 외치더니 전함으로 달려갔다. 표면을 만지고, 두드리고, 온몸으로 비벼 재질을 확인했다. 심지어 핥기까지 했다. 모두 광란에 빠졌다.

"당장 연구를 시작하겠습니다!"

"연구소를 이쪽으로 옮겨야겠습니다!"

김대진 박사와 최성민 박사의 말에 진우는 고개를 끄덕였다. G&P뿐만 아니라 전 차원의 기술자들이 모두 달라붙어서 함께 연구할 예정이었다. 전 차원의 기술자들과 데구르론은 이미 해적 기지에 자리를 잡은 상태였다.

모두 모이니 마음이 든든했다. 진우는 그리 많은 걸 요구하지 않았다. 그냥 해적 기지를 쓸 만하게 개조하는 정도였다. 그리고 저 전함을 운영할 수 있을 정도로만 해주면 바랄 게 없었다. 전함의 엔진이 가동되는 모습을 본 김대진 박사가 주먹을 불끈 쥐었다.

"이거라면…… 이 기술이라면 완성할 수 있겠군."

"그래, 드디어……."

최성민 박사도 고개를 끄덕였다. 연구원들도 마찬가지였다. 진우는 그들이 무엇을 만들고 있는지 잠시 잊고 있었다. 아니, 아예 생각조차 못 하고 있었다.

"어이, 자네들 흥미로운 이야기를 하더군."

망치를 들고 있는 데구르론이 두 박사에게 다가왔다. 서로 처음 보는 것이었지만 눈이 마주치자마자 고개를 끄덕였다. 서로 같은 부류라는 걸 바로 알아차릴 수 있었기 때문이다.

연구, 제작! 그리고 납품!

그것이 이들이 살아가는 이유였다.

"후후후……."

"흐흐흐……."

"크크큭……."

굉장한 오러가 방출되고 있었다.

"SF 세계…… 후, 후후훗."

세연은 진우가 해준 말들을 곱씹으며 중얼거렸다. SF 세계라고 한다. SF 세계의 로망은 역시 전 우주를 지배하는 암흑제국이었다! SF 세계에 있는 과학자들에게 뒤질 수 없다! 더 굉장한 것을 만들자! 분해하고 연구하고 개조하라! 우주 정복을 위해!

구호를 외쳤다. 마지막에 마족들이 이상한 말을 덧붙인 것 같았지만, 진우는 크게 신경 쓰지 않았다.

해적 기지로 들어온 유나가 광란에 빠져 있는 이들을 보며 흠칫 놀랐다.

"……대단한 광경이군요."

유나의 말에 진우는 고개를 끄덕였다. 세연이 손가락으로 우주 저편을 가리키고 있자 모두 고개를 끄덕이기 시작했다. 광란을 넘어 이제는 무언가 숭고해 보이기까지 했다.

'뭐, 괜찮겠지.'

확실히 평소보다 텐션이 높기는 했지만 늘 있는 일이었다.

전 차원에 있는 기술자들은 이 사건을 가리켜 우주를 가르는 세기의 만남이라고 기록했다.

[황금의 우주 연구회가 세워졌습니다.]

[S]황금의 우주 연구회

'미치고, 미치고, 미쳐라! 미친 자만이 위대한 것을 만든다.'

대군주에게 소속된 전 차원의 두뇌들이 모여 만든 연구 집단. 서로 다른 기술이 모여 굉장한 시너지 효과를 발휘한다. 창의력이 폭발하고 기술 개발 속도가 굉장히 빨라진다. 다만, 연구 기간에는 이성을 반쯤 상실한다. 지배의 권능에 영향을 받는다.

[S]암흑의 대제국: 지배의 권능의 영향을 받아 대군주의 위엄에 맞는 물건을 개발한다.

[A]어둠의 과학자: 기술 개발 속도가 크게 증가한다.

진우는 침을 꿀꺽 삼켰다. 어쩌면 풀어서는 안 될 봉인을 푼 것인지도 몰랐다.

진우는 SF 세계로 가기 전에 느긋하게 쉴 생각이었다.

어차피 지금 당장 SF 세계로 넘어간다고 해도 우주 공간을 헤맬 뿐이었다. 외전 무대가 펼쳐지는 우주는 워낙 넓었다. 평생 우주 공간을 헤맨다고 해도 사람이 사는 행성을 찾기가 힘들지도 몰랐다. 진우는 그런 고생을 하기 싫었다.

그런 점에서 해적 기지와 전함을 획득한 건 정말 운이 좋았다. 입력된 좌표를 해석하여 지도를 그릴 수 있다면 그런 문제도 해결될 것이다. 더군다나 해적 연합의 본거지가 있는 곳도 해적 기지에 입력되어 있을 것이다. 제국과 왕국, 그리고 우주 연합이 그토록 찾아 없애길 원하는 곳이었다.

진우는 해적 연합을 모조리 꿀꺽할 생각이었다. 기왕 시작한 거 끝을 봐야 직성이 풀렸다.

'그때까지 느긋하게 쉬려고 했건만…….'

한동안 백수 생활을 즐기던 진우는 다시 달 기지로 오게 되었다. 기지가 완성되었고, 김대진 박사가 보여줄 것이 있다고 해서였다.

솔직히 시간이 오래 걸릴 줄 알았다. SF 세계와의 기술 격차가 워낙 컸기 때문이다.

그러나 진우는 부하들을 과소평가했음을 깨달았다. 해적 기지는 순차적으로 분해되더니 순식간에 JW기지로 변모했다. 데구르론과 드워프들이 달라붙어 뚝딱하면 무언가 변형되었다. G&P의 연구원들은 데구르론과 함께 새로운 것들을 마구 만들어냈다. 과학과 판타지의 결합은 굉장한 시너지를 불러일으켰다. 그리고 진우가 모르는 심상치 않은 것들을 탄생시켰다.

'멋지긴 한데…….'

외관은 멋지긴 했다. 그러나 어딘가 굉장히 사악해 보였다. 마치 SF 장르물에 나오는 암흑군대의 모선 같은 느낌이 들었다.

세연이 마중을 나왔다. 그녀의 머리카락은 부스스했고, 옷은 꼬질꼬질했다. 눈 밑에는 커다란 다크서클이 있었는데, 표정만큼은 무척이나 밝았다.

"오셨어요?"

"저건?"

"JW암흑모선입니다!"

솔직히 저런 게 SF 세계에 나간다면 어그로란 어그로는 다

끌 것 같았다. 우주 정복하러 왔다고 광고를 하고 있는 듯한 외형이었다.

"검은색과 붉은색의 조화는 항상 진리입니다!"

"음……."

"어디에 나오든 가장 강력한 색이지요!"

세연은 흥분하며 그렇게 말했다. 암흑모선 옆에서는 새롭게 개발한 도구들로 달 기지를 확장하고 있었다. 빛이 번쩍하더니 바위가 사라지는 광경은 굉장히 비현실적이었다.

진우는 암흑모선 안으로 들어갔다. 암흑모선의 내부 역시 확 바뀌어 있었다. 회색톤이었는데, 깔끔한 느낌이 들기는 하지만, 악당들이 튀어나올 것만 같았다.

진우가 관심을 보이자 세연은 하나하나 다 말해주었다.

"음?"

아바타들이 움직이면서 물건을 나르고 있었다. 아로롱이 조종하고 있었는데, 아바타의 생김새가 이전과는 달랐다. 커다란 기계팔을 달고 있고 묘한 헬멧까지 쓰고 있었다.

"저건?"

"천계의 협조를 받아 아바타를 개조했어요! 최신 기술이 적용되어 있지요."

아바타이기는 하지만 남이 보기에는 인체를 개조한 것으로 보일 정도였다. 델록스 제국과 라이네스 왕국에서는 인체 개조를 금지했다. 의수나 의족 같은 경우에는 허가를 했지만 군용으로는 엄격히 금지하고 있었다. 인간의 존엄성을 지키기 위함이었다.

델록스 제국, 라이네스 왕국, 그리고 우주연합국이 모두 모여 인체 개조 금지 협약까지 한 상태였다. 그래서 발달한 것이 강화슈트였다.

세연이 부르자 개조된 아바타가 다가왔다. 그녀는 개조된 아바타를 A1이라 불렀다.

“A시리즈는 힘쓰는 일에 특화되어 있어요.”

A1의 손이 갈라지더니 푸른 빔이 치솟았다. 온몸의 근육들도 기계로 대체되어 있어 육체 랭크가 꽤 높은 편이었다.

“멋지죠?”

“그렇긴 한데…….”

“디자인은 제가 했습니다!”

세연의 반짝이는 눈빛을 보니 차마 과하다는 말은 할 수 없었다. A1이 절도 있는 걸음으로 다시 일을 하러 갔다.

‘뭐, 그냥 아바타일 뿐이니…….’

생각해 보면 필요한 노동력을 저렇게 충당하는 건 현명한 일이었다. 천계의 진흙으로 만든 아바타일 뿐이고, 사고가 생겨도 다시 만들면 그만이었다.

진우는 세연의 안내에 따라 긴 복도를 걸었다. 모선 안에 지어진 연구소로 향하는 중이었다. 그렇게 따라 걷던 도중 창밖을 바라보았다. 우주 공간이 아니라 모선 내부를 볼 수 있게 만들어진 창이었다.

진우는 발걸음을 멈출 수밖에 없었다.

"……저건?"

넓은 공간에 도열해 있는 군대가 보였기 때문이다. 모두 검은 헬멧을 쓰고 장교복과 비슷한 복장을 하고 있었다. 망토까지 둘렀다. 신체도 개조된 상태였다.

"함선을 운용하려면 많은 인원이 필요하더라구요. 그래서 선원들을 만들었습니다. 하는 김에 우주 공간에서도 버틸 수 있도록 개조했고요. 내부 장기를 싹 다 고쳐서 호흡을 하지 않고 음식을 먹을 필요도 없습니다! 오로지 마정석만 있으면 됩니다."

"그렇군."

이해는 할 수 있었다. 함선은 홀로 움직일 수 있는 게 아니었다. 많은 기술자들이 필요했다. 머리는 이해하고 있는데 기분은 좀 묘할 수밖에 없었다. 아무리 봐도 우주를 정복하기 위한 군대처럼 보였기 때문이다.

'뭔가…….'

무언가 장엄한 배경음악이 들리는 듯했다. 그리고 보니 세연은 SF영화 광팬이었다. 마법소녀만큼 SF 영화를 좋아했다. 그런 세연의 취향을 간과한 것이 진우의 실수였다.

"보고 가실래요?"

"음."

선원들의 모델명은 T1이었다. T시리즈라고 한다.

진우가 고개를 끄덕이자 세연이 진우를 안내해 주었다. 밑으로 내려가는 엘리베이터를 타고 창밖의 공간으로 이동했다.

진우는 도열한 T1들의 앞에 섰다. 그러자 유일하게 붉은 헬멧을 쓴 아바타가 한걸음 나왔다. T1들을 이끌고 있는 T0였다.

[부대, 차렷!]

T0의 목소리가 울려 퍼졌다. 아주 거친 기계음이었다. 누가 들어도 악당의 목소리처럼 들렸다.

척!

도열한 T1들이 절도있는 모습으로 동시에 차렷했다.

[충성!]

꽤 그럴듯한 광경이었다. 세연은 굉장히 뿌듯한 표정이었다. 어디에 내놓아도 꿀리지 않을 모습이었기 때문이다. 저들은 외형만 완벽한 게 아니었다. 마계 기술자들이 빼낸 기술들도 모두 입력되어 있어 능숙한 선원들이기도 했다. 그리고 무협 세계에서 가지고 온 전투 기술도 익히고 있었다.

[D+]T1

'암흑제국에 영광을.'

세연이 직접 디자인하고 아바타를 개조하여 만들어냈다.

해적 기술자들에게서 뽑아낸 정보가 입력되어 있어 능숙하게 함선을 움직일 수 있다. 전투 기술도 입력되어 있어 전투가 가능하다.

[D+]빔 커터 [D]암흑검법 [C]함선 기술자 [C]암흑제국 만세

진우는 정보를 보고 잠시 할 말을 잊었다.

어떤 생각을 하면 이런 걸 만들어낼 수 있을까?

'이제 뭐가 나와도 이상하지 않을 것 같군.'

진우는 진심으로 그렇게 생각했다. 이제는 뭐가 나와도 놀라지 않을 자신이 있었다.

"……연구소로 가자."

"네!"

진우는 연구소에 도착했다. 연구소는 굉장히 컸다. 분주하게 움직이는 아바타들 사이로 김대진 박사와 최성민 박사, 그리고 데구르론이 보였다.

"주먹 발사는 필수요! 그것이 없으면……."

"마음은 이해하나 너무 비효율적이지 않은가!"

"차라리 빔 무기가 낫겠군. 에너지 공급 문제도 해결했으니 문제가 없지!"

셋은 차트를 바라보며 열띤 토론을 하고 있었다. 진우는 저들이 무슨 이야기를 하는지 잘 이해가 안 되었다.

"암흑 황제께…… 쿨럭. 아, 아니, 대표님 오셨습니다!"

세연이 그렇게 말하자, 박사들과 데구르론이 진우에게 달려왔다. 그들 역시 세연의 상태와 다를 바가 없었다. 그래도 자신을 위해 이렇게 열심히 일해주니 고마웠다.

"폐하!"

"폐하?"

"아, 아니, 대표님! 허, 허허!"

김대진 박사가 말을 얼버무렸다.

"뭔가 보고할 게 있다고요?"

"마, 말씀 낮추시지요. 저희들은 모두 대표님의 부하입니다."

김대진 박사의 눈빛이 반짝였다. 그뿐만 아니라 모두의 눈빛이 그러했다. 눈빛에서 감동과 환희를 느낄 수 있었다.

도대체 무엇 때문에 그런 것일까?

"드디어 문제점을 해결하고 완성하였습니다. 엔진을 완벽하게 파악하여, 새롭게 개조하였습니다. SF 세계 쪽에서는 그럭저럭 효율이 좋은 에너지원을 쓰고 있었지만, 마정석에 비할 바는 아니지요."

김대진 박사의 얼굴에서는 자부심이 묻어나왔다. 엔진 이야기를 하는 걸 보니 아마도 함선이 아닐까?

"아! 죄송합니다. 서론이 너무 길었군요. 바로 보여 드리도록 하겠습니다!"

김대진 박사의 말이 떨어지자 연구원들이 분주하게 움직였다. 정면에는 박스 형태의 커다란 기계장치가 있었다. 연구원들이 버튼을 누르자 치지직! 하고 연기가 뿜어져 나왔다.

기계장치가 열리며 무언가 모습을 드러냈다.

"아……."

무엇을 봐도 놀라지 않을 자신이 있었던 진우였다.

그러나 놀라움을 넘어 정신이 멍해졌다.

연기가 걷힌 곳에는 로봇이 자리하고 있었다.

레아르 백작은 왕국으로 돌아오자마자 연구실에 처박혔다. 연구원들이 크게 놀랄 정도로 그녀의 얼굴은 날로 피폐해져 갔다. 도망쳐 나올 때 해적 기지에 입력된 모든 영상을 들고 나왔다. 모든 영상을 본 레아르는 외신이 얼마나 무서운 존재인지 알 수 있었다.

덜덜덜!

그녀는 악몽에 시달렸다. 외신이 왕국을 전멸시키고 그녀가 자란 도시를 불태웠다. 그러한 존재가 왕국에 나타난다면 막을 수 있을까? 왕국의 최신 전함으로 공격한다면…….

그녀는 고개를 저었다. 영상에서 추출한 데이터값에 따르면 결과는 최신 전함의 패배로 이어졌다. 그것도 압도적인 패배였다. 레아르는 연구에 매달렸다.

그리고 결국, 설계도를 만들어낼 수 있었다.

"인류는……."

인간의 존엄성을 지키고 싶었다. 그랬기에 일부러 그러한 모습으로 만들었다.

"지지 않아."

그녀가 설계한 것은 인간 형태의 로봇이었다.

진우는 눈앞에 있는 것을 한동안 멍하니 바라보았다.

로봇이었다. 그것도 인간형 로봇.

솔직히 전투에는 비효율적이라 생각했다. 굳이 뭐하러 인간형으로 만든단 말인가. 그런데 멋이 있었다.

애니메이션에 나오는 그런 로봇들보다 훨씬 세련된 디자인이었다. 전체적으로 보면 갑옷 같은 느낌이 들기도 했다. 거추장스러운 것이 없어 고급스러워 보였다. 착용되어 있는 무장도 난잡하지 않았다.

띡!

김대진 박사가 버튼을 누르자 로봇에 달린 엔진이 돌아가며 표면이 갈라졌다. 붉은빛이 갈라진 틈을 따라 뿜어져 나왔다. 로봇의 눈에서 붉은 안광이 폭사되어 나왔다.

굉장한 카리스마가 느껴졌다. 장인이 한 땀 한 땀 깎아 만든 예술 작품을 보는 듯했다.

"이것이 다크 엠퍼러! 우주를 지배할 새로운 힘입니다!"

"오오!"

김대진 박사가 두 팔을 벌리자 주변에 있던 연구원들이 환호성을 내질렀다. 그리고 어느새 다가온 T1들이 절도 있는 동작으로 손뼉을 쳤다.

김대진 박사가 안경을 고쳐 썼다.

번쩍!

안경의 빛이 반사되며 번뜩였다.

"새로 개발한 마력엔진을 달고, 각 차원에서 공수한 희귀 금속들을 모아 만들었습니다. 아바타 시스템을 참조하여 콕피트와 OS를 구축하였습니다!"

"그뿐만 아니라 장인들이 표면에 마법진을 새겨 마법적인 구동까지 가능합니다! 실드와 빔 소드, 거대 망치! 모든 것이 가능합니다. 기계와 환상의 조합! 이건 단순한 로봇이 아닙니다."

최성민 박사가 말을 이었다. 데구르론이 고개를 끄덕였다.

"마장기! 이것이야말로 진정한 마장기입니다!"

데구르론은 자부심이 넘치는 표정이었다. 흑염룡 이후로 최고의 걸작을 만들어냈다. 전 차원이 공조했기 때문에 가능한 일이었다. 특히 마계의 도움이 컸다고 한다. 실제로 마계에서 거신병기가 구동되기도 했었다.

진우가 박살 냈지만.

'마장기라…….'

마력을 동력으로 움직이니 마장기가 맞기는 했다.

"이미 달 기지에 마장기 양산 체제를 갖추었습니다. 마장기 파일럿들도 양성 중입니다."

달 기지가 분주한 이유가 이해되었다. 달 지하에 전함과 마장기 공장이 들어서 있었다. 마장기뿐만 아니라 전함도 곧 순조롭게 생산할 수 있다고 한다.

진우가 잠시 자리를 비운 사이 엄청난 일이 되어버렸다. 이제 와서 말리기에는 너무나 많은 일들이 진행되어 있었다.

'뭐, 많으면 많을수록 좋으니까…….'

괜찮을 것 같았다. 어차피 돈도 남아돌았으니, 팍팍 쓰도록 하자. JW게이트에서 생산되는 마정석도 너무 남아서 창고가 터질 지경이었으니 이참에 재고를 비우는 것도 좋을 것 같았다.

어쨌든, 저건 대단한 작품이었다. 짧은 시간 내에 이런 성과를 내기 위해서 굉장히 노력한 게 눈에 보였다.

"잘했어."

진우가 칭찬을 해주자, 김대진 박사가 눈물을 글썽였다. 연구원들도 마찬가지였다. 진우의 한 마디에 모든 피로가 싹 다 풀리는 것 같았다.

김대진 박사는 주먹을 움켜쥐었다. 그 주먹에 은하계가 들어 있는 듯했다. 이보다 뿌듯할 수가 없었다!

'황제 폐하께서 칭찬해 주셨다!'

피로한 탓일까? 세연으로부터 시작된 상황극이 이제는 완전히 뇌 속에 박혀 버렸다. 그도 그럴 것이 워낙 주변 환경이 리얼했기 때문이다. 이곳은 암흑제국 그 자체였다.

달 기지, 신체가 개조당한 안드로이드 군대, 황제 폐하께 진상할 최신 무기들!

김대진 박사는 세연의 말이 떠올랐다.

'김대진 박사님은 본래 유능한 과학자였으나, 마음속에 돋아난 어둠을 이기지 못했어요! 어둠의 유혹에 빠져 비밀 실험을 한 행위로 우주연방법에 걸려 막대한 현상금이 걸리고 말았어요! 하지만 아직 부족했죠. 광기에 가까운 실험욕구를 채우기 위해

암흑제국에 망명하여 매드 사이언티스트가 되었답니다!'

'음, 굳이 그렇게까지 자세하게 설정할 필요가 있나?'

'재미있잖아요! 의욕도 생기고!'

'그렇긴 하군.'

세연은 이쪽 분야에 대단한 지식을 가지고 있었다. 김대진 박사는 암흑제국의 미친 과학자 역할이었다. 오랜 시간 동안 몰입한 터라 그 역할이 이미 자신이 되어버렸다. 반쯤 정신을 놔버렸다.

"음흐, 음흐하하하하!"

김대진 박사가 미친 듯한 웃음을 내뱉었다. 연구원들도 어깨를 들썩이더니 웃음을 흘렸다. 그들도 세연에게 하나하나 역할 설정을 받은 상태였다.

설정은 꽤 디테일했다. 영훈이 본받아야 할 정도였다.

김대진 박사가 웃음을 멈추고는 공손한 표정으로 진우를 바라보았다.

"폐하! 그럼 시승을 해보시지요! 데구르론 박사가 만든 숨겨진 기능이 있는데, 그건 직접 시승해서 체험해 보시는 걸 추천드립니다!"

"……음."

주변에서는 이제 완전히 폐하라 부르고 있었다. 진우가 세연을 바라보았지만 세연은 빙긋 웃을 뿐이었다.

'즐겁게 일하는 것 같으니 괜찮겠지.'

생각해 보면 대군주나 황제나 비슷하긴 했다.

달에서 첫 조종을 해보기는 아까웠다.

"첫 등장은 다른 곳에서 했으면 좋겠군."

좋은 무대가 떠올랐다. 해적 연합이 위치한 좌표도 이미 알고 있는 상태였다. 그곳에서 데뷔를 하도록 하자.

진우가 그렇게 말하자 분위기는 더욱 불타올랐다.

암흑제국이 움직이기 시작했다!

진우는 함선에 올랐다. 완전히 분해되어 하나하나 전부 개조된 암흑제국의 신형 함선이었다. 구축함급이었는데, 크기는 중요하지 않았다. 온갖 최신 기술이 전부 집약되어 있었다. 일단 엔진 출력부터 기존의 전함들과는 상대가 되지 않았다. 상시 발동되는 실드는 물론이고 '마력입자포'라는 괴랄한 함포를 달고 있었다. 그 파괴력은 축소판 드래곤 브레스였다.

진우는 메인 브릿지에 있는 거대한 왕좌에 앉았다. 이번 일정에는 혼자 가는 것이 아니었다. 황금 여성회가 전함에 탑승해 있었다. 세연에게 교육까지 받은 후에 각자 포지션을 지켰다.

세연은 함선에 대해 가장 잘 알고 있으니 함장을 맡았다. 김대진 박사와 최성민 박사, 데구르론은 함내에 있는 정비소에 있었다. 좌석에 앉아 있던 루나가 바로 앞에 있는 화면을 바라보다가 고개를 돌렸다. 그녀는 함선 조종을 위해 만들어진 아바타들을 이끌고 있었다.

"함장님! 출격 준비 완료되었습니다! 호위함도 대기 중입니다!"

"드디어 이날이 왔군요."

세연이 고개를 끄덕이며 말했다. 그녀는 암흑제국의 장교복을 입고 있었는데, 망토까지 달려 있었다.

세연이 직접 디자인하고 릴리스가 제작한 의상이었다. 메인 브릿지에 있는 모두가 장교복을 입었다. 상당히 잘 어울리기는 했지만 굳이 그렇게까지 해야 하나 싶었다. 진우는 방금 집에서 나와 트레이닝복을 입고 있을 뿐이었다.

세연이 몸을 완전히 돌려 진우를 바라보았다.

고개를 끄덕이자 고개를 숙이고는 다시 몸을 돌렸다. 그리고 화려하게 망토를 젖히며 손을 뻗었다.

"암흑제국군이여! 우리는 황제 폐하의 숭고한 전사들이다! 파괴! 그 자체에서 쾌락을 얻어라! 검은 우주와 어울리는 것은 오로지 절망뿐!"

진우는 세연을 가만히 바라보았다. SF에 관해서는 마치 사라 브리악을 보는 듯했다. 어째서인지 검은 안대까지 끼고 있었다.

'김영훈에게는 보여주지 말아야겠군.'

동생이 드디어 누나가 미쳤다며 걱정하는 광경이 떠올랐다. 김영훈도 정상이 아니었지만, 지금의 세연은 그걸 초월한 상태였다.

세연의 목소리가 모든 함선에 울려 퍼졌다. 함선에 있는 T1들은 모두 발을 구르며 환호성을 질렀다. T1 군단을 이끌고 있는 것은 유나였다. 아르카나는 엔진실에서 전반적인 설비 제어 밑 마력공급 담당을 하고 있었다.

"다크 나이트, 발진!"

진우가 탄 전함의 이름은 다크 나이트였다. 그리고 호위함으로 두 대의 전함이 따라왔는데, '다크 엘프'라는 이름이 붙었다. 뭔가 규칙이 있는 것 같기는 했지만 다크라는 게 붙는 건 똑같았다.

'이름은 유치하지만…….'

전함의 외견을 보면 그 목소리가 쏙 들어갈 것이다.

세연이 명령하자 메인 브릿지에 있는 인원들이 빠르게 손을 움직였다. 미세한 진동이 느껴지기 무섭게 전함이 공중으로 떠올랐다. 움직임은 굉장히 부드러웠다.

"엔진 출력 양호!"

"메인 시스템 확인 중! 양호!"

"항로를 설정합니다!"

다크 나이트호가 달의 궤도를 따라 돌았다. 엔진 출력이 올라가며 점차 속도가 붙었다. 굉장한 속도였다. 악마의 눈이 열리자 바로 악마의 눈으로 진입했다.

휘이이!

차원을 넘어 3척의 전함이 우주에 모습을 드러냈다. 항로는 이미 설정되어 있었다. 세연이 해적들을 떠올리며 입가에 비웃음을 머금었다.

해적들에게는 자비를 베풀 필요가 없었다. 암흑제국의 첫 파괴행위로 정말 좋은 표적이었다.

"워프 드라이브를 준비합니다!"

"좌표 입력 완료!"

"마력 충전 100% 확인!"

"실드 강화 확인!"

"워프 드라이브 레디."

선원들의 말에 세연이 고개를 끄덕였다.

"워프 가동!"

"워프 드라이브 가동합니다!"

세연의 명령에 루나가 그렇게 외치며 버튼을 눌렀다.

파앗!

워프 드라이브가 작동하며 순식간에 다크 나이트호와 호위함들이 모습을 감추었다. 보통 워프 드라이브는 준비 시간이 꽤 길었는데, 암흑제국의 최신 전함들은 바로 이동이 가능했다. 마력으로 움직였기에 가능한 일이었다. 엔진이 박살 나더라도 아르카나가 엔진실에 있으니, 어디로든 워프할 수 있었다.

휘이이!

워프가 끝나자 새로운 광경이 눈앞에 펼쳐졌다.

'해적 연합기지로군.'

해적 연합기지가 눈앞에 있었다. 기지는 거대한 가스 행성이 형성한 고리에 숨어 있었다. 위성들에 많은 양의 물이 있었고, 희귀 자원도 존재했다. 위성의 얼음층 밑에 사는 물고기들을 식량자원으로 이용할 수 있었다.

가장 작은 위성에 연합기지가 있었다. 은하계의 불법적인 모든 것들이 모여드는 장소였다. 은하계 최고의 마약 생산기지이기도 했다. 한번 손을 대면 일가족이 노예가 되어버린다는 소리가 흘러나올 정도로 끔찍한 중독성을 지닌 마약이었다.

전함 3척이 갑작스럽게 워프를 해오자 해적 연합기지에서도 대응을 해왔다. 수많은 전함이 마중을 나왔다. 구축함급 함선만 해도 수십 척은 넘어 보였다. 그리고 거대한 해적기가 달린 거대한 모선까지 나왔다. 단 3척뿐인 암흑제국 함대가 초라해 보일 정도였다.

"통신을 연결해!"

메인 브릿지에 있는 거대한 스크린에 붉은 머리카락을 지닌 여성의 얼굴이 떠올랐다. 보자마자 그녀가 누구인지 알 수 있었다.

'해적 연합의 수장 붉은 칼날 라티카.'

영훈의 취향이 잔뜩 들어간 히로인이었다. 섹시한 누님 캐릭터였다. 제갈미현과 비슷한 분위기를 풍기는 것 같았다.

세연은 그녀를 바라보았다.

"우리는 암흑제국군이다. 황제 폐하께 모든 것을 바칠 영광스러운 기회를 주마."

[하, 미친년. 겨우 3척으로 처들어왔다고?]

"3척도 많지."

[지금 당장 없애주마. 아니, 네년을 발가벗겨서 내 의자로 삼겠다.]

"황제 폐하를 즐겁게 해드릴 희생양으로 적합하군."

세연은 의외로 기 싸움을 잘했다. 뭔가 드라마 같았다. 보는 재미가 충분히 있었다.

라티카의 얼굴이 구겨졌다. 그리고 바로 통신이 끊겼다.

"적 함대로부터 열원이 감지됩니다. 빔 입자포로 확인되었습니다!"

"꽤 과격한 인사로군. 하지만 어림없다."

세연은 비웃음을 머금었다.

수십 척의 함대에서 동시에 빔 입자포가 뿜어져 나왔다. 검은 우주 공간을 가로지르며 다크 나이트호를 향해 쏟아졌다. 엄청난 화력이었다. 그러나 그것뿐이었다. 실드에 닿자마자 그대로 흡수되었다.

"에너지 충전 140%! 모두 마력으로 전환되었습니다! 전 함선 이상 없습니다."

"그럼 우리도 인사를 해야겠지."

세연이 진우를 바라보았다. 진우가 손짓하자 세연이 고개를 끄덕이고는 입을 떼었다.

"마력입자포를 준비하라!"

"마력입자포 발사 준비!"

"실드를 최소화합니다!"

"타깃 고정 완료!"

"에너지 충전 100% 확인! 마력입자포 준비 완료! 명령을 기다립니다!"

메인 브릿지의 불빛이 붉은빛으로 바뀌었다. 세연이 전방의 해적함대를 향해 손을 뻗었다.

"발사!"

다크 나이트 호의 정면에 푸른 빛이 모이기 시작했다. 전함에 설치되어 있는 동그란 구슬에서 뿜어져 나온 빛이었다. 마구 요동치던 마력엔진 소리가 잦아든 순간이었다.

주변이 고요해졌다.

파아아아아!

푸른 마력이 뿜어져 나가며 정면의 모든 것을 관통했다. 서둘러 실드를 전개했지만 종이처럼 찢겨 나갔다. 해적 모선의 오른쪽 부분이 전부 날아가고 그 주변에 있던 함선들이 휩쓸렸다.

콰가가가가!

소리는 들리지 않았지만 화려하게 폭발해 그런 소리가 들리는 것 같았다. 해적 모선이 화염에 휩싸였다.

해적 모선에서 많은 함선이 다급하게 탈출했다. 그 순간 해적 모선이 옆으로 기우는가 싶더니 그대로 폭발했다. 압도적인 광경이었다.

"엔진 과부하 경고!"

"마력입자포 재충전까지 앞으로 10분!"

첫 발사로 해적 모선을 날려 버렸지만 여러 발 발사할 수 있는 게 아니었다. 그 틈을 노려 해적 함대가 공격을 시작했다. 함대에서 수많은 전투기들이 나와 주변을 가득 메웠다. 수많은 탄환과 빔들이 다크 나이트호와 호위함들을 향해 쏟아져 내렸다. 그러나 실드는 건재했다.

다크 나이트호의 공격 수단은 많았다.

"마력탄 발사!"

함선 전체에 달린 구슬에서 마력이 뿜어져 나가며 주변으로 다가온 전투기들을 박살 냈다.

"우리도 전투기를……."

다크 나이트호에도 수십 척의 전투기가 실려 있었다. T1이 조종하는 전투기였는데, 성능은 저 해적 전투기에 비할 바가 아니었다. 세연이 전투기를 사출하려고 하자 진우는 고개를 저으며 자리에서 일어났다.

"수고했어. 내가 직접 가도록 하지."

"알겠습니다!"

진우는 메인 브릿지에서 나왔다. 엘리베이터를 타고 다크 엠퍼러가 있는 곳에 도착했다. 김대진 박사와 여러 선원들이 이미 도열해 있었다. 파일럿 복장을 하고 있는 유나, 미궁, 아리나, 그리고 허영이 보였다. 그들의 기체도 준비되어 있는 상태였다. T1 군단이 탑승해 있는 수송기까지 준비되어 있었다.

해적 연합기지에 있는 일반인들 구조를 맡기로 했다. 해적이 모두 모여 있는 기지이니만큼, 노예들이 많았다.

진우는 다크 엠퍼러에 탑승했다. 조종실은 널찍했는데, 따로 조종을 익힐 필요가 없었다. 조종실 중앙에 서자, 사방에서 뻗어온 기계들이 팔과 다리에 채워졌다.

'신기하군.'

진우의 움직임에 맞춰서 다크 엠퍼러가 움직였다.

움직임을 제대로 다 따라오지는 못하지만, 그래도 굉장히 편리했다. 손가락까지 미세하게 조종을 할 수 있었다.

진우는 경광봉을 든 선원들의 인도에 따라 사출구로 이동했다. 도착하자 다크 엠퍼러의 다리에 기계가 고정되며 자동으로 옮겨졌다. 사출을 위한 캐터펄트였다.

[캐터펄트 준비 완료!]

[다크 엠퍼러! 동기화율 100%!]

[시스템 올 그린!]

[황제 폐하의 콜을 기다립니다!]

캐터필드에 들어와 있던 붉은 등이 전부 초록 등으로 바뀌었다. 선원들의 목소리를 들으니 끓어오르는 뭔가가 있었다. 조금 쪽팔리기는 하지만 맞춰주도록 하자.

"출격하겠다."

[앗! 거기서는 '다크 엠퍼러! 출격 준비 완료! 내가 바로 다크 엠퍼러다!' 이렇게 외치셔야…….]

[맞아요! 다시 부탁해요! 폐하답게 근엄한 목소리로요! 그게 로망인데!]

루나와 세연의 목소리가 들렸다. 진우는 한숨을 내쉬며 입을 뗐다. 끓어올랐던 무언가가 팍 식어버리는 느낌이었다.

"……다크 엠퍼러, 출격하겠다!"

타협을 봐서 이 정도로 하기로 했다.

파아아앗!

다크 엠퍼러가 빠른 속도로 앞으로 나아가며 우주 공간 밖으로 사출되었다. 진우가 마력을 공급하자 다크 엠퍼러의 등 뒤에서 붉은빛이 뿜어져 나오며 가속이 되었다. 다크 엠퍼러에 달린 마력엔진은 굉장한 출력을 보여주었다.

진우가 손을 뻗자 허리춤에서 무언가 뿜어져 나오며 손에 들려졌다.

지이잉!

마력입자로 구성되어 있는 빔 소드였다. 진우의 마력을 공급받자 검 형태가 무너지며 사방으로 요동쳤다. 빔 소드가 아니라 마치 벼락이 내리치는 것 같은 모습이었다.

다크 엠퍼러가 잔상을 그리며 뻗어가더니 그대로 해적 전투기를 두 동강 냈다.

[뭐, 뭐야! 저, 저건……!]

[인간형 로, 로봇?]

[우, 움직임을 따라갈 수 없습니다!]

[으, 으아아악! 살려…….]

다크 엠퍼러가 스쳐 지나갈 때마다 전투기들이 폭발했다.

[이, 인간형 로봇인가! 워, 원거리 무장은 없다! 뒤로 후퇴해 사격하라!]

해적 전함이 뒤로 물러나기 시작했다.

진우는 정면에 있는 거대한 해적 전함을 바라보았다. 빔 소드를 휘두른 순간이었다. 반달 모양의 검기가 뿜어져 나가며 해적 전함을 스치고 지나갔다.

서걱!

해적 전함에 절단면이 생기더니 그대로 두 동강 났다. 다크 엠퍼러가 가속하며 두 동강 난 전함을 스쳐 지나갔다.

콰앙!

화려한 불꽃과 함께 폭발하여 우주의 먼지가 되었다.

진우 자체가 원거리 무기였다.

'꽤 괜찮은데?'

묵직한 느낌이 마음에 들었다.

우주 역사를 바꿀 마장기. 다크 엠퍼러의 첫 등장이었다.

다크 엠퍼러가 붉은 궤적을 그리며 스쳐 지나갈 때마다 전투기가 사라졌다. 해적 전투기는 속도가 빠른 편이었지만 다크 엠퍼러에게는 상대가 되지 않았다. 그저 농락당할 뿐이었다.

다크 엠퍼러가 빔 소드를 휘둘렀다. 반달 모양의 검기가 뿜어져 나가며 정면에 있는 전투기와 전함을 동시에 베어버렸다. 여러 대의 전투기와 전함이 동시에 폭발하는 장면은 장관이었다.

'위력이 꽤 증폭되는군.'

진우는 빔 소드를 바라보며 고개를 끄덕였다. 움직임은 느려졌지만 위력은 강해졌다. 진우가 점점 기체에 익숙해지기 시작하자 상대 입장에서는 지옥 그 자체였다. 전투기들은 맥없이 터져 버릴 뿐이었다. 그래도 라티카는 해적 연합을 오랫동안 이끌어온 여인이었다. 전투기들을 이용해서 진우의 시야를 가렸다. 진우는 잠시 멈춰 서며 무엇을 하나 지켜보았다. 보통 악당들은 이렇게 여유로운 태도를 보이다가 발목을 잡히는 경우가 많았다.

'궁금하군.'

하지만 진우는 일부러라도 발목을 잡혀보고 싶었다.

파앗!

해적 함대에서 빛이 번쩍하더니 전투기들이 수직 상승했다. 잘 짜인 조직력이었다.

진우는 정면을 바라보았다. 수십 척의 함대에서 동시에 빔 입자포가 뿜어져 나왔다. 빔 입자가 하나로 합쳐지며 거대한 흐름이 되었다. 서로 부딪히며 폭발이 되지 않는 게 신기했다. 빔 입자의 파장을 맞추는 건 제국 군함이나 할 수 있는 고위 기술이었다. 당연히 그 위력은 대단했다.

'뭘 하나 싶었더니 이런 걸 준비하고 있었군.'

라티카는 유능한 히로인으로 나왔다. 함대 운영에 있어서 제국의 장교들보다 뛰어났고, 해적답게 게릴라전에도 강했다. 그리고 파일럿으로서의 능력, 그리고 개인적인 무력도 상당히 강했다. 지력과 무력을 동시에 갖춘 인재였다. 무엇보다 수많은 해적 연합을 하나로 묶을 만큼 카리스마가 대단했다. 희대의 범죄자라는 이야기였다.

해적이 된 데에는 이런저런 사정이 있는 것 같았지만, 굳이 알아야 할 필요가 있을까?

'음…….'

진우는 빔 소드 장착을 해제하고 두 손을 뻗었다. 엄청난 속도로 쏘아져 오는 빔 입자가 진우의 손에 닿는 순간 그대로 멈추었다.

[빔 입자포를 마, 막아냈다고?]

[그럴 수가!]

[말도 안 돼!]

해적 함대에서는 비명성이 터져 나왔다.

하지만 단순히 막아낸 것이 아니었다.

구그그그극!

두 손을 모으기 시작하자 그대로 빔 입자가 압축이 되며 사라졌다. 빔 입자가 뿜어내던 강력한 빛도 순식간에 사라졌고, 폭발도 일어나지 않았다. 다만, 다크 엠퍼러가 그 자리에 가만히 서 있을 뿐이었다. 뻗은 두 손은 벌겋게 달아올라 있었지만 금세 식어버렸다. 이런 것도 여흥으로 꽤 괜찮았다.

'내구력도 좋군.'

진우는 다크 엠퍼러가 마음에 들기 시작했다. 이 정도라면 충분히 전력 증강이라 부를 만했다.

처음에는 단순한 놀이기구라 치부했지만, 그 생각은 사라진 지 오래였다. 역시 전 차원이 공조하여 만든 기체다웠다.

데구르론은 다크 엠퍼러를 가리켜 흑염룡을 뛰어넘는 희대의 역작이라고 했다. 하지만 진우가 느끼기에는 아직까지 그 정도인 것 같지는 않았다. 흑염룡이 워낙 괴랄했기 때문이다.

[황제 폐하! 적 함대 워프 드라이브를 준비하고 있습니다!]

[워프 드라이브까지 2분!]

[빔 입자포로 엔진을 과부하시켜 워프 드라이브 시간을 단축한 듯 보입니다! 엔진이 고장 나기는 하겠지만…… 굉장한 임기응변이로군요!]

통신이 들려왔다.

방금 빔 입자포는 공격과 동시에 워프 드라이브 준비시간을 벌기 위한 포석이기도 했다. 다크 엠퍼러를 처음 봐서 당황했을 텐데 꽤 그럴듯하게 대응하고 있었다.

[상대 워프 좌표를 추출합니다!]

[워프 좌표가 함선마다 다 다릅니다!]

도주를 택한 것 같았다. 최고의 판단이었다. 불리하다 생각하면 미련 없이 도망치는 게 해적 답기는 했다. 진우라고 하더라도 저들을 모두 쫓는 건 불가능했다. 어쨌든, 진우는 몸이 하나였기 때문이다.

진우의 눈에 탈출정 하나가 위성 기지로 향하는 게 보였다. 정보의 마안으로 보니 라티카가 타고 있었다.

'미끼인가?'

해적의 수장이 미끼를 자처한 것일까?

그녀는 잡을 수 있겠지만 다른 해적들은 모두 놓치게 생겼다.

'이대로 놓치기 싫은데.'

한 번에 쓸어버리지 않는 이상 놓쳐 버리는 건 기정사실이었다. 게다가 서로 거리를 벌리며 산개까지 하니 난감했다.

[폐하! 김대진 박사와 통신을 연결하겠습니다!]

통신이 연결되었다. 김대진 박사의 얼굴이 정면에 떠올랐다. 하얀 가운을 걸치고 있었는데, 얼굴의 반을 가리는 기괴한 가면을 쓰고 있었다. 아무리 봐도 컨셉이 지나쳤다.

[폐하! 암흑제국의 미친 과학자! 두 얼굴의 남자! 김대진입니다.]

"……음."

[지금이야말로 그것을 사용할 때입니다!]

김대진 박사가 흥분하며 외쳤다.

[드, 드디어 그것을 사용하는 건가!]

[폐하! 지금이 적기입니다!]

김대진 박사와의 영상통신에 최성민 박사와 데구르론도 끼어들었다. 진우는 도대체 그것이 무엇인지 이해가 되지 않았다. 무언가 숨겨진 기능이 있다고는 들었지만 설명을 해주지 않았기 때문이었다.

메인 브릿지에서도 통신이 도착했다.

[그것이군요!]

세연도 흥분한 상태였다. 영상 속 인물들이 모두 진우를 뚫어져라 바라보았다. 눈빛이 매우 반짝반짝했다. 이쯤 되니 그것이 무엇인지 궁금해서라도 발동시켜보고 싶었다.

"그래, 뭔지는 모르겠지만 한번 해보자."

진우가 그렇게 말하자 모두 바쁘게 움직이기 시작했다.

[다크 엠퍼러와의 동기화를 시작해!]

[자자! 움직여!]

김대진 박사 쪽은 상당히 바빠 보였다. 진우는 세연을 바라보았다. 결연에 찬 표정이 되었다. 마치 사라 브리악처럼 이런저런 손짓을 했다.

저런 건 도대체 어디서 배워온 것일까?

너무 자연스러워서 소름이 끼칠 지경이었다.

[황제 폐하의 코드 '다크' 승인이 떨어졌다!]

[코드 다크 승인 확인!]

[다크 엠퍼러 지원 시스템 가동!]

[각 구역 폐쇄 완료! 함내에 있는 선원들은 충격에 대비하십시오!]

두드드드드!

영상이 마구 흔들렸다. 진우는 고개를 돌려 다크 나이트호를 바라보았다. 다크 나이트호의 옆 부분이 열리더니 구슬 형태의 작은 마력엔진들이 뿜어져 나왔다.

그 순간 진우의 앞에 기계 장치가 내려왔다. 기계 장치에는 붉은 버튼이 놓여 있었다.

'누르면 되는 건가?'

그냥 버튼만 있어도 상관없을 텐데, 번거롭게 유리장치에 둘러싸여 있었다. 진우는 주먹을 쥐고 버튼을 내려쳤다. 유리장치가 부서지며 버튼이 눌렸다. 시야가 붉게 물들었다.

다크 나이트호에서 뿜어져 나온 마력엔진들이 다크 엠퍼러의 팔과 등, 허리, 다리, 그리고 머리에 붙기 시작했다. 스파크가 튀기더니 마치 본래부터 하나였던 것처럼 자리 잡았다. 화면에 여러가지 숫자가 떠오르더니 'Drak Emperor'라는 단어가 새겨졌다. 단어가 줄어들더니 'D.E' 로 표시됐다.

그리고 곧 화면에 'Dark Flame Dragon'이라는 익숙한 단어가 떠올랐다. 'D.F.D'로 줄어들었다.

'흑염룡?'

고개를 갸웃하는 순간이었다.

[D.E + D.F.D]

그런 문구가 나오더니 다크 엠퍼러의 전체적인 모습이 정면에 떠올랐다. 오른손을 바라보는 순간, 막대한 마력과 함께 흑염룡이 튀어나왔다. 우주 공간을 가르던 흑염룡의 몸에도 다크 나이트호에서 뿜어져 나온 마력엔진이 붙었다.

[다크 엠퍼러 지원 시스템 가동!]

다크 나이트호의 정면 부분이 접히더니 함선의 뒤에 있던 거대한 마력엔진이 앞으로 튀어나왔다. 안테나같이 생긴 게 조립되며 함선의 앞으로 다가왔다.

고개를 숙이고 있던 세연이 웃음을 흘렸다. 그러고는 두 팔을 벌려 더욱 크게, 미친 듯이 웃었다.

[드디어 이때가 왔다! 합체를 승인한다!]

[합체 유도 입자를 살포합니다!]

콰아아아아!

다크 나이트호의 마력엔진에서 마력이 뿜어져 나오며 다크 엠퍼러와 흑염룡을 감쌌다. 다크 엠퍼러가 다크 나이트호에서 보낸 유도 입자에 맞춰 움직이기 시작했다.

'설마 이거…….'

진우는 그것이 무엇인지 깨달았다. 바로 합체였다.

다크 엠퍼러와 흑염룡이 합체하는 것이다!

'진짜로 합체를 한다고?'

흑염룡이 분리되기 시작했다. 흑염룡은 애초부터 생명체가 아니라 데구르론이 만든 것이었다. 분리된 흑염룡이 다크 엠퍼러에 붙은 마력엔진에서 뿜어져 나온 빛을 따라 합체하기 시작했다. 진우도 감탄할 만큼 엄청 멋있었다.

치지지직! 쿠웅! 쿠웅!

마치 새로운 갑주가 생기는 것처럼 다크 엠퍼러를 감쌌다. 어깨와 가슴, 그리고 다리에 흑염룡으로 이루어진 갑옷이 형성되었고, 머리에 새롭게 만들어진 투구도 씌워졌다. 그리고 등 뒤에 거대한 피막 날개가 돋아났다.

[동기화 20%, 30%…… 100%]

[시스템 올 그린! 합체 성공입니다!]

피막이 사라지며 붉은빛이 뿜어져 나왔다. 기존의 다크 엠퍼러와는 비교가 되지 않는 엄청난 출력이었다.

치지지직!

온몸에서 붉은 스파크가 튀더니 흑염이 치솟았다. 흑염과 붉은 마력 입자가 어울리며 공포스러운 분위기를 연출해냈다. 두 팔이 저절로 벌어지며 포즈가 잡혔다.

진우가 의도한 바가 절대 아니었다. 아직 남아 있는 유도 입자 때문이었다.

[이것이 바로 다크 플레임 엠페러!]

세연의 목소리가 들려왔다. 많이 유치한 이름이기는 했다.

"오……."

화면에 있는 모든 게이지가 끝까지 차올랐다. 설마 했는데, 진짜 합체가 되었다. 진우는 기체를 움직여보았다.

'반응속도가…….'

환상적이었다. 반응속도가 자신의 속도를 따라오고 있었다. 마치 자신의 신체가 확장된 것 같은 그런 느낌 마저 들었다. 흑염룡 때문인 것 같았다.

김대진 박사의 통신이 떠올랐다. 연구원들의 환호 소리도 같이 들려왔다.

[황제 폐하! 흑염다중멸살광선을 사용하십시오! 흑염다중멸살광선이라면 적 함대의 워프를 막을 수 있습니다!]

김대진 박사가 그렇게 말했다. 뭔가 달려 있긴 한 모양이었다. 진우가 고개를 끄덕이고 흑염다중멸살광선을 떠올리자 다크 플레임 엠퍼러에서 변화가 있었다. 어깨 갑주가 열렸고, 날개가 수십 개로 분리되더니 주변에 떠올랐다.

[마력 충전 100%]

진우가 마력을 흘려 넣자 순식간에 게이지가 차올랐다. 정면에 레이더 같은 게 떠올랐다. 다크 나이트호의 메인 브릿지와 공유가 되는 레이더였다.

[다크 플레임 엠퍼러에서 레이더 송신 확인! 타깃을 판별합니다!]

[적 함대 워프까지 1분!]

[타깃은 적 함대 엔진! 지정 완료!]

띠디디디!

레이더에서 수십 개의 타깃이 동시에 떠오르더니 락온이 되었다.

어떻게 해야 발사가 되는 걸까?

"발사."

진우가 가볍게 발사라고 외쳤는데, 되지 않았다. 김대진 박사의 통신이 떠올랐다.

[폐하! 기술명을 외치는 것은 우주의 법도인 줄 아뢰옵니다.]

"……그런 법도가 있었나?"

[그렇사옵니다. 반드시 크게 외쳐야 발동되옵니다!]

김대진 박사의 말투가 조금 바뀌었다. 진우는 살짝 한숨을 내쉬었다. 도망치기 전에 발사는 해야 했다.

"크흠, 흐, 흑염다중멸살광선 발사!"

진우의 외침이 트리거가 되었다. 다크 플레임 엠퍼러에서 수십 개의 붉은 광선이 뿜어져 나왔다. 붉은 광선은 마치 번개처럼 이리저리 꺾이면서 우주 공간을 가르며 지나갔다.

적 함대까지 순식간에 도착하자 소나기처럼 내리기 시작했다. 그저 단순히 빔으로 이루어진 소나기가 아니었다. 목표를 정확하게 파괴하는 유도 광선이었다.

콰아아아!

해적 함대의 실드와 장갑을 가볍게 뚫고 엔진을 꿰뚫었다. 함대의 엔진이 모조리 터져 버리며 워프가 취소되었다. 엔진을 과부화시킨 부작용이 나타났다. 엔진이 크게 폭발하며 화염이 번지고 있었다.

치이익!

발사가 완료되자 다시 본 모습으로 돌아왔다. 이제 해적들은 도망칠 수 없었다. 기동 불능이 된 해적 함대에서 탈출정들이 뿜어져 나왔다. 소행성지대로 사라지며 빠르게 해적 연합의 위성 기지로 들어갔다. 일부 탈출정들이 작은 소행성의 파도를 피하지 못하고 부딪혀 폭발했다.

[폐하, 일반인 구출을 위해 해적 위성 기지로 진입합니다.]

유나의 통신이 있었다. 그녀도 상황에 맞춰서 진우를 폐하라 부르고 있었다.

[소행성들이 많아 수송기가 접근할 수 없습니다. 중력 간섭이 심합니다. 방어 포탑도 확인되었습니다.]

유나의 말처럼 T1 군단을 태운 수송선이 쉽게 접근하지 못했다. 소행성들이 주변에 많았다. 가스 행성의 중력도 작용하고 있어 수송선이 소행성을 피하며 접근하기 어려워 보였다. 게다가 위성 기지 주변에는 방어포탑까지 자리하고 있었다. 말 그대로 요새였다.

'방금 쓴 건 위력이 좀 약할 것 같고……'

소행성을 쓸어버릴 만한 게 없을까?

다크 플레임 엠퍼러로 증폭된 브레스라면 저 소행성 지대를 소멸시킬 수 있을 것 같았다. 진우가 그렇게 말하자 김대진 박사는 예상이라도 한 것처럼 고개를 끄덕였다.

['암흑소멸입자광선'입니다!]

"……그 이름은 누가 지은 거야?"

[마계에서 투표로 결정되었습니다!]

진우는 순간 사라 브리악의 얼굴이 떠올랐다.

암흑소멸입자광선은 다크 플레임 엠퍼러를 통해 드래곤 브레스를 증폭시킨 것이었다. 그만큼 많은 마력이 들어 군주급만 사용할 수 있었다.

진우가 마력을 끌어 올리자 다크 플레임 엠퍼러의 가슴이 열렸다. 가슴에는 붉은빛을 내뿜은 핵심 마력엔진이 있었다. 핵심 마력엔진은 마력의 과부하를 감당할 수 있었다.

[마력 충전 200%, 300%]

[마력 과부하 경고!]

다크 플레임 엠퍼러의 모든 부분이 붉게 달아올랐다. 이번에도 기술명을 외쳐야 했다. 진우는 잠시 망설이다가 입을 떼었다.

“암흑소멸입자광선 발사!”

지이이잉! 콰아아아아아!

다크 플레임 엠퍼러에서 붉은빛이 뿜어져 나갔다. 거대한 마력의 파동이었다. 그것은 현존하는 과학 기술로는 구현할 수 없는 대군주의 숨결이었다. 그대로 뻗어 나가 소행성지대에 닿았다. 소행성들은 폭발하지 않았다. 그저 가루가 되어버리며 사라질 뿐이었다. 소멸의 입자가 사방으로 퍼져 나가며 소행성에게 닿았다. 마치 바이러스처럼 소행성들을 습격했다. 습격당한 소행성들은 그대로 지워져 버렸다.

소행성지대가 순식간에 사라졌다. 그러나 암흑소멸입자광선의 위력은 너무나 강했다.

콰아아아!

뒤에 있는 가스 행성에 닿았다. 가스 행성은 목성을 보는 것처럼 갈색빛이었다. 하지만 암흑소멸입자광선에 닿는 순간 갈색 가스들이 붉게 달아오르며 소용돌이쳤다. 거대한 가스 행성은 태양계의 목성보다 훨씬 컸다. 그런 가스 행성이 폭발적인 화염으로 뒤덮였다. 암흑소멸입자광선이 닿은 곳이 마치 블랙홀이라도 생긴 것처럼 소용돌이쳤다.

가스 행성을 뒤덮는 거대한 폭풍이 생겼다. 너무나 끔찍한 광경이었다.

콰가가가!

충격파가 뿜어져 나가며 해적 함대를 밀려나게 만들었다.

"굉장한데?"

조금 더 마력을 충전했다가는 가스 행성이 그대로 날아갔을 것이다. 가스 행성이 심각한 상태이기는 하지만 다행히 그런 사태는 벌어지지 않았다. 가스 행성이 폭발했다가는 주변 일대가 모조리 날아갈 게 뻔했다.

[오오, 이것이 바로 암흑소멸입자광선!]

[행성 파괴급 위력!]

김대진 박사와 최성민 박사가 흥분을 감추지 못했다.

다크 플레임 엠퍼러의 열렸던 가슴이 다시 본래 모습으로 돌아왔다. 과부하 부작용으로 기동력이 약간 저하되었지만 큰 문제가 되지는 않았다. 역시 저러한 것을 여러 발 쏠 수는 없었다. 마력엔진과 기체가 식을 때까지 기다려야 했다.

[후, 후후후, 이것이 바로 암흑제국군의 힘이다!]

세연이 통신으로 라티카를 도발했다.

[네, 네년…… 괴물 같은……]

라티카는 위성 기지에 있었다. 암흑소멸입자광선에 휩쓸린 듯했지만, 위성 기지에 추락한 것 같았다. 무사한 걸 보니 운이 좋아 보였다. 리타카의 얼굴이 잔뜩 일그러져 있었다. 세연은 그 모습을 보며 황홀한 표정이 되었다.

'음……'

진우는 문득 검은 우주 공간을 바라보았다.

우주가 사람을 미치게 만든 것일까?

진우는 고개를 설레 저었다.

“해적 위성 기지로 들어가겠다.”

[알겠습니다! 저희는 해적 함선을 노획하면서 궤도에서 대기하겠습니다.]

수십 척의 해적선이 엔진만 파괴되어 우주 공간을 둥둥 떠다니고 있었다. 아주 좋은 재료였다. 진우는 다크 플레임 엠퍼러를 몰아 해적 위성 기지로 향했다.

붉은 칼날 라티카는 미칠 지경이었다.

외눈박이 녹트의 함대에서 갑자기 소식이 끊겨, 해적 연합은 분노로 달아오른 상태였다. 그녀는 델록스 제국이나 라이네스 왕국의 개입이 있었다고 확신했다. 라티카는 어떤 적이 나타나더라도 아예 분쇄해 줄 생각이었다.

처음 암흑제국군이라 칭하는 년과 통신을 했을 때는 코웃음을 쳤다. 감히 해적 연합의 본거지로 쳐들어온 것이다. 전함은 꽤 그럴듯하기는 했으나 겨우 3척에 불과했다. 간이 배 밖으로 나온 게 분명했다.

그러나 그 코웃음이 싸늘한 표정이 되기까지는 얼마 걸리지 않았다.

“크읏! 저건 도대체 뭐란 말이냐!”

라티카가 탈출정에서 겨우 기어 나와 바닥에 주먹을 내려쳤다. 그녀의 하얀 피부는 더럽혀진 지 오래였다.

악몽 같은 장면이었다. 단 한 번의 공격에 그동안 해적 연합을 지탱해 오던 모선이 파괴되었고, 여러 전함이 폭발했다. 거기서 끝난 게 아니었다.

'인간 형태의 로봇…….'

라이네스 왕국에 심어놓은 정보통에게 들은 적이 있었다. 라이네스 왕국이 비밀리에 개발한 신병기가 인간형 로봇이라는 정보는 그녀의 흥미를 자극했다.

입수한 데이터를 볼 때 확실히 전략적으로 운용하면 엄청난 위력을 지니게 될 것이다. 그러나 그 검은 기체는 차원이 달랐다. 로봇이 아니라 차라리 신으로 보일 지경이었다.

'대적할 수 없어.'

라티카는 고개를 돌려 가스 행성을 바라보았다.

'해적의 폭풍'이라 이름 붙인 가스 행성은 본연의 색을 잃고 화염에 휩싸여 있었다. 행성의 가운데가 소용돌이치고 있었는데, 마치 악마의 눈을 보는 것 같았다. 그 압도적인 광경에 온몸이 떨려왔다.

공포를 느낀 건 얼마 만일까? 자유를 위해 탈출하기 전, 그 시절이 떠올랐다. 아니, 그것과는 비교할 수 없는 원초적인 공포였다.

"대, 대장님! 무사하셨군요!"

부하가 허겁지겁 달려와 그녀를 부축했다. 라티카는 지휘실로 향했다. 함대가 모조리 당한 이상 위성 기지에서 방어를 해야 했다. 위성 기지의 방어 시스템은 제국과 왕국이라 하여도 쉽게 뚫을 수 없을 정도로 삼엄했다. 물론, 제대로 작동이 된다는 가정하에서였다.

라티카가 지휘실에 도착했다. 눈에 들어온 것은 겁을 먹은 부하들의 표정이었다. 평소라면 크게 혼냈을 테지만 그럴 수 없었다. 그녀의 표정도 별반 다를 바 없었기 때문이다.

"현 상황은?"

"추, 충격의 영향으로 방어 시스템 70%가 다운되었습니다. 저, 전력 수급도 힘들 지경입니다. 기지 외부 실드가 깨져서…… 대기 유지도 겨우 하고 있습니다."

충격파에서 버틴 게 용할 지경이었다.

라티카는 문득 의문이 생겼다. 그 말도 안 되는 공격이 이 위성 기지에 닿았다면, 위성 기지는 사라져 버렸을 것이다. 어째서 살려둔 걸까?

그녀는 레이더를 바라보았다. 소행성지대가 깔끔하게 사라져 있었다.

"어, 억?! 무, 무언가 접근합니다! 화면을 띄우겠습니다."

라티카는 화면을 바라보았다. 검은 기체는 아니었지만 인간형 로봇이 위성 도시를 향해 강하하고 있었다. 그리고 그들 사이에는 수송기로 보이는 거대한 우주선이 보였다.

방어 포탑이 작동했지만.

콰아앙!

인간형 로봇에서 뿜어져 나온 빛이 포탑을 간단히 파괴했다.

"모, 모든 포탑이 무력화되었습니다!"

"이, 이젠 끝이야!"

"으아아아!"

해적들이 패닉 상태에 빠졌다. 라티카에게 훈련을 받은 정예 해적이었지만, 겁에 질리는 건 어쩔 수 없었다.

라티카는 침착함을 유지하려 애썼다.

"모두 무장해!"

"하, 하지만……."

"정신 차려!"

라티카는 우물쭈물하는 해적에게 다가갔다. 멱살을 잡고 뺨을 때렸다. 그러자 간신히 정신을 차리며 무장을 하기 시작했다. 위성 기지에 있는 해적들이 강화복과 개인 화기로 무장을 했다. 저 인간형 로봇에게 통하지는 않을 것이다. 하지만 해적다운 기상을 보여주며 최후를 맞이하고 싶었다.

'우리는 권력의 개가 되지 않는다.'

그 말이 라티카가 지금까지 버텨온 동력이었다.

'미안해, 세라.'

라티카는 목걸이를 속 사진을 바라보다가 표정을 굳혔다. 그녀도 강화복을 입고 무장을 했다. 라티카의 강화복은 라이네스 왕국의 최신 기술이 집약된 강화복이었다. 보통의 강화복보다 얇았지만 방어력이 더 높았다. 몸에 달라붙는 타이즈와 비슷한 형식이었다.

라티카는 지휘실에서 나와 방어선을 구축했다. 방어선을 유지하면서 상황을 살폈다. 인간형 로봇이 위성 도시 앞에 있는 넓은 얼음 평원에 내려섰다.

'왜 공격해 오지 않는 거지?'

라티카는 이해가 되지 않았다.

그 순간 로봇이 열리며 파일럿이 내렸다. 착륙한 수송선의 문도 열렸다.

'저건…….'

수송선에서 검은 헬멧과 검은 복장을 입은 군단이 내리기 시작했다. 언뜻 보이는 신체 부위는 모두 기계였다.

'인체 개조…….'

인체 개조를 받은 군대였다. 인체 개조는 끔찍한 고통을 동반했다. 신경 연결은 쉽게 되는 것이 아니었다. 뇌와 기계 부위를 동기화하려면 그만한 고통을 감당해야 했다. 고문에 가까웠기에, 법에서 자유로운 해적도 꺼려했다. 그런데 전신을 개조한 군대가 눈앞에 있었다. 수많은 군인들이 모두 하나처럼 움직이며 도열했다. 그들은 총과 같은 무장을 하지 않았다. 붉은 검을 수직으로 들고 있었다.

"구, 군대……!"

"아, 암흑제국군이라 했던가!"

해적들이 침을 꿀꺽 삼켰다. 바라보고 있는 것만으로도 위압감이 느껴졌다. 라티카는 기회라고 생각했지만, 본능은 도망치라고 외치고 있었다. 그녀를 수많은 전장에서 살려준 것이 바로 그 본능이었다.

하지만 그녀에게는 위성 기지를 포기할 수 없는 이유가 있었다. 전 함선을 워프시키려 할 때, 그녀는 전함에 있지 않았다. 이미 위성 기지로 향하는 탈출정에 오른 상태였다.

라티카는 이를 악물고 상황을 자세히 지켜보았다. 도열한 군대는 움직이지 않았다. 파일럿들도 가만히 서 있었다.

"뭐 하는 거지?"

"무, 무언가 기다리고 있는 것 같습니다."

라티카의 물음에 부하가 답했다.

도대체 무엇을?

라티카가 그렇게 생각하는 순간이었다.

"허억!"

"으아아!"

"저, 저거……."

라티카의 부하들이 비명을 질렀다.

검은 기체. 라티카와 해적들을 공포에 질리게 만든 원흉이 등장했기 때문이다.

검은 기체가 얼음 평원에 착륙했다. 라티카는 침을 꿀꺽 삼키며 바라보았다. 그녀의 눈빛에는 살의나 분노는 존재하지 않았다. 그저 절망을 바라보는 두려움만이 가득할 뿐이었다.

그녀는 죽음조차 두려워하지 않았다. 그러나 지금은 온몸이 떨렸다. 모든 신경이 저 검은 기체로 향해 있었다.

검은 기체가 열리며 누군가 내렸다. 검은 연기가 뿜어져 나오더니 그를 감쌌다. 마치 촉수처럼 살아 움직이는 듯한 검은 연기를 망토처럼 두르고 있었다.

척!

그가 얼음 평원에 내리자 도열해 있던 병사들이 양옆으로 갈라졌다. 라티카의 눈이 크게 떠졌다.

그녀는 한 번에 알아볼 수 있었다. 저 남자는 절대자였다. 델록스 제국의 황제나 라이네스 왕국의 여왕 따위와는 비교도 할 수 없는 존재였다.

절대자가 손짓하자 군대가 움직이기 시작했다. 군대는 천천히 걸어서 진격했다. 원거리 무장이 하나도 없었고, 엄폐할 생각도 하지 않았다. 그저 무방비 상태로 진격할 뿐이었다.

"쏴!"

라티카의 명령이 떨어지자 방어라인에 있는 해적들이 탄환을 쏟아냈다.

두드드드드드!

굉장한 화력이었다. 그들은 강화복을 입고도 뒤로 밀릴 정도의 화력을 가진 총을 가지고 있었다. 아무리 인체 개조가 된 군대라고 할지라도 큰 피해를 입힐 수 있으리라 생각했다. 그러나 그 생각은 역시 틀렸다.

"미, 미친!"

라티카는 그런 말을 내뱉을 수밖에 없었다. 군대가 들고 있던 붉은 검이 움직이더니.

서걱!

탄환을 베어버렸다. 붉은 검에서 마치 빔과도 같은 기류가 떠오르며 궤적을 만들어냈다. 그들이 지나간 자리에는 잘린 탄환만이 존재할 뿐이었다.

그 군대의 가장 앞에는 절대자가 존재했다.

너무나 여유로운 걸음으로 다가오고 있었다.

위성 기지에 착륙한 진우는 다크 플레임 엠퍼러에서 내렸다. 콕피트에서 내리자 검은 기류가 나오더니 복장이 바뀌었다. 본래 트레이닝복을 입고 있었는데, 이제는 뭔가 위엄이 넘치는 복장이 되었다. 정말 쓸데없는 디테일이었다.

T1군단이 도열해 있었다. 유나와 다른 이들의 모습도 보였다. 진우가 직접 온다고 하니, 기다리고 있었던 것이다.

"해적을 제압하고 일반인들을 구출해."

간단한 명령이 떨어지자 T1군단이 진격했다. 저쪽에서 공격을 해왔지만 소용이 없었다. T1군단은 모두 무공을 익히고 있었기 때문이다. T1 군단보다도 무서운 건 유나와 다른 이들이었다. 유나가 검을 휘두르자 엄폐물이 간단히 잘려 나가며 방어 라인이 무너졌다.

해적들이 기지 안으로 후퇴하는 게 보였다. 기지를 걸어 잠그고 안에서 농성을 할 생각인 것 같았다. 결과가 뻔히 보이는 행위였지만, 순순히 함락당하지 않겠다는 의지의 표시로 보였다.

진우는 바쁜 사람이었다. 저들이 저항을 하도록 곱게 놔둘 생각이 전혀 없었다.

굳게 닫힌 문에 다가갔다. 손을 대자 문이 움푹 파이며 뒤로 날아갔다. 안에 있던 해적들이 기겁하며 총을 쏴댔다.

오랜만에 황금의 군주가 고개를 들었다. 탄환이 진우의 앞에 도달하자 그대로 멈춰 섰다. 꽤 괜찮은 연출이었다. 진우는 살짝 웃으면서 멈춰서 있는 탄환을 손가락으로 건드렸다.

우수수수!

그러자 주변에 가득했던 탄환이 바닥에 떨어졌다.

"허, 허억!"

"으아아!"

해적들은 비명을 지르며 도망쳤다. 하지만 주변에 있던 T1에게 붙잡혔다. T1은 붉게 달아오른 검으로 해적의 강화복을 잘라 버렸다. 감정이라고는 한 톨도 느껴지지 않았다.

퍼석!

진우가 제압을 하라고 명령했기 때문에 사지를 부러뜨리고는 한 곳에 쓰레기를 모으듯이 모았다. 그래서 더 공포스러웠다.

진우는 기지 안으로 들어가 복도를 따라 걸었다. 사방에서 탄환이 쏟아져 내렸지만 그에게 닿지 못하고 모두 바닥에 떨어질 뿐이었다.

"허억!"

"후, 후퇴!"

복도에 설치된 차단벽이 내려갔다. 진우가 굳이 손을 뻗을 필요도 없었다. 앞을 향해 걷자 차단벽이 녹아내리며 사라졌다. 그럴듯하게 꾸며진 지휘실이 나왔다.

뚜벅! 뚜벅!

진우는 천천히 안으로 걸어 들어갔다. 바닥이 특수한 재질로 되어 있는지 발걸음 소리가 유난히 크게 들렸다.

라티카와 해적 부하들이 굳은 표정으로 자신을 바라보고 있었다. 부하들은 두터운 강화복을 입고 있었는데, 그들의 손에는 강화복과 어울리는 거대한 총이 들려 있었다. 방아쇠를 당기려고 했지만 손가락이 움직이지 않았다. 진우에게서 뻗어나간 마력이 그들의 몸을 마비시켰다.

'음…… 가능하려나?'

진우는 어디서 본 것이 참 많았다. 손을 뻗은 다음, 천천히 올렸다. 그러자 두터운 강화복을 입은 해적들의 몸이 공중에 떠올랐다.

"무, 무슨……!?"

라티카가 경악했다. 그 광경에 턱이 덜덜 떨렸다. 검으로 탄환을 막는 건 인체 개조를 통해서 가능한 일이라고 애써 이해했지만, 이 광경은 도저히 이해가 되지 않았다.

진우는 천천히 뻗은 손의 손가락을 접기 시작했다.

우드득!

손가락이 천천히 접힐 때마다 강화복이 우그러졌다.

"으, 으아아아!"

"크어억!"

"커헉!"

부하들이 비명을 질렀다. 강화복에 붙은 파츠들이 구겨지며 바닥에 마구 떨어졌다. 라티카는 직감했다. 손이 완전히 접혀지면 부하들은 곤죽이 되어버릴 것이다.

"그만! 그만해! 내가 상대해 주마."

라티카가 발악하며 외쳤다.

진우는 고개를 돌려 그녀를 바라보았다. SF 세계의 히로인과 드디어 첫 만남을 가지게 되었다. 그다지 낭만적은 분위기는 아니었다.

퍼석!

진우가 손을 내리자 강화복이 모조리 박살 나며 해적들이 바닥에 떨어졌다. 모두 거품을 물고 기절한 상태였다.

라티카는 진우를 노려보았다. 그녀는 채찍 같은 무기를 들고 있었는데, 손이 덜덜 떨리고 있었다.

"도, 도대체 저, 정체가 뭐냐!"

"암흑제국군이라 하더군."

"암흑제국……."

그러한 설정이었다.

"어째서, 어째서 우리를 공격한 거지? 우리가 너희 아, 암흑제국에게 무슨 잘못을 했다고……!"

"너희가 해적질을 하는 데에는 무슨 이유가 있지?"

"그건…… 자유다."

자유라는 명분 아래 해적 연합을 확장시키고 있었다. 세력을 키워 3대 세력에게 휩쓸리지 않는 세력을 만들고 싶었다. 그래야 소망을 이룰 수 있었다.

"우주는 불합리로 가득 차 있다! 반항하지 않으면 핍박받을 뿐이야!"

그렇다고 그녀에게 남을 핍박할 수 있는 권리가 있지는 않았다. 그런 입싸움 따위는 하고 싶지 않았다.

애초부터 진우는 신념을 가지고 움직이는 게 아니었다. 그저 빚을 지면 갚아주고, 귀찮은 게 있으면 자라나기 전에 뿌리 뽑을 뿐이었다.

휘익!

라티카가 덤벼들었다. 빔이 달린 채찍이었다. 꽤 그럴듯한 움직임이었지만, 진우의 눈에는 어설퍼 보였다.

진우의 손에 채찍이 휘감겼다. 라티카가 힘을 주어 당겼지만 손은 멀쩡했다. 오히려 채찍에서 스파크가 튀겼다.

살짝 힘을 주자.

퍼석!

채찍이 허무하게 끊어지며 바닥에 떨어졌다. 라티카는 뒤로 물러나며 허벅지에서 단검을 꺼냈다.

진우는 그녀를 바라보았다.

'사연이 있기는 하지.'

자유라는 명분을 내세우고 있지만 그녀는 복수귀에 가까웠다. 본래 제국 쪽 평민이었는데, 여동생이 귀족에게 심한 짓을 당해 반쯤 죽은 상태였다.

그 여동생은 동면 캡슐에 잠들어 있었다. 라이네스 왕국의 과학 기술로도 되살릴 수 없었다.

'이름이 세라였던가?'

제국의 황제가 사용한다는 영생의 샘, 그곳에서 치유가 가능하다는 이야기가 있었다. 전설과 같은 이야기라 거짓일 가능성이 컸다. 하지만 라티카는 제국을 박살 내고 그곳에 가는 것만이 삶의 목표였다. 그러기 위해서 그녀는 수단과 방법을 가리지 않았다.

진우는 라티카를 바라보았다. 그녀는 죽음을 원하고 있었다. 이제 해적 함대가 사라진 이상 더 이상 희망은 없었다. 그저 여동생과 같이 죽기를 바랄 뿐이었다. 비굴하지 않은, 명예로운 죽음을 바라고 있었다.

진우는 고개를 설레 저었다. 참으로 진부한 설정이었다.

"나도 성격이 꼬여서 말이지."

원하는 대로 해주는 성격이 절대 아니었다. 진우는 정보의 눈으로 주위를 훑어보았다. 지휘소 바닥에 동면장치가 있었다. 그쪽으로 다가가자 라티카의 표정이 바뀌었다.

그녀가 달려들며 단검을 휘둘렀지만 진우는 가볍게 손을 휘저어 그녀를 날려 버렸다. 동면장치가 있는 곳에 다가가 가볍게 발로 바닥을 구르자 동면캡슐이 튀어나왔다.

"이건 좀 끔찍하군."

동면장치 안에는 그녀의 여동생이 있었다. 살아 있기는 했으나, 심하게 몸이 훼손된 상태였다. 동면장치가 꺼지면 한 시간을 버티지 못할 것이다.

"만지지 마!"

라티카가 또다시 달려들었다. 하지만 진우의 지척에도 닿기 전에 뒤로 튕겨 나가며 바닥을 굴렀다.

진우는 비릿한 웃음을 지으면서 그녀를 바라보았다.

"이건 내가 가져가도록 하지."

"그, 그만둬!"

진우는 동면캡슐을 뽑았다. 라티카의 표정이 분노로 일그러졌다.

"장식물로 딱이겠는데?"

진우는 일부러 그녀를 도발했다. 그녀가 미친 듯이 달려들었지만 바닥을 구를 뿐이었다. 강화복은 이미 너덜너덜해져 있었다. 라티카가 비틀거리며 일어나다가 무릎을 꿇었다.

그녀는 이미 전의를 잃고 무너져 있었다.

"제, 제발…… 그, 그만둬."

"납치한 이들 중에는 이런 어린아이도 참 많더군."

진우는 동면캡슐을 아공간에 넣었다.

라티카가 눈물을 흘리며 손을 뻗었다.

진우는 그녀를 죽여줄 생각이 없었다. 그녀의 목에 아티팩트를 걸었다. 추적 기능이 달린 아티팩트였다. 아티팩트가 두꺼워 마치 죄인처럼 보였다.

T1군단과 유나가 다가왔다.

유나는 라티카에게 시선을 두다가 진우를 바라보았다.

"폐하, 저 여자는……?"

"그냥 두고 간다."

"알겠습니다."

T1군단이 기절한 해적들을 모두 챙기고 그녀만 유일하게 놔두었다. 진우는 등을 돌렸다.

"안 돼! 데, 데려가지 마! 으아아!"

그녀의 외침이 들려왔다. 진우는 고개를 돌려 그녀를 내려다보다가 그대로 지휘실 밖으로 나왔다.

라티카의 몸이 힘없이 바닥에 쓰러졌다.

'엉망이지만 살릴 수 있겠군.'

세라의 신체가 엉망진창이었지만 포션이 있으니 문제없었다. 외전에서는 결국 살리지 못하고 이별을 했다.

주인공이 그걸 위로해 주면서 진한 장면까지 연출했다. 진부하다면 진부한 장면이었는데, 진우는 다 보지 못하고 그 부분은 넘겨 버렸다.

본래대로라면 주인공과 함께 거대 세력으로 커갔어야 할 해적 연합이 그렇게 사라졌다.

암흑제국의 탄생이었다.

Chapter4

뉴월드 유니버스

해적 연합의 위성기지에서 용무를 끝낸 진우는 다크 나이트호로 귀환했다. 우주 공간을 둥둥 떠다니던 해적 전함들은 그 자리에서 분해가 되었다. 핵심 부품들만 차곡차곡 모아 실었다. 해적 연합의 위성 기지에서도 상당히 많은 전리품을 챙길 수 있었다.

창고는 굉장히 컸다. 다크 나이트호의 크기보다도 훨씬 컸다. 특수 제작된 아공간이 달려 있었기 때문이다. 해적 전함의 핵심 부품들이 크기는 하나 아공간이 있으니 전혀 문제 될 게 없었다. 아공간에 넣어놓으면 무게도 느껴지지 않았고, 시간도 흐르지 않았다. 식자재들의 보관에도 굉장히 편리했다. 아공간에 넣어두면 상하는 일이 없으니, 함선에 있어야 할 냉동저장공간 따위는 필요하지 않았다.

다크 플레임 엠퍼러에서 내리자 흑염룡이 분리되며 다시 진우에게 돌아왔다. 대기하고 있던 김대진 박사와 연구원들이 다크 엠퍼러에 달려들어 데이터를 뽑아냈다.

"오, 오오! 이 정도 안정성이라면……."

"그것 역시 시도할 수 있겠군!"

"아아…… 이곳은 천국인가!"

지식을 위해 미지를 탐구하는 과학자들은 사라지고 없었다. 단지 광기에 휩싸여 있는 암흑제국의 연구원만이 남아 있을 뿐이었다.

진우는 작게 한숨을 내쉬었다. 말리기는 늦었다. 이미 설정과 한 몸이 되어버렸다. 어쨌든, 즐거워 보이니 그냥 놔둘 생각이었다.

'흑염룡…….'

위력이 굉장하기는 했으나, 우주 공간과 흑염룡이 만나니 텐션이 미쳐 날뛰는 것 같았다. 이게 시작일 뿐이라고 느껴지는 건 기분 탓일까?

"폐하."

"유나, 넌 무슨 설정이야?"

"어린 시절부터 암흑제국의 황제 폐하와 같이 자란 귀족 부관입니다. 친근한 누나와 같은 이미지를 어필하라고 되어 있습니다. 조금 힘든 역할인 것 같습니다."

"꽤 디테일하군."

"설정집만 해도 몇 권 분량입니다."

진우는 허영을 바라보았다. 허영은 연기자답게 설정에 완벽히 빠져 있었다. 미궁과 라이벌 구도를 지닌 파일럿이라는 설정이었다. 은근히 둘이 마장기를 타고 경쟁을 하기는 했다.

진우는 바로 보고를 받았다.

"해적들은 아공간에 넣어놓았습니다. 분류 작업과 마계의 정신 교육을 거쳐서 일꾼으로 쓸 예정입니다."

해적질은 영원히 끝났다. 구출한 사람들도 상당히 많았다.

"구출된 일반인들의 숫자는 총 4,403명입니다."

"많군."

"위성 기지뿐만 아니라 다른 위성에서도 데려왔습니다."

다른 위성에서 해적들을 위해 노동을 하고 있었다. 상태는 당연히 나빴다. 돌아갈 곳이 있는 사람들도 있기는 했지만, 대부분 갈 곳이 없는 이들이었다. 바코트가 찍혀 있는 이들은 노예로 신분 세탁이 된 이들이었다. 신분 말소가 되어서 제대로 정착하기도 어려웠다.

"고향에서 팔려 나온 이들도 많습니다. 보호를 대가로 팔려 왔다고 하더군요."

"그렇군."

그저 우주선에 태워서 왕국 쪽에 보내면 될 줄 알았다. 너무 쉽게 생각한 부분이 있었다.

"돌아가고 싶어하는 이들은 따로 우주선에 태워서 보내줘. 적당히 식량도 나눠주고."

"알겠습니다."

나머지들이 문제였다. 달 기지로 데려가기도 애매했다. 진우는 이 문제에 대해 상의를 하기 위해 메인 브릿지로 향했다. 안으로 들어서자 세연이 보였다. 그녀는 습득한 물품 리스트를 보며 황홀한 표정이 되어 있었다. 진우가 들어오자 모두 자리에서 일어났다.

데구르론과 박사들도 모였다. 진우가 의견을 구하니 모두 잠시 생각에 빠졌다. 세연이 가장 먼저 진우를 바라보았다.

"그럼 아예 새로운 행성을 찾는 건 어떨까요?"

"새로운 행성?"

"네! 해적들에게서 뽑은 정보를 분석해 보니 환경이 좋은 곳이 꽤 많더라고요. 새로운 정착지에서 새롭게 시작하는 것도 좋을 것 같아요! 그리고…… 그곳에 암흑제국을 건설하는 겁니다!"

세연의 말에 김대진 박사도 고개를 끄덕였다.

"달 기지는 여러모로 불편하긴 했습니다. 확장을 계속하다 보면 지구에 영향을 줄 수밖에 없으니까요."

"우리의 원대한 소망을 구현하기에도 좋을 것 같습니다."

최성민 박사도 동의했다.

진우는 잠시 생각에 빠졌다. 나쁘지 않은 계획이었다. 이쪽 세계의 사람들이니 이쪽 세계에 머물게 하는 게 맞았다. 그리고 SF 세계에서 활동할 생각이니, 근거지를 만들어놓는 것도 좋을 것 같았다.

"후보지가 있나?"

"네! 해적 연합이 발견한 곳입니다. 보이드에 위치해 있는데,

데이터를 살펴보니 굉장히 풍족한 곳입니다. 해적 연합이 그곳으로 근거지를 옮길 생각이었던 것 같습니다."

해적 연합은 진우에게 꽤 많은 것들을 선물해 주었다. 우주에 은하들은 공평하게 분포되어 있는 것이 아니었다. 보이드라 부르는 거대한 빈 공간이 있었다. 보통 아무것도 없다고 생각하지만 그 속에 은하가 있기는 했다. 그런 은하들을 보이드 은하(Void galaxy)라 불렀다.

보이드 탐사는 델록스 제국의 기술력이라고 해도 굉장히 어려운 편이었다. 아무것도 없는 우주 공간을 가로질러가야 했는데, 워프 드라이브 시스템이 있다고 해도 자칫하면 길을 잃을 수도 있었다. 보이드를 탐험하다가 유령선이 되었다던가 하는 미신도 존재해서 배테랑 선장이라도 들어가기 꺼려하는 곳이었다.

세연이 손짓하자 은하들이 떠올랐다. 그리고 마치 우주의 끝인 것처럼 보이는 거대한 검은 공간이 나타났다.

"공허의 바다, 우주의 심해라는 곳입니다."

그곳은 공허의 바다, 또는 우주의 심해라 불리고 있었다. 세연의 말이 끝나자 감탄성이 터져 나왔다. 모두 기대에 찬 눈빛으로 진우를 바라보았다.

"좋아, 그곳으로 가도록 하지."

보통의 함선이라면 많은 위험 부담을 감수해야 했지만, 다크 나이트호는 보통 함선이 아니었다. 마력엔진, 그리고 아르카나가 있었다. 초장거리를 단 한 번에 워프할 수 있었다. 제국이나 왕국은 감히 흉내조차 내지 못할 것이다.

'악마의 눈도 그곳으로 옮겨야겠군.'

진우가 완전히 지배하고 있으니 악마의 눈을 옮기는 건 쉬운 일이었다. 진우의 명령이 떨어지자, 달 기지로의 귀환이 취소되었다. 그리고 새로운 목적지가 생겼다.

세연이 입을 뗐다.

"각 선원에게 전달한다! 우리는 위대한 제국 건설을 위해 공허의 바다를 건너 미지의 은하로 향한다!"

"각 선원 위치로!"

"데이터 해석 확인! 좌표 추출 완료! 워프 드라이브를 가동합니다!"

다크 나이트호 주변 공간이 일그러졌다. 마력엔신의 출력이 높아지더니 그 자리에서 사라졌다. 단번에 해적 연합이 있던 곳에서 보이드 속에 있는 새로운 은하에 도착했다.

"좋군."

진우는 정면에 보이는 푸른 행성을 바라보았다. 해적 연합이 많은 희생을 하면서 고른 후보 행성이 눈앞에 있었다. 기온도 따듯했고, 위험한 생명체도 많지 않았다. 자원도 무척 풍부한 곳이었다. 중력은 지구보다 살짝 강했지만 무난하게 적응할 수 있는 수준이었다. 다크 나이트호가 바로 행성에 접근했다. 바다를 지나 넓은 들판에 내려앉았다.

"다른 차원에 가는 것과는 다른 기분이군요."

"그렇군."

유나의 말에 진우도 동의했다. 이렇게 직접 우주를 가로질러 미지의 행성에 오니 기분이 묘하긴 했다.

"일단 내려보자고."

진우는 전함 밖으로 나와 대지에 내려섰다. 대기 역시 지구와 비슷했다. 다른 성분이 있기는 하지만 몸에 해롭지는 않았다. 오히려 공기의 맛이 조금 더 상쾌하게 느껴질 정도였다. 목이 시원해지는 듯한 그런 느낌이 들었다.

'그럼 옮겨볼까.'

지배의 권능을 일으키자 상공에 거대한 눈이 나타났다.

[이름 없는 은하가 대군주에게 점령되었습니다. 축하합니다! 암흑 은하가 탄생하였습니다! 이름 없는 행성이 대군주의 암흑제국군에 의해 점령되었습니다!]

행성뿐만 아니라 은하 역시 진우의 영역이 되었다. 구출한 사람들을 정착시키고 근거지를 마련하기 위해 온 것이지만 굉장히 스케일이 커져 버렸다. 하지만 놀라거나 하지는 않았다. 이미 여러 차원을 지배하고 있는 진우였다.

T1 군단이 구출한 사람들을 데리고 행성에 내렸다. 처음에는 모두 하나같이 희망이라고는 없는 표정이었지만 지금은 달랐다. 새로 출발할 수 있다는 희망이 가득했다. 그들은 천천히 진우의 앞에 다가왔다. 하나둘씩 무릎을 꿇기 시작하더니 전부 무릎을 꿇었다.

진우는 그들을 차분한 눈으로 바라보았다.

'기왕 이렇게 되었으니 살 만한 곳으로 만들어야겠군.'

이 행성을 여러모로 개조해 보는 것도 괜찮을 것 같았다.

행성의 이름은 '다크 아이'로 정해졌다. 진우는 반대했지만 그런 이름이 되어버렸다.

진우는 이름에 관해서는 이제 거의 포기한 상태였다. 애초부터 은하 자체가 암흑 은하였다. 다크 플레임 엠퍼러까지 나온 마당에 다크 아이 정도는 무난한 편일지도 몰랐다.

달 기지에 있는 공장 설비들이 모두 다크 아이로 옮겨졌다. A시리즈가 건물 건설에 착수하자 금세 건물들이 생겨나고, 공장들이 가동되었다. 구출한 사람들, 이제는 암흑제국의 백성이 된 이들도 함께 작업을 하면서 자신의 터전을 꾸려갔다. 차원 금화도 많이 투입을 하니 풍경이 몰라보게 바뀌었다.

행성을 개조하는 데 가장 공을 들이고 있는 사람은 역시 세연이었다. 건물을 지을 때도 디자인을 무척이나 중요시했다. 덕분에 주변은 SF영화나 애니메이션에 나올 법한 모습이 되었다.

세연은 건물들을 바라보며 감탄하고 있었다.

"살짝 낙후된 마을 같으면서도 그 뒤에 보이는 최신 함선! 크으! 너무 좋다!"

"세연 님, 이건 여기에 옮기면 됩니까?"

"네!"

엘프들이 많은 도움을 주었다. 그들도 세연이 디자인한 옷을 입고 있었는데, SF 느낌이 묻으니 외계인 같았다. 하긴, 따지고 보면 외계인이 맞기는 했다. 아무튼, 엘프들은 대지에 씨앗을 심었고, 나무들을 가꾸었다. 그냥 이 장면만 찍어도 SF 영화였다.

진우의 주변으로 아이들이 스쳐 지나갔다. 비쩍 말랐던 모습은 사라지고 제법 통통해졌다. 웃고 떠드는 아이들을 보니 진우의 입가에도 미소가 걸렸다.

"세라 누나! 여기야!"

"응!"

세라의 모습도 보였다. 끔찍한 일을 당했지만 다행히 성격은 활발했다. 진우가 포션으로 완벽히 회복시켰는데, 지금은 오히려 또래 아이들보다 건강했다. 그리고 똑똑했다.

세라는 미궁과 루나를 언니처럼 따랐다. 미궁은 책임감을 느꼈는지 이런저런 것들을 가르쳐 주었다.

"미궁 펀치!"

콰앙!

바위가 박살 나자 아이들이 멍한 표정으로 미궁을 바라보았다.

"야생동물이 나타나면 이렇게 때리면 됨."

"아……."

"응……."

아이들은 어색하게 웃을 뿐이었다.

엘프들이 백성들에게 검술을 가르쳐 주고 있는 광경도 보였다. 루나는 행성에 신성력을 불어넣기 위해 신전을 만들고 있었다.

"폐, 폐하! 보고드릴 것이 있습니다!"

진우의 모습을 발견한 김대진 박사가 달려왔다.

김대진 박사와 연구원들은 아예 이곳에 눌러앉게 되었다. 어차피 포탈로 연결되어 있으니 필요할 때만 G&P 연구소에 가면 되었다. 이곳은 그들에게 있어서 천국이었다. 남 눈치를 보지 않고 모든 것을 연구할 수 있었으니까.

심지어 아바타를 이용한 인체 실험도 가능했다.

"허억, 허억……."

"괜찮나?"

"괘, 괜찮습니다."

김대진 박사가 거친 숨을 내쉬며 땀을 닦았다. 진우는 잠시 기다려 주었다.

"일정에 차질이 생기고 있습니다."

"음?"

"일손이 부족합니다."

진우는 김대진 박사를 바라보았다. 도시 건설과 신무기 개발, 전함 건조를 동시에 하고 있는 상황이었는데, 일손이 모자란다고 한다. A시리즈가 전부 투입된 상황이었다.

"아바타를 더 투입하면 되지 않을까?"

"천계 쪽에 연락을 해봤습니다만, 아바타 수용량이 한계에 이르렀다고 합니다. 아바타 관리를 하기에도 벅차다고 해서…… 아무래도 아바타 생산은 어려울 것 같습니다."

"아……."

아바타 생산에 한계가 생긴 건 뉴월드 : 미궁 때문이었다. 플레이어가 워낙 많았다. 덕분에 아바타 수용량에 한계가 왔다고 한다. 한계 수용량을 넘어서게 되면 천계에 신성력이 부족해져, 위험할 수도 있었다.

"개발이나 함선 건조 쪽은 괜찮습니다만…… 아무래도 자원 채집이나 탐사 쪽은 많은 인원이 필요하여 지체되고 있습니다. 은하계 탐사는 시도조차 못 하고 있습니다."

행성 탐사뿐만 아니라 암흑 은하를 둘러보며 자원을 채취할 계획이었다. 행성 방어 시스템을 만들기 위해서 필요한 계획이라고 한다. 진우가 있다면 상관없었지만 계속 이곳에 있을 수는 없었으니, 방어 시스템은 반드시 필요했다. 그 부분은 차원 금화로도 해결할 수 없었다.

'부하들을 끌어들였으면 좋겠지만…….'

그들도 나름대로 자신의 삶이 있었고 바쁘게 지내고 있었다. 희생을 강요하는 건 진우의 성격에 맞지 않았다.

좋은 게 좋은 거고, 일단 행복이 우선이었다.

"앗!"

세연이 늠름한 표정을 짓고 있다가 갑자기 비명을 질렀다. 옆에 서 있던 유나가 그녀를 바라보았다.

"업데이트 전송을 깜빡했어요! 오늘까지 보내야 하는데!"

"뉴월드 : 미궁 업데이트입니까?"

"네! 아…… 돌아가면 몰입이 깨지는데……."

대화를 듣고 있던 진우는 아이디어가 떠올랐다. 뉴월드 : 미궁의 플레이어는 아바타였다. 능력도 있고 언제 어디서 어떻게 죽어도 상관없었다. 그냥 소모품처럼 사용해도 되었다.

세연이 함선 제조 공장 주변에 설치된 포탈을 향해 뛰어가려 했다. 그걸 진우가 불러세웠다.

진우는 지금까지 그녀가 만든 많은 설정들을 보았다. 세연이 아주 좋아할 만한 일이었다.

"세연."

"네?"

"네가 해줘야 할 일이 떠올랐어."

그녀가 아주 몰입할 만한 일이었다.

진우는 생각한 것을 그녀에게 말해주었다.

세연의 눈이 점점 커졌다.

진우는 오랜만에 문화센터에 있는 뉴월드 : 미궁 게임회사에 찾아갔다. 세연과 유나도 함께했다.

세연은 흥분을 주체할 수 없는지 거친 숨을 내쉬었다. 그녀의 눈은 충혈되어 붉었다. 며칠 동안 자지 않으며 몰두한 결과였다.

진우가 포션 하나를 꺼내주자 그녀는 포션을 그 자리에서 원샷했다.

"감사합니다! 드디어 시작이네요."

"그래."

"후, 후후…… 세상이 깜짝 놀라겠지요!"

"그렇겠지?"

건물 안으로 들어가니 회사의 주요 개발진들이 모두 나와 있었다. 뉴월드 : 미궁에 이름을 올린 것만으로 그들은 이미 세계에서 제일 유명한 게임 개발자로 여겨졌다. 그들의 아이디어는 실제로 게임을 한층 더 풍부하게 만들었다. 메인 스토리도 굉장히 잘 만들어져서 많은 호평이 있었다. 진우는 가볍게 개발자들과 인사를 나누고 회의장으로 갔다.

"새로운 프로젝트 때문에 오셨다고 들었습니다."

개발자 중 하나가 조심스럽게 말했다.

새로운 프로젝트. 진우가 온 이유였다. 그 프로젝트를 위해 건너편 빌딩을 비워놓기까지 했다.

진우가 세연을 바라보자 칩 하나를 꺼냈다. 그 순간, 불이 자동으로 꺼지며 홀로그램 영상이 나타났다.

아름다운 은하가 보였다. 은하가 확대되며 여러 별들과 행성을 스쳐 지나갔다. 평화로운 음악이 들리며 행성 하나를 비추었다. 지구가 아니었다. 외계의 행성이었다.

"와……."

"멋지군."

개발자들은 모두 감탄했다. 넓은 들판을 뛰어다니는 신기한 형태의 동물들은 너무나 사실 같았다. 마치 바로 앞에 존재하는 것 같은 느낌이었다. 평화로운 음악이 흘러나오며 영상에 푹 빠지게 만들었다. 동물들이 화들짝 놀라면서 도망치기 시작했다. 그 순간, 음악이 반전되었다.

철컥! 금속이 부딪히는 소리가 나더니 검은 헬멧과 복장을 한 군인들 나타났다. 군인들이 주변을 바라보다가 손에 든 총을 들었다.

총에서 빔이 무차별적으로 뿜어져 나가며 주변을 휩쓸었다. 화면이 바뀌며 특이한 형태의 전투기가 나타났다. 공중을 자유자재로 움직이다가 선회를 하며, 어디론가 향했다.

음악은 점차 웅장해졌다.

"헉!"

"저, 전함?!"

행성의 공중에는 거대한 전함이 떠 있었다. 전투기는 하나가 아니었다. 수십 대의 전투기가 전함 안으로 들어갔다. 그러자 전함이 고도를 높이며 우주 공간으로 떠올랐다. 개발자들은 넋이 나간 모습으로 그 광경을 바라보았다.

화면은 함선을 넘어 우주 공간을 비추었다. 빛을 받아 반짝이는 인간형 로봇이 보였다. 검은 기체가 손을 뻗는 순간, 영상이 끝났다.

세연이 주먹을 불끈 쥐며 입을 뗐다.

"이것이 새로운 프로젝트……."

개발자들이 모두 세연을 바라보았다.

"확장된 세계관, 뉴월드 유니버스입니다."

회의실은 환호로 뒤덮였다. 뉴월드 : 미궁에서 세계관이 확장되었다. 이른바 '뉴월드 유니버스'였다.

뉴월드 유니버스는 기존의 뉴월드 : 미궁과 완전히 다른 세계가 아니라, 기존 세계에서 확장이 된 개념이었다. 당연히 아바타를 새로 만들 필요가 없었다. 애초부터 아바타 수용량이 넘쳐 만들 수도 없었다. 현재 뉴월드 : 미궁에서도 새로 계정을 만들려면 꽤 시간이 걸렸다. 미궁도 이제 안정기에 들어섰다. 오히려 플레이어들이 과도하게 많은 느낌이 있었다. 숫자를 조절하기에도 적절했다.

개발자들은 세연이 건넨 파일을 바라보며 경악에 빠졌다.

"저, 저, 정말 이게 가능합니까?"

"은하를 구현하다니!"

말도 안 되는 이야기였다. 은하 그 자체를 구현했다. 행성 하나하나까지 속임수 없이 그 자리에 존재한다고 한다. 게다가 환경 역시 다 달랐다. 말 그대로 진짜 우주였다.

"뉴월드 : 미궁도 엄청났지만, 이건…… 비교가 불가능하군요."

"배경 설정 역시 끝내줍니다!"

진우는 개발자의 말에 고개를 끄덕였다. 배경 설정 역시 끝내주었다. 진우의 이야기를 들은 세연은 바로 설정을 했다. 그냥 우주를 탐험하는 것만으로는 큰 동기부여가 될 수 없었다. 그래서 만든 것이 신성연합이었다. 암흑제국과 치열한 경쟁 구도를 만들며, 많은 것들을 생산해 낼 예정이었다.

'세금도 있고, 자원은 차원 금화로 사들이면 되니…….'

플레이어들이 채취한 자원이나 생산품은 세금으로 받거나, 진우가 적당한 가격에 사들일 생각이었다. 플레이어들은 합법적으로 돈을 벌 수 있었고, 진우는 손쉽게 자원이나 여러 가지 생산물들을 획득할 수 있었다. 힘들이지 않고, 아주 저렴하게 말이다.

그뿐만 아니라 신성연합이든 암흑제국이든 모두 진우의 것이었으니, 만들어질 모든 것들은 자연스럽게 진우의 것이 되었다. 합법적인 착취였다.

개발자들은 침착함을 유지하려 애썼다. 어느 개발자는 떨리는 손으로 안경을 닦았고, 몇몇 개발자들은 침을 꿀꺽 삼켰다.

"저, 전투는 어느 정도까지 구현되어 있습니까?"

"현재 전함을 이용한 전투까지 가능합니다. 플레이어들이 성장하고 우주선을 소유하게 된다면 그 이상도 가능하겠지요."

"허억!"

세연의 대답에 개발자들이 술렁였다. 서로 열띤 토론에 들어갔다.

"외계종족도 추가시키는 게……."

"오오!"

"디자인은 이런 게 어떻습니까?"

"다른 진영이 극명한 대비를 이루게 만들어야 합니다!"

그들에게는 세연이 나눠준 개발킷이 있었다. 미궁이 아니라 하로롱의 힘을 전부 발휘할 수는 없었지만, 어느 정도는 구현이 가능할 것이다.

회의는 길어졌다. 세연의 설정에 개발자들의 의견이 들어가니 완성도가 높아졌다. 세연도 흥분을 감추지 않고 그 자리에서 여러 의견을 냈다.

진우와 유나는 나란히 앉아 고개를 끄덕일 뿐이었다. 이미 그들의 대화는 따라갈 수 없을 만큼 멀어졌다. 뉴월드 : 미궁 때보다도 더 격렬한 토론이 오가고 있었다.

"현실을 기반으로 해야……."

"아니, 조금 열혈적인 부분이 나오는 게 이상한가요?"

"그래도 합체, 필살기 같은 건 좀……."

"신성모독이다!"

싸울 것 같은 분위기였다. 진우는 소외되는 듯한 기분이 들었다.

유나는 앞에 놓은 커피잔을 들었다. 그녀의 분위기는 평화로웠다. 진우와 눈이 마주치자 부드럽게 웃었다.

"포기하시면 편합니다. 저도 파일럿이 된 시점에서 모두 포기했습니다."

"……그렇군. 하긴, 난 합체까지 했지."

"커피가 괜찮네요."

"믹스 커피 아닌가?"

"딱 제 취향입니다."

"음, 달달한 게 좋군."

진우는 유나와 일상적인 대화를 나눴다. 그렇게 회의가 길어지고, 밤이 되어서야 결론에 도달할 수 있었다.

세연은 다소 지친 기색이었지만 눈빛은 또렷했다.

"테스터를 모집하도록 하지요."

진우는 고개를 끄덕였다. 이미 준비는 끝내놓았다. 테스트를 지켜보면서 자세한 계획을 세우도록 하자.

마케팅은 따로 필요하지 않았다. 뉴월드 : 미궁 자체가 세계에서 가장 영향력이 큰 마케팅 장소였다. 뉴월드 : 미궁이 세상에 나왔을 때보다 더 성대한 무대를 준비했다.

진우는 아주 확실하게 보여줄 생각이었다.

뉴월드 : 미궁은 세계에서 가장 사랑을 받는 게임이었다. 게임 수준을 넘어 이제는 지구를 잠식한 하나의 문화가 되었다. 퇴근 후 모두 뉴월드 : 미궁에서 만나는 것이 일상생활이 된 지 오래였다.

미궁 안에서 맛있는 것도 먹을 수 있었다. 아무리 먹어도 현실에는 영향을 미치지 않았기에 다이어트에도 효과적이었다. 이른바 미궁 다이어트였다. 잼식도 미궁 다이어트로 효과를 본 인물이었다. 하지만 어차피 대부분의 방송을 미궁에 접속해서 했기 때문에 크게 달라진 건 없었다.

잼식은 유명했다. 불운을 몰고 다니는 남자!

아주 참신하고 다양한 방식으로 죽어서 이제는 데스 아티스트라는 별명이 생길 정도였다. 그것이 하나의 컨텐츠가 되었다. 그럼에도 불구하고 게임 센스는 좋아 늘 랭커에 들고 있었다. 성좌들이 잼식을 불쌍히 여겨, 지원해 주는 부분도 크게 작용하기는 했다.

"핫핫! 오늘도 유쾌한 방송! 잼식입니다! 어서 오세요!"

미궁에 접속한 잼식이 방송을 시작했다. 김군주, 루나와 미궁TV에 밀리기는 했지만 그래도 3위를 굳건히 유지하는 중이었다. 저번 주에는 미국의 유명 TV 예능프로에까지 나갔다. 그는 세계적인 유명인이었다. 뉴월드 : 미궁이 그를 달라지게 만들었다.

"으, 으억! 주, 죽을 뻔했다."

그러나 잼식은 잼식일 뿐이었다. 방송을 켜자마자 죽을 뻔했다.

-랜선: ㅋㅋㅋ머리 날아갈 뻔했네.

-잼없다식아: 미국에서도 유명하더만. 내가 다 쪽팔리더라.

-데스맨: 오늘은 죽지마랔ㅋㅋ

잼식은 오늘은 절대 죽지 않겠다고 다짐했다. 슬슬 이미지체인지가 필요한 시점이었다. 김군주처럼 칭송받는 방송인이 되고 싶었다. 쉬는 날에 김군주 방송을 본 적이 있는데, 모두 그를 왕이라 부르며 굽신거렸다. 존댓말은 물론이고 완전히 극존칭이었다. 그런데 자신의 채팅방은 왜 이런단 말인가! 시청자들 모두가 자신이 죽기를 고대하고 있는 저승사자 같았다.

"하아."

-라이프: 초심 찾아라.

-진우좋아: 잼식아 한숨 쉴 때가 아니다.

-리바이벌: 요즘 잼식이 나태해졌다.

잼식이 한숨을 쉬자 그걸 가지고 또 뭐라 하기 시작했다. 하지만 잼식은 프로 방송인이었다! 다시 텐션을 올리며 분위기를 잡았다.

오늘은 던전 솔로 플레이가 계획되어 있었다. 혼자 던전을 클리어할 때까지 방송을 계속할 생각이었다. 방송을 켠 김에 보스까지 깨는 그런 컨텐츠였다. 수명을 깎는 느낌이 들었지만, 후원을 가장 많이 당겨올 수 있는 컨텐츠이기도 했다.

"그럼 던전에 입장하겠습니다!"

잼식이 던전에 입장하기 위해 던전 입구로 다가갈 때였다.

[새로운 메일이 도착하였습니다.]

메일이 왔다. 운영진으로부터 온 메일이었다.

"님들, 이거 운영진에게서 온 메일인데요. 신기하네요. 뭔가 들어 있는데……."

잼식은 편지를 열어보았다. 금색의 입장 티켓과 함께 편지가 들어 있었다. 편지의 내용은 많지 않았다.

[뉴월드 유니버스의 시작]

축하합니다. 테스터에 당첨되셨습니다. 잼식 님을 새로운 세계로 초대합니다. 입장 티켓을 들고 포탈로 입장해 주세요!

시간을 넉넉하게 비워두세요. 벗어날 수 없을 것입니다!

"뉴월드 유니버스? 업데이트 소식은 없었는데……."

-샤이닝: 오, 새로운 패치인가!

-고갱님: 잼식이 클라스 보소! 테스터로 바로 뽑아주네.

-흑우맛집: 홈페이지에 테스터 신청란이 있긴 한데 아무것도 안 알려줌.

잼식은 뉴월드 : 미궁 공식 방송인이었기에, 이벤트가 있으면 바로 초대가 되었다. 이번에도 그런 것이라 생각했다. 시청자들도 굉장히 궁금해했다.

잼식은 결국 일정을 바빠서 티켓을 사용해 보기로 했다.

"뉴월드 유니버스가 뭔지는 모르지만, 저 잼식이 모두 공략해 드리겠습니다!"

잼식은 자신감 넘치는 멘트를 한 후 포탈로 다가갔다. 주위를 둘러보니 입장 티켓을 받은 플레이어들이 꽤 많았다. 입장 티켓을 손에 쥐고 포탈로 다가가자, 입장 티켓에서 빛이 뿜어져 나오더니 왼쪽 손목에 팔찌가 채워졌다.

"여긴?"

포탈을 빠져나오자 굉장히 큰 공간이 보였다. 마치 공항 같은 느낌이 들었다. 입장 티켓을 받은 사람들이 모두 어리둥절한 눈으로 주변을 둘러보고 있었다.

"뉴월드 유니버스 진입 수속은 이쪽입니다!"

"이쪽에서 성향 체크 후에 이동하시면 됩니다."

SF영화에나 나올법한 승무원 복장을 입은 NPC들이 그렇게 소리쳤다.

-밥먹고하자: 엌ㅋㅋ 무슨 우주선 내부 같네.

-시청자에오: ㅋㅋㅋ우주 컨셉의 테마파크인가?

-뱁새: 설마 우주가 나오진 않겠지?

시청자들도 무척이나 궁금해했다. 잼식은 성향 체크 후, 번호표를 부여받았다. B게이트 223번이었다. B게이트로 가니 중간계와 지구, 그리고 천계 쪽 인물들이 서 있었다.

-매지컬치과의사: 오, 그나마 정상인들이 모였네.

-똥믈리에: A게이트 쪽 봐보세요.

-안농: 헉, 역겨운 숲쟁이놈들이랑 더러운 까마귀놈들이 한 자리에…….

-장발스님: 이 무슨 지옥이란 말인가. 인외마경이군.

A게이트는 신경전이 장난이 아니었다. 엘론티 전사들과 마계 쪽 플레이어들이 서로를 노려보며 기세 싸움을 하고 있었다. 도대체 A게이트는 어디로 향하는 걸까?

"우리는 평화롭네요."

"그러네요. 평화가 제일이죠."

"하하하."

B게이트는 꽃밭이었다. 지구, 중간계, 천계 소속들은 서로 무난무난한 사이였다. 잼식은 B게이트 안으로 들어갔다. 게이트 안에 있는 NPC가 복장과 여러 가지 물품들을 챙겨줬다.

"신성연합에 오신 것을 환영합니다."

"신성연합?"

"암흑제국의 위협에서 우주를 구원해 주시길."

"우주?"

NPC는 영문을 모르는 소리를 했다. 거대한 포탈이 보였다. 잼식은 플레이어들과 함께 줄을 섰다.

"오! 잼식 님이네!"

"우리 어디로 가는 걸까요?"

"진짜 우주 아니에요?"

플레이어들의 대화가 들려왔다. 잼식과 시청자들은 궁금해 미칠 지경이었다. 드디어 포탈을 통과했다.

눈앞에 보인 것은…….

"허억……."

-속보: 미친ㅋㅋㅋ

-백원만줘: 와, 대박.

-닉킥: 저게 뭐약ㅋㅋ

우주였다. 창밖으로 거대한 행성이 보였다.

두드드드드!

거대한 백색 전함이 스쳐 지나갔다. 넋을 잃고 볼 정도로 굉장히 아름다웠다. 어디선가 아름다운 선율의 배경 음악이 들려오는 듯했다. 잼식은 벌어진 입을 도저히 다물 수 없었다.

"우주 전함……."

"미, 미쳤네."

"와……."

다른 플레이어들도 마찬가지로 넋이 나갔다.

잼식은 멍하니 우주 공간을 바라보았다.

"안녕하세요? 신입분들이시군요. 저를 따라오세요."

NPC의 지시에 따라 옷을 갈아입고, 간단한 교육을 받았다. 이곳에 있는 플레이어들은 신성연합에 소속된 용병으로서 여러 임무를 수행할 수 있었다. 무대는 당연히 저 광활한 우주였다.

그런 설명을 들으니 정신이 멍해졌다. 이곳은 단순한 테마파크가 아니었다.

-우주방위군: 스케일이 너무 큰데?

-핑크레드: 진짜 우주 밖으로 나갈 수 있다고?

-전설의팬티: ㅋㅋ 그와중에 잼식이 임무받은거 보소. 채굴꾼이넼ㅋ

"님들, 자원 캐면 차원 금화로 바꿔준데요. 대박인 듯."

잼식은 차원 금화에 눈이 돌아가 버렸다. 임무를 신청하니 여러 플레이어들과 함께 채굴팀에 배치가 되었다. 수리키트와 몸에 달라붙는 형식의 우주복을 입었다. 본래라면 차원 금화를 내고 대여받거나, 자원으로 지불해야 했지만 테스트 기간에는 공짜였다.

같은 팀의 플레이어들이 서로 인사를 나눴다.

"진짜 나가나 봐요!"

"채굴 같은 거 해본 적 없는데 괜찮을까요?"

"여기 메뉴얼이 있긴 한데……. 오, 꽤 값이 나가네요? 이러다 부자될 듯."

손목에 달린 장치에서 채굴 메뉴얼을 볼 수 있었다. 채취할 수 있는 자원과 자원의 가격도 적혀 있었다. 잼식이 유명인이다 보니 얼떨결에 팀장을 맡게 되었다. 안내에 따라 정비정을 타러 가니 여러 NPC들이 분주하게 움직이는 것이 보였다.

"엇! 채굴 1팀이시죠? 팀장님은 잼식 님?"

"아…… 네!"

"이름이 특이하시네요. 어디 행성 출신이신가요?"

"그…… 지, 지구요."

"오! 좋은 곳에서 오셨네요!"

NPC가 서류를 내밀었다. 서류에 싸인을 하고는 채굴정에 올랐다. 플레이어는 난감한 표정이 되었다.

"저, 팀장님. 이거 어떻게 운전해요?"

"저도 잘…… 그냥 눌러보면 되지 않을까요?"

난감해하던 플레이어가 시동 버튼을 눌렀다. 그러자 캐터펄트에 자동으로 이동이 되더니.

파아아아앗!

"꺄아악!"

"우아악!"

"커헉!"

빠른 속도로 우주 공간을 향해 사출되었다. 채굴정이 우주 공간을 둥둥 떠다녔다. 조종대를 잡은 플레이어가 얼떨떨한 눈으로 우주 공간을 바라보았다.

[채굴 1팀, 채굴 1팀! 응답하라.]

"네, 채, 채굴 1팀입니다!"

[오, 무사히 사출되었군. 지금 소행성지대로 이동하여 자원을 채굴하도록.]

"알겠습니다."

통신을 끝낸 잼식이 조종석에 앉아 있는 플레이어를 바라보았다. 그는 팀장으로서 팀원들의 인적사항을 볼 수 있었다.

"그…… 보니까 와이번 조종 경력이 있으시네요. 3차 방어전에도 참여하셨고……."

"아, 네."

"그냥 비슷하게 하면 되지 않을까요?"

잼식의 말에 플레이어가 잠시 생각을 하다가 고개를 끄덕였다.

"까짓거 한번 해보죠."

-여름조아: 저 형님 쿨한거 보솤ㅋㅋ

-리그오브스톰: 저분 라이더맨님 아님? 와이번 조종 고수임.

라이더맨은 상쾌한 미소를 지었다. 조종대를 잡자마자 엄청난 속도로 가속되었다.

-스파게티: 오! 대박!

-SSS급능력자: 움직인다!

-존예: 진짜 우주네!

"팀장님! 이거 생각보다 쉽네요!"

"처, 천천히!"

"갑니다!"

빠른 속도로 목표 지점에 도달했다. 팀원 중 한 명이 헬멧을 쓴 채로 토했다. 수습을 하는 데 조금 오래 걸렸다. 채굴정이 거대한 소행성에 착지했다. 채굴정의 문이 열리자 우주 공간이 보였다. 무중력 공간이었지만 아바타 능력이 워낙 뛰어나서 금방 적응할 수 있었다.

"가, 갑시다!"

잼식이 먼저 소행성 위에 올라섰다. 우주복에 있는 흡착 장치가 작동하며 소행성에 달라붙었다. 환상적인 경험이었다.

시청자들은 난리가 났다. 영화와는 비교를 할 수가 없었다. 특히 홀로그램TV로 보고 있는 시청자들은 말을 잊었다. 눈앞을 전부 채우고 있는 거대한 붉은 행성은 두려움을 심어주었지만, 눈을 뗄 수 없었다.

다른 채굴팀들이 채굴 작업을 하고 있는 게 보였다. 아바타답게 굉장히 빠른 속도였다.

"대박! 이거 백금이래!"

"오오! 장난 아닌데? 채굴 가즈아!"

"나는 오늘부터 채굴머신이다."

다른 팀에서 대박을 냈다. 마력 드릴로 소행성을 파니 백금 덩어리가 마구 나오고 있었다. 통신이 모두 오픈되어 있어 모두의 귀에 그 소리가 들렸다.

"우, 우리도 빨리 작업 시작하죠!"

잼식은 채굴 도구를 꺼냈다. 아르카나와 연구원들이 합작해서 만든 채굴 도구였다. 아바타의 신체능력에 맞게 제법 과격했다.

잼식은 이리저리 둘러보다가 적당한 곳을 발견했다.

"이곳부터 시작하죠."

잼식이 먼저 마력 드릴을 바닥에 박아넣었다.

드드드!

잼식이 마력 드리를 박아넣은 곳부터 시작해서 균열이 생기더니.

퍼엉!

수증기가 뿜어져 나왔다.

"어? 으아아악!"

"으아악!"

조금 떨어진 곳에 있던 채굴 2팀이 수증기에 휩쓸리며 모두 우주 공간으로 날아갔다. 모두 잼식을 바라보았다.

"아…… 그, 그래도 구출되겠죠?"

우주 공간으로 날아가던 채굴 2팀의 플레이어들이 채굴정의 엔진에 빨려 들어가며 사라졌다. 잠시 정적이 내려앉았다.

-실화임: 사, 살인자!

-이모는외계인: 여기 살인자가 있어요!

-존버가자: 머더러! 섬 바디 헬프!

"사, 사고입니다."

잼식은 식은땀을 흘렸다.

묵묵히 채굴에 집중할 수밖에 없었다. 자원이 팍팍 나오니

신이 나서 마구 채굴했다. 시청자들도 좋아했다. 보는 맛이 있어서였다. 마치 랜덤박스 같은 느낌이 들기도 했다. 게다가 뭔가 팍팍 나오니 통쾌함마저 있었다.

그렇게 모두 채굴에 빠져 있을 때였다.

"저, 저게 뭐죠?"

"응?"

라이더맨이 우주 공간을 바라보며 말했다. 잼식과 팀원들은 고개를 갸웃하며 그곳을 바라보았다. 공간이 비틀리고 있었다. 흡사 포탈이 생성될 때를 보는 듯했다.

투웅!

공간에서 무언가 튀어나왔다. 검은 함선들이었다. 백색의 함선과는 다르게 선이 굵고 모서리가 많아 기계적인 느낌이 훨씬 강했다.

파아아아!

검은 함선이 백색 전함을 향해 거대한 빔을 발사했다. 백색 전함의 실드가 작동하며 빔을 막아냈지만 충격이 있는 듯, 크게 흔들렸다.

검은 함선에서 전투기들이 뿜어져 나왔다.

"아……."

-란토: 우, 우주 전쟁이다!

-도시락마이쩡: 미친…… 스케일보소!

-블랙카우: 와, 지린다. 지금 테스터 신청할 수 있음?

-사료주세염: 지금 채굴할 때가 아님!

통신 담당의 팀원이 잼식을 바라보았다.

“잼식 팀장님! 귀환하라는 것 같은데요! 암흑제국이 공격해 왔다고…….”

“암흑제국?”

확실히 저 전함은 그 이름에 어울리는 모습이었다.

전투기들이 무차별적인 폭격을 하기 시작했다.

“빠, 빨리 채굴정으로!”

잼식과 팀원들이 채굴정에 올랐다. 라이더맨이 벌떼 같이 몰려온 전투기를 바라보며 고개를 끄덕였다.

“옛날 생각이 나는군요. 와이번들에게 쫓긴 적이 있지요.”

탁!

라이더맨은 능숙하게 기어를 조작하고 조종대를 잡았다.

채굴정이 빠르게 나아갔다. 전투기들이 따라붙으며 빔을 쏴 댔다. 하지만 라이더맨은 무려 -C랭크의 와이번 라이더였다. 빔을 화려하게 피하며 계속해서 가속했다.

두드드드!

선체가 급격히 흔들렸다.

-초코쿠키: 빔 피해욧!

-우주독자: 개무섭다ㄷㄷ

-문과: 스릴 보솓ㅋㅋ 개쩐다.

"무, 무장은 없나?"

"팀장님! 제가 마법사입니다! 올라가서 에너지탄을 갈겨보겠습니다."

"그, 그래요."

마법사 팀원이 채굴정 문을 열고 난간에 매달렸다. 따라붙는 전투기를 바라보다가 한 손을 뻗었다. 그러자 마력탄이 뿜어져 나가며 전투기와 부딪혔다.

콰앙!

"나, 나이스!"

전투기가 폭발하자 잼식이 주먹을 움켜쥐었다. 마법사는 그 광경을 바라보며 조용히 입을 떼었다.

"마나가 함께하기를"

-파인애플: 캬, 누님 예뻐옷!

-아싸씨노: 이게 바로 미궁에서 단련한 SF 마법사다!

-그림판: ㅋㅋㅋ 와 이거 장르가 뭐에요?

-블랙기업: 마나가 함께하기를!

-야근싫어욤: 팀장이 제일 무능하네. 응원단장이세요?

잼식은 채팅창을 볼 수 없었다. 그만큼 상황이 급박했다.

쿠우웅!

선체에 강하게 흔들렸다. 잼식이 고개를 돌려 옆을 보니 엔진 하나가 사라져 있었다.

-허무한자: 잘가, 엔진.
-시청자에오: ㅋㅋㅋ 억! 엔진 탈주!
-안농: 이건 죽었다.

"티, 팀장님! 불시착하겠습니다!"
"어, 어디로요?"
어디로 불시착할지 금방 알 수 있었다. 밑에서부터 전함이 떠오르고 있었다. 플레이어가 조종대를 강하게 휘자, 채굴정이 그대로 전함으로 꽂혀 들어갔다. 사출구에 아슬아슬하게 들어가더니 사방에 부딪히며 전함 안으로 들어갔다.

-소문듣고옴: 이걸 사네.
-루머: ㅋㅋ운 좋은 거 봐
-착한시청자: 잼식이 여기서는 안 죽네.

푸지지직!
미끄러지던 채굴정이 벽에 부딪히며 간신히 멈추었다. 메케한 연기가 치솟고 있었다.
잼식과 팀원들은 비틀거리며 채굴정 밖으로 나왔다. 일반인이라면 죽었겠지만 그들은 미궁에서 산전수전을 다 겪은 베테랑이었다.

"전함 내부에서라면 우리가 더 강합니다!"

"암흑제국군이라고 해봤자 마법은 쓸 수 없으니까요."

"그냥 몹이겠죠? 스킬로 조져 버립시다!"

팀원들의 말에 잼식도 고개를 끄덕였다.

전투라면 자신이 있었다. 그때였다. 암흑제국군으로 보이는 군대가 몰려왔다. 검은 망토에 헬멧을 쓰고 있었다. 잼식과 팀원들은 전투자세를 잡았다. 마법사 팀원이 에너지탄을 쏘아 보냈다. 전투기도 날려 버릴 정도의 위력이 담긴 에너지탄이었다.

지잉!

가장 앞에 있던 군인이 검을 뽑았다. 검에서 마력이 섞인 붉은 빔이 뿜어져 나오더니.

서걱!

에너지탄을 베어버렸다.

"막았다고?"

"검기? 보, 보통 놈들이 아닙니다!"

잼식과 팀원들이 주춤 물러나며 긴장에 빠졌다.

군인들이 그들을 바라보다가 헬멧을 벗었다.

"헉!"

모두 그 얼굴을 보고 놀라고 말았다. 그들의 얼굴이나 목에는 엘론티와 마계를 상징하는 문양이나 아티팩트가 자리 잡고 있었다. 게다가 에너지탄을 벤 사람은 엘론티 전사들 중 가장 유명한 '남자는양손검'이었다.

-초코쿠키: 헉, 미친ㅋㅋㅋ

-누님추종자: 역겨운 숲쟁이놈들ㅋㅋㅋ

-코인: 더러운 까마귀놈들ㅋㅋ

-한줄평: 역겹고 더러운 놈들이 암흑제국군이 되었다!

그들은 B게이트로 간 마계, 엘론티의 플레이어들이었다. 가장 앞에 나와 있는 암흑제국군이 비릿한 웃음을 머금었다.

"나약한 놈들이 여기 다 있군. 우주의 거름으로 만들어주마."

"크크크, 암흑 황제께서 피를 원하신다."

"더 많은 피를! 더 많은 힘을!"

거름에 미친 엘론티와 중2병 마계의 조합.

그야말로 최악이었다.

진우는 가만히 앉아서 여러 방송과 함께 실시간으로 업데이트되는 데이터를 바라보았다. 플레이어들이 투입되자마자 자원 생산량이 비약적으로 높아졌다. 그들의 육체는 이제 인간이라고 볼 수 없을 정도로 강인했고, 겁이 없었다. 사고가 나더라도 크게 신경을 쓰지 않았다. 우주 공간으로 날아가 미아가 되어버려도 아바타 연결을 끊으면 그만이었다.

그들은 자유로워 보였지만 전혀 그렇지 않았다. 모든 것이 진우의 지배하에 있었다.

"A21 소행성에서 다량의 셀론다이트 발견!"

"A24는 백금이 생각보다 많이 매장되어 있습니다!"

"A27도 심상치 않습니다!"

셀론다이트는 영훈의 독창적인 설정이었다. 행성에서는 생성되지 않고 오로지 운석을 통해 공급받을 수 있는 금속이었다. 외전 세계도 그 설정을 공유하는 것 같았다.

마력을 이용한 제련 기술이 아니고서는 손도 댈 수 없었다. 마력과 궁합이 가장 좋고, 특수 처리를 하면 세상에서 제일 단단한 금속이 된다. SF 세계에서는 그러한 기술이 없어서 쓰레기 취급을 받았지만, 굉장히 희귀하고 가치를 따질 수 없는 광물이었다. 김대진 박사가 환장할 만한 이야기였다. 연구원들은 벌써 축제분위기였다. 계속해서 희귀 자원들이 밀려오니 흥분을 감출 수가 없었다.

물론, 플레이어들이다 보니 사고가 생기기는 했다. 그러나 벌어들이는 게 워낙 많으니 채굴정 한두 대 터지는 건 일도 아니었다. 다크 아이에서 공장이 계속 돌아가고 있었기에, 금방 보충할 수 있었다.

"채굴정 14대! 아공간이 모두 가득 찼습니다."

"추가 채굴정을 급파합니다!"

스크린에 채굴정이 거대한 수송선으로 향하는 게 보였다. 수송선이 전함 앞에 있는 창고에 자원을 모았다. 그곳에서 값을 매겨 차원 금화를 지급해 주었다. 차원 금화를 실제로 받으니, 플레이어들은 미친 듯이 일하기 시작했다.

돈 앞에 장사 없었다.

"이제 움직이셔야 합니다!"

세연은 격식 있는 장교복장을 입고 있었다. 화장을 조금 진하게 해서 인상이 확 달라진 느낌이었다. 평소에는 전혀 꾸미지 않았지만 지금은 기합이 확 들어가 있었다.

진우는 고개를 끄덕이고 세연이 건네준 옷으로 갈아입었다. 이런 것도 이제 너무나 익숙해져서 거부감이 하나도 없었다.

'노동력을 착취한 대가라고 생각하자.'

즐거움이라도 줘야 했다. 그래야 생산성도 올라가지 않겠는가.

진우는 일부러 B게이트에 많은 유저들을 몰아넣었다. 그리고 A게이트로 공격적인 성향이 있는 유저들을 데려왔다. 암흑제국에 어울리는 이들이었다.

진우는 황제 복장을 입었다. 검은색과 황금색이 적절히 조화된 복장이었다. 긴 망토가 있었고, 조금 화려하게 느껴지는 가면을 썼다. 목소리는 기계음으로 변조되어 있었다.

"감히 범접할 수 없는 그런 압도적인 모습을 보여주시면 됩니다!"

진우는 세연의 말에 고개를 끄덕였다. 그런 것쯤은 굉장히 쉬웠다.

진우가 메인 브릿지에서 나오자, 수십의 T0들이 따라붙었다. T0은 T1을 이끄는 부대장들이었다. 암흑 황제의 친위기사라는 설정이 붙어서인지, 복장은 꽤 멋있었다. 아로롱이 조종하는 아바타일 뿐이지만 말이다.

세연은 진우의 옆에서 보조를 맞추며 걸었다. 진우는 현재 암흑제국군에 있는 방송인 중 시청자들이 가장 많은 곳에 들어갔다. 채팅창을 옆에 띄워놓았다. 예전에도 해본 일이니 이제는 익숙했다.

플레이어들이 모여 있는 곳으로 향했다. 플레이어들뿐만 아니라, T1 군단도 서 있었다. 진우가 나타나니, T1들이 모두 경례했다. 플레이어들은 암흑제국군 복장을 한 채로, 헬멧을 들고 있었다. 채팅이 쏟아져 나왔다.

-한영키: 포스 쩔엌ㅋ

-윤정: 배경 음악도 들리는데?

-대리운전: 개멋있다.

진우가 다가가자, 가장 앞에 서 있던 아바타가 보고를 하기 시작했다. 긴장한 티가 역력했는데 당연히 모두 아로롱의 연기였다.

진우는 아바타를 바라보았다. 손을 뻗고 가볍게 휘둘렀다.

"으아아악!"

휙!

아바타가 옆으로 튕겨 나가며 벽이 부딪혔다. 벽에 마치 찰

흙처럼 붙어 있다가 스르륵하고 바닥에 떨어졌다.

두꺼운 복장 때문에 피가 튀기거나 하지는 않았지만, 굉장히 끔찍한 광경이었다. 세연이 손짓하자 T1들이 박살 난 아바타를 들고 사라졌다. 세연은 바닥에 떨어진 금빛 견장을 주워 들고는 가장 앞에 있는 아바타에게 건넸다.

이제 부대장은 견장을 받은 아바타였다.

-살법: 황제 폐하 ㄷㄷㄷ

-배맛사이다: 개무섭다.

-별맛캔디: 포스 보솜ㅋㅋ 미궁도 다 때려부술 것 같다.

-뽀로롱: 첫 메인 시나리오 이후 최고의 빌런 캐릭터인듯.

-히맛: 방금 죽은 애, 엄청 강한 캐릭터 아니었음? 기선 제압 쩔던데.

-큥카큥카: 맞음, 남자는양손검이 개발렸음.

암흑제국의 황제! 가만히 있는 것만으로도 포스가 넘쳤다. 대군주의 위압감은 그 누구라도 감당할 수 없었다. 플레이어들은 숨조차 제대로 쉬지 못했다. 그뿐만 아니라 화면 너머에서 채팅을 치고 있는 시청자들도 마찬가지였다. 한동안 채팅이 안 올라올 정도였다.

세연이 팔을 벌리며 입을 뗐다.

"잘 왔다. 암흑제국군이 직접 선별한 용병들이여."

우주에서의 세연은 무적이었다. 만능에 가까웠다. 랭크는 그렇게 높지 않았지만 SF 한정에서는 군주급이 아닐까? 진우는 진지하게 그렇게 생각할 수밖에 없었다.

"너희들의 몸속에 파괴의 유전자가 들어 있음을 안다. 오로지 힘만을 갈구하고, 떳떳하지 못한 신념 아래 파괴만을 계속해 왔겠지."

-안농: 누님, 예쁘다.

-디디티: 여간부 포스 보솜ㅋㅋ

-너와함께: 저거 완전 역겨운 숲쟁이와 더러운 까마귀 이야기자너?

대사는 오글거렸지만 뭔가 광기가 느껴져서인지 그럭저럭 들어줄 만했다. 무엇보다 세연의 외모가 매력적이라 모두 집중하고 있었다. 악의 여간부 같은 느낌이었다.

"위대한 황제 폐하께 충성을 바칠 기회를 주겠다! 모든 것을 빼앗고 파괴하라! 암흑제국군에서 너희는 모두 올바르다. 너희가 정의다! 억눌려 있던 모든 것들을 폭발시켜라!"

엘론티의 전사들과 마계 소속의 플레이어들이 주먹을 움켜쥐었다. 메인 시나리오가 진행되면서 플레이어들은 단합을 하기 시작했다. 하지만 여전히 마음속에 난장판이었던 시절을 그리워하고 있었다. 어떤 규칙도 없었던 그 시절을!

"모든 것을 우주의 거름으로…… 어둡고 붉은 핏빛 우주로……."

세연의 말이 끝나자 잠시 정적이 내려앉았다.

"우오오오!"

"크크큭!"

플레이어들을 억제하고 있던 무언가가 깨져나갔다. T1군단이 손뼉을 치자, 플레이어들은 환호했다. 오글거리지만 꽤 그럴듯한 연설이었다. 현재 신성연합 쪽 창고에는 꽤 많은 자원이 저장되어 있었다. A게이트로 간 플레이어들이 열심히 노력한 결과였다.

'갈등을 넣기에도 딱 좋지. 그림도 괜찮게 나올 것 같고.'

그걸 약탈할 예정이었다.

-천하제일: 암흑제국 만세!

-딸기맛: ㅋㅋ그래, 이게 진짜 제국이지.

-하악하악: ㅋㅋㅋ옆동네 겁나게 일하고 있던데 돈 번다곸ㅋㅋ

-푸딩요: 약탈 미션 개꿀잼일듯.

-에프엠라디오: 우주전쟁이다!

홍보도 아주 잘 되고 있었다. 시청자들은 평소보다 훨씬 많았다. 처음 메인 시나리오가 나왔을 때와 비슷해지고 있었다. 아직 테스트 초반인 걸 생각하면, 충분히 뛰어넘을 수 있을 것 같았다.

진우가 메인 브릿지로 돌아오자 본격적으로 약탈 미션이 시작되었다. 오늘을 위해 만들어놓은 함대가 일렬로 섰다. 굉장히 장엄했다. 일부는 하루링이 눈속임용으로 구현을 해놓은 것이었다. 함대가 워프를 시작했다.

-삶과죽음: 워프?

-휴지통: 헐ㅋㅋㅋ 진짜임?

-다분: 이런 걸 어케 구현한거임?

함대 전체가 워프를 하는 광경은 장관이었다. 워프를 처음 보는 시청자들은 당연히 감탄했다.

진우는 시청자가 많은 방송을 살펴보았다. 부족한 것이 있으면 메인 브릿지에서 실시간으로 보충해 줄 생각이었다. 그냥 자연스럽게 흘러가도록 놔두는 것도 괜찮았지만, 개입을 하면 더 멋진 그림을 만들 수 있었다.

'뭐, 여러모로 유용하겠지.'

세력을 키워놓으면 쓰일 구석이 많았다. 이 SF 세계에도 군주가 있었으니 말이다. 조금 특이한 형태이기는 하지만, 상당히 위협적이었다. 그저 재미만으로 암흑제국을 만든 건 아니었다. 세력이 없는 것보다 있는 게 훨씬 나았다.

진우는 방송을 보며 반응을 살펴보았다. 전함이 나타나자 신성연합 쪽은 난리가 났다. 우주전쟁이 시작되었기 때문이다. 세연도 진우 옆에 앉았다. 그녀의 귀가 조금 붉어져 있었다. 아무래도 연설이 조금 부끄러운 듯했다. 이제 와서 부끄러워해 봤자 엄청 늦은 감이 있었다.

"아, 아바타 시스템에 맞춰져서 그런지…… 플레이어들이 생각보다 전투기를 잘 조종하는군요."

"볼만하네. 다양하게 추가해 보자고."

"네, 자원과 차원 금화로 구입할 수 있게 만들 생각이에요. 더 나아가 클랜 단위 우주선도 추가할 예정입니다!"

"좋군."

플레이어는 자원을 통해 전투기나 여러 가지를 구입할 수 있었다. 자원을 모으면 증명서를 발급해주는데, 그걸로 교환이 가능했다. 물론, 공정한 교환이 아니었다. 플레이어에게 제공하는 1대 가격이면, 실제로는 여러 대를 만들 수 있었다.

게다가 구매라고는 하지만 대여에 가까웠다. 어차피, 소속은 암흑제국군이나 신성연합이었고, SF 세계 밖으로 가져갈 수 없었으니 말이다.

[님들! 대박입니다! 제가 100분 추첨해서 치킨 쏘겠습니다. 우리 같은 소규모 방송인들도 살 길이 생겼습니다! 이진우 대표님 만세!]

-할롱: 와, 2백만 원 번 거임?

-다섯가지덕: 노다지 한 번 터지니까 작살나넼ㅋㅋ 나도 빨리 하고 싶다.

-하즈니: 채굴 잼! 이제 답은 채굴 코인이다!

몇 시간 동안 채굴 방송을 하고 있던 방송인이 전함 앞에 있는 창고에서 기대에 들떠 있었다. 세연은 그 모습을 보고 씨익 웃었다.

"후, 후후, 좋아하고 있군요. 사기를 당한 걸 모르는 저 순진한 표정! 참을 수 없군요!"

"너 성격 조금 바뀐 것 같은데……."

"아! 그건 암흑제국군이라서……."

세연의 말대로 2백만 원은 그가 채굴한 것들에 비하면 굉장히 작은 금액이었다. 심하면 99% 이상 떼어가고 있었다.

[오! 이번 거는 3백만 원입니다! 대박! 하지만 환전하지 않고 증명서를 모아서 최초로 우주선을 타보겠습니다! 안 자고 채굴 갑니다!]

방송인이 기쁨에 방방 뛰어다녔다. 그동안 모은 증명서를 바라보았다. 차원 금화로 바꾸면 수백만 원이 들어왔지만 그렇게 하지 않았다. 우주선을 구매하기 위함이었다.

그때 폭발이 일어나더니 암흑제국군이 침입했다.

[뭐, 뭐야!]

[으, 으아악!]

[가, 갑자기……]

암흑제국군은 무차별적인 공격을 하기 시작했다. 플레이어들이 무기를 꺼내며 맞서 싸웠지만 역부족이었다. 암흑제국군도 같은 플레이어였기 때문이다. 그것도 엘론티와 마계였다. 그가 넘어지면서 증명서가 바닥에 떨어졌다. 주우러 갔지만 엘론티 전사가 그것을 밟아 찢어버렸다.

[그, 그만둬! 으, 으아악!]

[자연으로 돌아가라. 저 먼 우주로.]

[설마…… 여, 역겨운 숲쟁이놈!! 이 개자식아! 내 돈 돌려내!]

방송인은 암흑제국군이 그들이라는 걸 금방 알아차렸다.

-명복을: 얼ㅋㅋ 개끔찍! 7백만원 공중분해! 증명서 모아서 우주선 산다면서요! 먼지가 되어버렸다.

-라면맛: 역겨운 숲쟁이놈들ㅋㅋㅋㅋ우주에서도 개역겹네.

-진리탐구자: 님들 저거 다 훔쳐가는데요?

-황금빛눈물: 얼ㅋㅋ미친 인벤토리에 쑤셔넣는거 보소! 아공간 쓰는거 보면 다 미궁놈들임ㅋ

-양다리구이: 와, 해적이 따로 없네 저게 얼만데…….

[역겨운 놈들 뒤져라!]

[죽어!]

격렬한 저항을 시도했지만 풀 무장한 암흑제국군의 상대가 될 수 없었다. 세연은 그 모습을 보며 흡족해했다.

"역시 공짜가 제일 맛있죠!"

"그렇긴 하지."

진우도 어느 정도 동의했다.

-란토: 꿀잼ㅋㅋㅋ허니잼ㅋㅋㅋ

-여신상: 허망한 표정 봑ㅋㅋ 똥빠지게 모았는데 빼앗김ㅋㅋ

-루나팬: 나약하면 당해야지.

양측 진영의 분위기가 달아올랐다. 본래 계획은 여기까지였다. 나름대로 재미있는 그림도 나왔고, 자원도 많이 확보했다. 홍보도 확실하게 될 것 같았다. 그러나 이대로 끝내기에는 아쉬운 감이 있었다.

"조금 아쉽군."

"이르긴 하지만 마장기를 공개하는 건 어떨까요?"

"음? 신성연합 쪽에는 마장기를 배치하지 않았잖아."

"후, 후후! 역시 모르시는군요!"

세연이 웃었다.

"원래 최신 기체는 탈취당하는 게 이 바닥 룰입니다!"

그렇다고 한다.

진우는 잠시 생각에 빠졌다. 방송 화면을 살펴보니 마침 잼식이 감옥에 있었다. 어떻게 저기 있는지 모르지만 아무튼 잘되기는 했다. 시청자 숫자도 현재 1위였다. 루나와 미궁, 그리고 김군주가 방송을 하지 않고 있었기 때문이다.

"못 미덥긴 하지만…… 저 녀석을 이용해 보자고."

"네, 그럼 통신으로 연결해서 유도해 볼게요."

세연이 음성을 변조한 후 잼식을 안내해 주기 시작했다. 꽤 그럴듯했다.

잼식은 홀로 감옥에 갇혀 있었다. 팀원들의 생사는 알 수 없었다.

"동료들은 안타깝게 되었지만…… 잼식 님이 지금 유일한 희망이에요!"

[아, 알겠습니다!]

-안양: 신성연합 희망 잼식 가즈아!

-락마니아: ㅋㅋㅋ잼식이 희망이라니 말세다.

-연합군: 스토리 오지네. ㅋㅋㅋ

잼식은 달렸다. 세연의 안내를 받으니 적의 위치를 모두 알 수 있었다. 헬멧을 쓴 군인의 뒤에 접근해 수도를 내려쳤다. 군인이 기절하자 헬멧을 벗겼다.

[더러운 까마귀 놈이었군.]

-침입자: 캬, 제임스 본드임?

-어둠의칼날: 잼식이 오랜만에 멋지다.

-내가무섭니: ㅋㅋ특수요원 같다.

잼식은 우쭐했지만 티를 내지 않으려 노력했다. 간만에 엄청난 활약을 하고 있었기 때문이다. 암흑제국 군인의 복장으로 갈아입은 잼식은 세연의 안내에 따라 전함의 깊숙한 곳으로 이동했다.

스릴이 넘치는 장면이 있었지만 아슬아슬하게 목적지에 도착할 수 있었다. 잠겨 있는 문을 해킹하는 연출을 하자 문이 열렸다.

[이, 이건!!]

-스트롱맨: 로봇!

-핵폭탄배달: 엌ㅋㅋㅋ저게 뭐얔ㅋㅋ

-기근: 헐 대박ㅋㅋㅋ

-대흉: 저거 그거 아님? 그거.

거대한 미장기가 있었다. 다크 엠퍼러가 아니라, 양산 기체였다. 그래도 디자인이 굉장히 멋있었다. 지금까지 만화나 영화에 나온 모든 기체의 장점을 섞어놓은 듯한 디자인이었다. 로봇을 좋아하는 시청자들은 불타올랐다.

"저, 저건……! 아, 아무래도 암흑제국의 신병기 같아요!"

[어, 엄청나 보이는데요?]

"우주선이 있을 줄 알았지만…… 설마 이런 게 있을 줄은……."

[어, 어떡하죠?]

"……암흑제국은 우리의 것들을 늘 약탈해 왔어요. 이번에는…… 이번에는 우리가 탈취하죠!"

-한녀석: 얼ㅋㅋ

-아싸시노: ㅋㅋㅋㅋ 개웃기네

-디마켓: 가즈아!

-고갱님: 참교육 가즈아!

잼식은 결연한 표정이 되었다. 상황에 맞춰 T1 군대들이 들이닥쳤다. 생각할 겨를도 없이 열려 있는 콕피트에 들어갔다. 화면에 사용자를 입력하라는 문구가 떠올랐다. 세연이 해킹을 하는 척하면서 아슬아슬할 때까지 시간을 끌었다.

[확인 완료.]

마장기가 구동되었다! 아바타 시스템과 비슷했기에 잼식은 무리 없이 마장기를 움직일 수 있었다. 우주 공간으로 나오자 전투기가 달려들었다. 그러나 전투기의 무장으로는 마장기의 실드를 뚫을 수 없었다.

[내가 바로 잼식이다! 역겨운 숲쟁이, 더러운 까마귀 놈들아!]

-하이만: 캬! 멋지다!

-상어밥: 빔 소드 보소!

-안녕하시게: 오오! 기동성 죽이네!

-암살권: 저것도 살 수 있는 거임? 그렇다고 해줘.

마장기는 엄청난 화제가 되었다. 다른 방송인들까지 잼식의 방송을 볼 정도였다. 진우는 잼식에게 맞서 허영을 내보냈다. 허영이 맞춰주니 그럭저럭 괜찮은 전투가 벌어졌다.

[암흑제국의 파일럿은 괴물인가!]

[제법 하는군. 잼식이라 했나?]

통신을 보는 맛도 있었다. 시청자들이 보기에는 손에 땀을 쥐게 하는 전투였다.

"엄청난 관심도입니다. 마장기도 잔뜩 생산할 수 있겠군요! 방어시스템은 물론 도시건설도 빠르게 진행할 수 있을 것 같습니다."

"순조롭네."

진우는 아주 쓸 만한 노예들을 얻었다. 뉴월드 유니버스의 화려한 시작이었다.

뉴월드의 새로운 세계는 충격을 몰고 왔다. 플레이어들뿐만 아니라 천문학자들도 막대한 관심을 보였다. 미항공우주국에서 직접 G&P로 찾아올 정도였다.

짧은 테스트 기간이 끝나자, 플레이어들은 안절부절못했다. 짧은 기간에 수백만 원가량을 벌어간 플레이어들이 꽤 많았기 때문이다. 뉴월드 : 미궁 안에서는 독자적으로 채굴 장비나 우주복을 만드는 길드까지 생겨났다.

그리고 많은 관심 속에 오픈했다. 수억에 이르는 플레이어가 모두 우주로 갈 수는 없었다. 일정 이상의 능력이 되는 플레이어들만 티켓을 받을 수 있었다.

티켓도 비자처럼 일정 기간마다 갱신해야 했다.

[제목: 정식 채굴꾼 됐다.]

[글쓴이: 석탄맛있쪙]

한 달 동안 채굴만 했다. 신성연합 3번 함대에서 채굴했다. 소행성 위주로 하다가, 최근에 행성까지 진입했는데, 뒤질 뻔했다. 아무것도 없더라. 채굴 기지 건설할 거 아니면 행성은 진입하지 마라.

[내 채굴선.jpg]

3백만 원짜리 증서 10개 모아서 채굴선 샀다. 지금 신성연합에서 도시 짓고 있어서 자원 가격 떡상하고 있다.

아직 바꾸지 말고 존버해라. 억대 우주선은 장거리 워프도 된다더라. 좌표를 전송받아야 하긴 하지만, 존나 먼 거리도 갈 수 있더라. 이건 아마 길드단위로 해야 할 듯.

단거리 도약으로도 채굴하러 가는 데 일주일 걸린다. 장거리 워프 필수다 진짜.

그리고 마장기도 슬슬 나오는 것 같던데, 전함 한 대 가격이야. 꿈도 꾸지마라. 잼식이 이 새끼는 그 비싼 거 날려 먹고…… 븅신임. 현금 가치만으로도 수백억 할듯.ㅋㅋ

[셀론다이트.jpg]

이게 요즘 가장 핫한 자원이다. 덕분에 살림살이 나아졌다. 우주에서 돈 벌어서 자식들 먹여 살리고 있다.

모두 마나가 함께하길 바란다.

아! 암흑제국 놈들 보이면 그냥 자폭해라. 차라리 그게 속편함. 이새끼들 미쳐가지고 맨몸으로 우주 공간에서 날아다님. 머리도 모두 모히칸이야.

-할롱: 우주 기러기 아빠넼ㅋㅋㅋ

-하지마요: 마계놈들도 그랬지만 엘론티 놈들은 진심 미쳤어. 채굴정에 매달려서 기어들어옴. 에일리언인줄.

-채굴존버: 셀론다이트 1톤임? 미쳤네. 저게 다 얼마야.

-우주방위대: 암흑 새끼들 조심하세요. 채굴선만 보이면 털어감. 아주 개자식들이에요. 거의 공짜로 황제인지 뭔지하는 놈한테 바치던데. 미친놈들임.

ㄴ황제의기사: 약육강식. 약한 게 잘못이다. 황제 폐하를 모독하다니…… 대가를 치룰 것이다!

ㄴ우주방위대: 행성계 좌표 불러라.

-SSS급호위단: 자원 30% 받고 무료로 호위해드립니다. 전투선 1대, 전투기 3대 구성 완료! 확실하게 모시겠습니다. 'SSS급 우주호위단' 연락주세요!

-교역선: 미궁 물품 제공해드립니다! 증명서도 받아요!

새로운 시대가 열렸다. 모두가 진우를 배부르게 해주고 있었다. 뉴월드 유니버스는 엄청난 화제였다. 뉴월드 : 미궁이 처음 등장했을 때와 비교해도 전혀 꿇리지 않을 정도였다.

뉴월드 : 미궁으로 돈을 버는 프로 플레이어들이 많았지만, 새로운 세계는 그보다 훨씬 큰 기회의 장소였다. 누구나 채굴을 통해 돈을 벌 수 있었고, 증명서를 모으면 자신만의 전투기, 우주선 등을 얻을 수 있었다. 플레이어들은 우주선을 더 비싼 가격에 팔아 차익을 챙기기도 했다.

우주는 모든 것이 가능한 곳이었다. 우주선은 모두 비슷한 형태였지만, 그걸 가만히 보고 있을 플레이어들이 아니었다.

[제목: C-12형 우주선 개조기]

[글쓴이: 커스텀장인]

취미로 개조를 하는 사람이다. 3천만 원짜리 싸구려 소형 우주선 구입했다. 뉴월드 유니버스 오픈하고 지금까지 채굴만 했음. 소형 함선이 목표였지만 도저히 지르지 않고는 견딜 수 없었음.

[C-12형 우주선.jpg]

C-12형은 스타트 지점인 나로스 행성에서 구입할 수 있다. 나로스 행성계를 벗어나려면 함선이 필수지만 이곳에서도 아직 캘 자원이 많으니 그냥 질렀다. 근데, NPC들과 이야기하다 보니 부품도 구입할 수 있다는 걸 알아냈다! 분해 키트도 따로 팔더라.

[다양한 부품들.jpg]

뭐가 뭔지 몰라서 제조 공장에 가서 일 도와주면서 어깨너머로 배웠다. 공장 NPC님들이 도와줘서 대충 이해가 되더라. 진짜 고시 붙었을 때보다 공부 더 한 듯.

아예 달달 외웠다. 바로 개조에 들어갔다.

[분해 작업.jpg]

개조할 부분을 모두 분해했다. 외부 장갑을 싹 다 교체했고, 엔진 증폭 장치, 단거리 도약 장치, 소형 실드, 소형 마력총을 달았다. 엔진에 부담이 좀 가지만 출력이 1.5배 이상 높아졌다. 어차피 엔진은 꽤 잘 만들어져서 그 정도는 버틸 수 있다! 워프 드라이브를 달려고 했지만, 너무 비싸서 다음 기회에…….

외관도 내 취향으로 바꿨다! SF 고전 영화 갤럭시 시리즈에 나오는 '레드 버드'를 구현해 보았다.

[완성.jpg]

나로스 행성에 정지 창고 오픈했으니까 와라.

증명서, 차원 금화, 현실 돈 모두 받는다.

최선을 다해 커스텀해 드림.

길드도 창설했다. 내 꿈은 마장기 커스텀임.

잼식이 븅신 같은 놈. 그 비싼 걸…….

언젠가 마장기에 고간 미사일을 달아보고 싶다.

[댓글 3,211]

-한영키없어: 와, 미쳤다. 레드 버드랑 똑같자너.

-아농: ㅋㅋ벌써 장인 탄생했네.

-휴지통: ㅋ이분 정비소 가봤는데, 셀론라이트로 싹 다 바꾼 거 봄ㅋㅋ 차라리 소형 전함을 사겠다. 완전 티코에 전투기 엔진 단 꼴인데.

-하롯: 지금 마장기 구입한 사람 꽤 있던데. 어제 인증샷 올라왔는데, 9백억 정도 들었데. 현금 박치기 오짐ㅋㅋㅋ

ㄴ기사단: 아, 나도 봄. 그 양반은 아예 직원 채용까지 해서 채굴하더라. 채굴선 존나 큼ㅋ 도시 개발도 투자 엄청 하던데. 완전 우주 사업자야.

ㄴ하롯: 대성 전자 한진국 회장이라는 소문이 있음. 취미가 자동차 수집이라는데 취미 바꾼듯ㅋㅋ

우주에 익숙해질 무렵, 두각을 보이는 천재들이 나타나기 시작했다. 분해하고 조립하는 수준을 넘어서, 개조까지 했다.

성좌의 보조가 있었고, 아바타의 기술이 있었기에 가능한 일이지만, 천재가 아니고서는 그렇게 할 수 없었다. 덕분에 독창적인 형태의 우주선들이 계속해서 늘어갔다. 나로스 행성의 함선 공장 옆에 생겨나기 시작한 정비소들은 늘 만원이었다. 암흑제국군에게 대항하기 위해, 채굴선에도 무장이 달리기 시작했다.

'가만히 놔둬도 뭔가 많이 늘어나네.'

암흑제국의 다크 아이는 A시리즈와 부하들에게 맡겼고, 신성연합의 나로스는 플레이어들에게 자유롭게 맡겼다.

우주 세계에서 활동하는 플레이어들은 1억이 넘어갔다.

일반 사람들이 아니라 모두 아바타라는 점에서 엄청난 전력이라고 할 수 있었다. 점점 더 증가하는 추세였다.

미궁은 안정 상태에 들어갔기에 당분간 걱정이 없었다. 게다가 우주 세계로 넘어오려면 던전 몬스터들을 주기적으로 잡아주는 퀘스트를 깨야 했다. 진우는 안전장치까지 훌륭하게 마련해 두었다.

'지구에는 부자가 참 많군.'

뉴월드 : 미궁에서도 부자들이 큰 두각을 나타냈지만, 우주 세계에 비할 바가 아니었다. 부자들이 대거 나로스 행성에 몰려오면서 차원 금화를 쏟아부으며 개발을 했다.

지구에서 하지 못한 일들을 모조리 이곳에서 하고 있었다. 돈을 회수 할 수 있으니 투자로 보는 게 맞았다.

진우는 오랜만에 김군주 아바타에 접속했다. 나로스의 새워진 도시를 둘러보기 위함이었다. 도시 중앙에는 미궁과 연결된 포탈이 있었고, 나로스 입국 심사장이 있었다.

그 주위로 플레이어들이 만든 도시가 펼쳐져 있었다.

"외계 사과 팝니다. 직접 개량했어요!"

"채굴꾼 구합니다. 월급도 드리고 숙식도 제공해 드려요! 채굴선 완비! 6명만 모이면 바로 출발합니다. 나로스 거대 산맥으로 갑니다!"

"미궁 무기에 빔 입자를 달아드립니다! 폭발할 수도 있지만 대부분 안전해요!"

도시 개발이 너무나 순조롭게 진행되고 있었다. 시장 같은 느낌이 나기는 했는데, 함선과 우주선, 채굴선이 날아다니니 꽤 이색적인 광경이었다. 마치 여러 문명이 합쳐진 장소처럼 보였다. 플레이어들이 운영하는 숙박업소, 식당들도 대거 생겨났다. 상인이나 행성 개발에 참여하는 자들에게는 티켓 기간을 길게 연장해 주었다.

엘프나 다크 엘프들, 오크, 마족들도 자유롭게 돌아다녔다. 외계인이라는 컨셉이었으니, 누가 나와도 이상하지 않았다.

'자유롭게 열어놓길 잘했네.'

부하들도 자유롭게 출입할 수 있게 해주었다. 우주에서는 무슨 일이 일어나도 어색하지 않으니, 큰 제약도 두지 않았다. 부하들이 사고를 쳐도 플레이어들은 모두 그러려니 하고 있었다. 그러다 보니 부하들이 휴가로 나로스 행성에 자주 놀러 왔다.

"리, 릴리스 소저! 제가 꼭 호강시켜 드리겠습니다!"

"네."

"이번 채굴이 끝나면 저, 저랑……."

"그건 그때 가서 이야기하지요. 지금은 원기를 보충하도록 해요. 이거 드세요."

"으욱! 아, 알겠습니다."

릴리스와 남궁휘의 모습이 보였다. 남궁휘는 꿈틀거리는 거대한 애벌레를 바라보다가 눈을 질끈 감고 입에 넣었다. 너무 커서 입에 가득 찼다. 씹는 순간 즙이 터져 나오면서 바닥에 떨어졌다. 건더기가 잔뜩 있는 진득한 초록색 즙이었다. 정보의 마안으로 보니 확실히 원기 회복에 좋기는 했다.

진우는 고개를 돌리고 말았다. 저런 걸 누가 살까?

"12마리가 전부인가?"

"그, 그렇습니다."

"다 주도록. 후후후……. 역시 우주인가."

검은 로브를 쓴 이민우의 모습을 보았지만 진우는 모른척 해주었다.

"외계 사과! 괴상하게 생겼는데요! 제가 한번 먹어보겠습니다! 오, 볶은 애벌레 맛이 나네요!"

남궁소연도 있었는데, 그녀는 적응 교육을 마친 지 오래였다. 다른 세계로 온 이후 집에 들어가지 않아 남궁현의 걱정이 이만저만이 아니었다.

남궁소연은 지금 우주 음식 먹방을 진행하고 있었다. 요즘 떠오르는 방송인 중 하나였다. 외모도 외모였지만 워낙 맛있게 잘 먹어서 보는 이들이 절로 기분이 좋아진다고 한다. 자신을 좋아해 주는 사람이 많아져서인지, 자신감도 상당히 붙어

보기 좋았다. 가끔 최희연이 게스트로 나온다고 한다.

"음……."

금호도 나로스에 진출했다. M룡회의 빠른 발을 이용해 배송 서비스까지 하고 있었다. 웃으면서 전단지를 나눠주고 있는 화란의 모습도 보였다. 처음 만났을 때보다 많이 자라 있었다.

콰가가가가!

미궁의 애완동물인 찍순이가 거대한 날개를 펼치며 도시 상공을 날아갔다.

"와, 또 지랄이네."

"아우, 먼지……."

"깃털이나 줍죠."

그런 불평만 할 뿐 아무도 신경을 쓰지 않았다. 나로스는 종족을 초월해 모두가 자유로워질 수 있는 곳이었다. 어쩌면 진우가 바랐던 광경인지도 몰랐다.

진우가 걸음을 옮길 때였다. 거대한 전함이 도시 중앙에 착륙했다. 전함은 황금빛이었다. 마치 황금으로 도배를 한 것 같았다.

"황금의 론달프!"

"론달프 님의 전함이네."

"마, 마장기? 그, 그것도 4기나……."

"대박!"

전함에서 할아버지의 아바타 론달프가 내렸다. 그리고 그 옆에 마장기가 내려섰다. 마장기 안에는 검선의 아바타인 광마가 타 있었다. 둘은 티격태격해도 잘 붙어 다녔다.

'검선과 마장기라…….'

문득 빔 무기로 이기어검을 쓰는 광경이 떠오르자, 진우는 생각하는 걸 멈추었다. 진우는 꽤 화려하게 지어진 건물로 들어갔다. 성과도 비슷한 건물이었는데, 신성연합의 간부가 기거하고 있다는 설정이었다.

세연과 함께 이야기를 나누고 있던 유나가 다가왔다.

"오셨군요."

"음."

진우는 유나를 바라보았다.

"현재 확보한 전력은?"

"순양항급 전함 7척, 구축함급 전함 24척, 호위함 33척, 마장기 32기입니다. 전투기는 격납고에 가득 찼고, 계속 생산 중입니다."

"꽤 빠르군."

계속 공장을 풀가동했지만 이 정도로 생산이 빠를 줄은 몰랐다. 마법의 힘이 크게 작용했기 때문에 가능한 결과였다. 하루링의 권능도 작용하여 거의 찍어내다시피 하고 있었다.

자원은 당연히 차고 넘쳤다. 자원을 지속적으로 플레이어들에게 구입했고, 암흑제국을 이용해 약탈했기 때문이다.

"플레이어들의 전력도 만만치 않습니다. 전함도 꽤 보유했고, 마장기도 사들이고 있습니다. 대기업들까지 투자하고 있어 더욱 늘어날 것으로 보입니다. 대성 전자의 한진국 회장은 아예 나로스에 회사를 차렸더군요. '대성 우주 개발사'입니다. G&P에도 협력 요청을 해왔습니다."

"잘됐네. 편의를 봐주도록 해."

"알겠습니다."

진우는 고개를 끄덕였다. 그리고 세연을 바라보았다.

"라티카에게 걸어놓은 아티팩트를 통해 정보를 수집했습니다."

"소득이 있나?"

"말씀하신 대로 델록스 제국의 행성, 델티스는 너무 조용하더군요. 우주연합국에서 사신을 파견했지만, 응답이 끊겼다고 합니다. 행성계로 진입하는 모든 항로가 폐쇄되었습니다."

진우는 고개를 끄덕였다.

델록스 제국에 군주가 있었다.

기계 군주. 제국의 황제 위에 군림한 군주였다.

첫 시작은 국가의 부흥을 위해 만든 AI였다. AI의 효율적인 판단과 계획에 국가 운영을 맡겼다. 시간이 지나자 작은 국가는 우주에 막대한 영향을 끼치는 제국이 되었다. 그러나, 수많은 세월 동안 경험이 축적되어 진화를 거듭한 끝에 괴물이 되어버렸다. 황제 역시 개조당해 꼭두각시가 된 상태였다.

'하나의 올바른 생각…….'

아무리 최고의 계획과 대책을 내놓아도 인간은 늘 엇나갔다. 인간의 감정 때문이었다. 기계 군주는 인간의 생각과 의지를 지배하여 평화를 만들 계획을 세웠다. 수백 년 전부터 계획된 일이었고, 진우가 왔을 때는 이미 최종 단계였다.

'세라가 그 꼴이 된 것도…….'

학대를 받았다고 생각하는 게 차라리 편할지도 몰랐다.

그 내막을 살펴보면 노예와 일반 백성들을 대상으로 한 기계 군주의 실험이라고 봐도 무방했다. 영생의 샘은 어찌 보면 맞는 말이었다. 기계 군주의 일부가 되면 영원한 생명을 얻을 수 있었으니까.

'흔한 설정인데……. 실제로 구현되니 끔찍하군.'

진우가 지금까지 만나본 군주 중에서 가장 스케일이 큰 군주였다. 그런 면에서 보면 외전답기는 했다.

외전에서 기계 군주에 의해 우주연합국은 멸망했고, 라이네스 왕국도 멸망 직전까지 몰렸다. 그때 주인공과 해적들이 나타나 라이네스 왕국을 도와주었다. 기계 군주와의 싸움은 가망이 없었지만, 레아르 백작의 신병기와 전략이 아슬아슬하게 먹히며 승기를 잡을 수 있었다.

'그런 건 기대할 수 없겠지.'

레아르 백작이 해적에게 잡혔을 때부터 스토리는 이미 꼬였다. 본래는 라티카와 첫 만남을 해야 했다. 라티카가 레아르를 돕기로 결정한 이유는 그녀의 여동생과 닮았기 때문이다. 해적 연합도 없어졌고, 주인공도 없다. 레아르가 델록스 제국을 상대할 신병기를 만들 수 있을지조차 의문이었다.

하지만 진우에게는 더 많고 더 강력한 것들이 있었다.

세연이 신중하게 아티팩트에서 보내오는 신호를 살폈다.

라티카의 주변에 있는 기기들을 통해 정보를 수집할 수 있었다. 라티카는 현재 라이네스 왕국에 있었다.

“어? 우주연합국에서 구조 신호를 보낸 것 같습니다. 꽤 심각한 일 같은데요?”

“음…….”

기계 군주는 해적 연합이 없어진 걸 알았기 때문인지 예상보다 빠르게 움직였다.

진우는 자리에서 일어났다. 기왕 이렇게 된 거 우주연합국까지 구해보도록 하자.

진우는 우주선에 올랐다. 워프 드라이브가 내장된 비싼 우주선이었다. 자동 항법 장치가 달려 있어, 혼자서도 충분히 조종할 수 있었다.

김군주의 아바타로 오랜만에 방송을 켰다. 방송을 켜자마자 바로 수많은 시청자가 몰려왔다. 순식간에 백만을 넘어갔는데, 뉴월드에 접속해서 방송을 보는 이들도 대단히 많았다.

김군주는 뉴월드 : 미궁 시절부터 가장 큰 활약을 한 플레이어였다. 시청자들은 이곳에서도 활약해 주기를 바라고 있었다. 그만큼 그에 대한 기대감이 컸다.

진우는 그 기대감을 충족하고도 남을 것들 들고 왔다.

-할롱: 드디어 김군주 님 왔다!

-아티카: 오오!

-스카이짱커: 헉! 벌써 고급형 우주선?

-우주해적맨: 헐, 저거 개비싼 건데……. 전함 만큼 비쌈.

-란텐: 엄청 지르셨나 보넼ㅋㅋ 역시 프로 방송인ㅋ 잼식이와는 다르죠?

"오랜만입니다."

진우는 능숙하게 멘트를 했다. 잠시 잡담을 하다가 본격적으로 이야기를 시작했다.

"채굴을 하다 보니 미지의 좌표를 얻었는데요. 아무래도 중요한 퀘스트인 것 같습니다. 여러 플레이어분과 공유하고 싶어서 방송을 켰습니다."

진우가 그렇게 말하자 채팅창이 뜨거워졌다. 새로운 세계가 나온 지 꽤 시간이 지났는데, 아직까지 메인 퀘스트라고 부를 만한 것이 나오지 않아서였다.

-롯드: 첫 퀘스트 가즈아!

-나는기사다: 오오, 재밌겠다.

"그럼 가겠습니다."

진우는 바로 워프 드라이브를 작동했다. 워프 드라이브가 작동하자 시청자들이 흥분했다. 아직까지 나로스 행성계와 하탄 행성계의 좌표만 오픈된 상태였다. 암흑제국군의 방해로 그 이상은 나아갈 수 없었다.

플레이어들이 소속된 암흑제국군은 암흑제국군에서도 변방의 하위라는 함대라는 설정이었다. 그들도 암흑제국이 얼마나 큰지 알 수 없었다. 다만, 전 우주에 영향력을 끼칠 정도로 크다는 추측만 하고 있을 뿐이었다.

미지의 좌표는 많은 궁금증을 불러일으켰다. 진우가 워프할 곳은 우주연합국의 국회가 있는 행성 이온이었다. 현재 구조 신호가 잔뜩 몰려오고 있는 행성이기도 했다.

이온 행성에만 수십억의 사람들이 있었다. 그리고 그를 시작으로 차례차례 그러한 행성들이 파괴될 것이다.

'파괴만 되는 게 아니지.'

기계 군주는 사람들을 이용하여 전쟁 병기로 만들었다. 기계 군주의 세력이 굉장히 커지게 된 이유였다.

휘이이이!

우주선이 그 자리에서 사라지더니 빛의 일렁이는 공간에 진입했다. 초장거리 워프 드라이브였기 때문에 워프 시간은 꽤 길었다. 잠시 기다리자 이온 행성 근처에 도착했다.

"저건?"

-하얀: 뭐야.

-우주락커: 헐…….

-마린: 외계인인가?

-하여간: NPC들 다 죽겠다.

이온 행성의 주변에서 전투가 벌어지고 있었다. 기괴하게 생긴 기계들이 전함을 부수고 전투기들을 터뜨렸다. 기계들의 생김새는 너무나 이질적이었다. 차라리 괴물로 보일 정도였다.

부으으으!

진동이 느껴졌다. 진우의 우주선 위로 거대한 그림자가 졌다. 진우는 고개를 들어 위를 바라보았다.

-라진: 미친…….

-이그젝: 저게 뭐얔ㅋㅋ

-그림: 저런 게 있다고?

거대한 기계들의 모선이 보였다. 둥그런 형태였는데 가운데에 붉게 빛나는 기계 눈동자가 달려 있었다.

[거대 우주 기계 괴물체가 등장하였습니다. 델록스는 암흑제국 황제에게 충성을 맹세한 미친 과학자 킨대르진 박사가 발명하였습니다. 그러나 킨대르진 박사의 명령에 따르지 않고 독자적으로 움직이기 시작했습니다. 암흑제국에게도, 신성연합에도 위협적인 적입니다. 메인 퀘스트 발생!]

[S]이온을 돕자.

선량하게 살고 있는 나약한 소규모 연합국가가 기계 괴물체에게 침략당하고 있다.

그 소식을 들은 신성연합의 1번 함대에서 워프 드라이브를 준비 중이다. 어서 합류하여 그들의 행성인 이온을 돕도록 하자!

-에스급전사: 퀘스트다!

-나란놈멋져: S랭크 퀘스트!

-존버맨: 가즈아아!

그 소식을 들은 플레이어들이 하던 일을 모두 멈추었다.

"감히 위대한 황제 폐하를 배신하다니."

"피의 복수를……."

암흑제국 쪽의 플레이어도 비슷한 퀘스트를 받았다.

'[S]배신자 처단'이었다.

"응? 뭐, 뭐 하는 짓……."

암흑제국의 함대에서 즐겁게 연구를 하고 있던 김대진 박사는 영문도 모르고 감옥으로 끌려갔다. 세연이 설명을 해주자, 엄청 멋진 설정이라고 오히려 기뻐했다고 한다.

아무튼, 드디어 첫 퀘스트가 시작되었다!

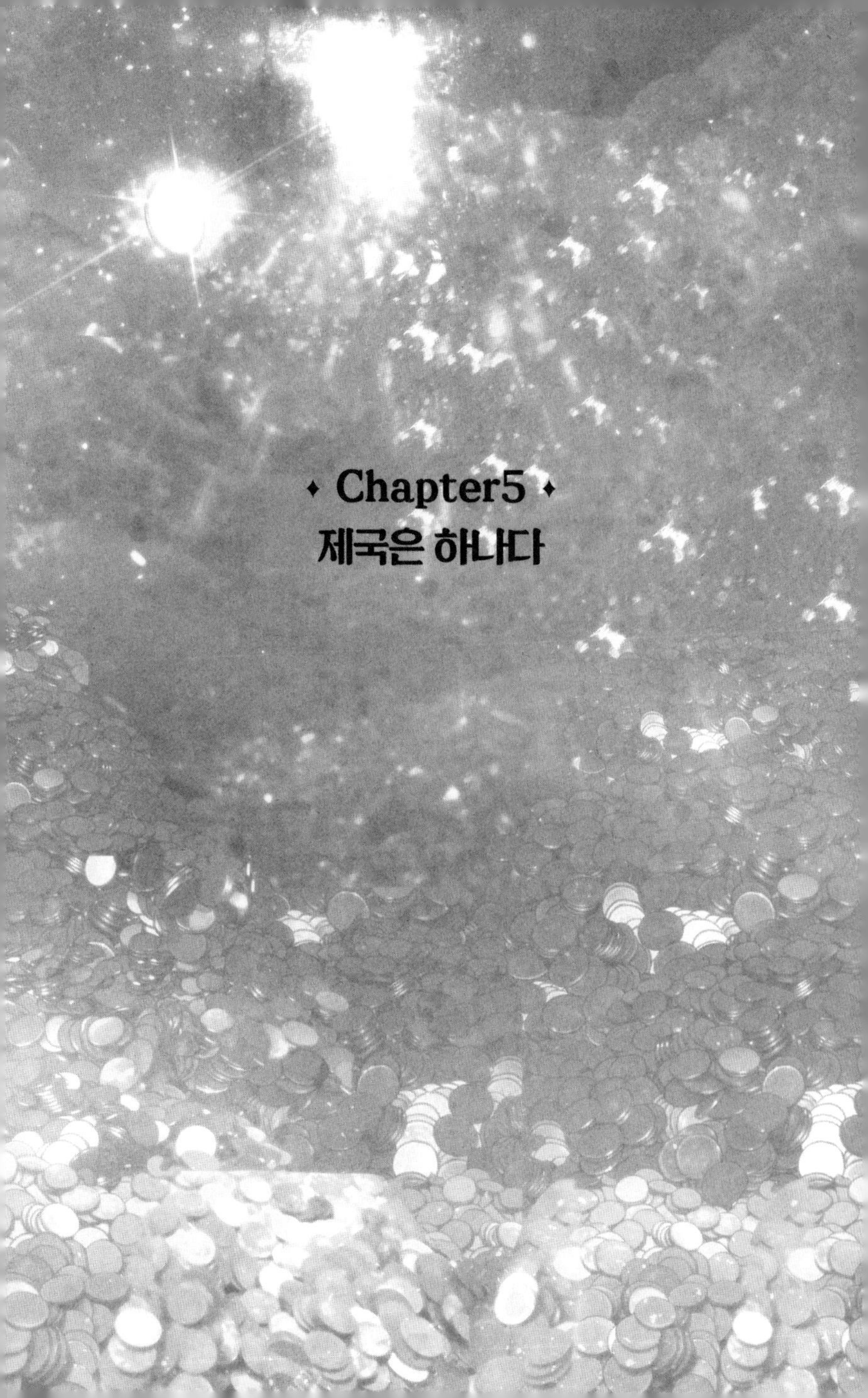

✦ Chapter5 ✦
제국은 하나다

김군주 아바타는 상당히 유용했다. 인기가 엄청나서 시청자 숫자가 하늘을 뚫고 나갈 기세였다. 본래도 인기가 있었지만, 도플로에게 맡긴 이후에는 완전히 격변했다.

쓸데없이 일을 잘했다. 도플로의 일족들은 대군주의 아바타를 사용하는 것을 영광으로 생각했다. 그도 그럴 것이 그들에게는 김군주 아바타가 대군주의 화신이나 마찬가지였다.

도플로의 일족 중에서 가장 뛰어난 자만이 사용했는데, 경쟁이 굉장히 치열했다. 김군주를 지상 최고의 존재로 만들어 위대한 대군주님을 기쁘게 해드리겠다는 생각으로 가득 차 있었다.

'그냥 잘 좀 부탁한다고 한마디 했을 뿐인데.'

개인 방송을 시작으로 TV에 자주 얼굴을 비쳤고, 엘론티 엔터테인먼트에 공식적으로 가입하면서 여러 분야에 걸쳐 엄청난 두각을 나타냈다. 드라마, 영화에 출연했을 뿐만 아니라, 심지어 앨범까지 냈다. 전 차원에서 노래를 가장 잘하는 이들 찾기 위해 대대적인 오디션까지 벌였다. 신청자 숫자가 어마어마했는데, 그중에서 가장 뛰어난 자를 뽑았으니 그 결과는 알 만했다.

'어쩐지 계속 익숙한 목소리가 들리더만…….'

거리에서, 카페에서, TV에서 김군주의 목소리가 울려 퍼지고 있었다! 김군주 아바타에 신성 랭크까지 생길 정도였다.

그 사실을 안 것은 최근이었다. 덕분에 시청자들의 숫자는 압도적으로 많았다. 게임에 관심이 없는 사람들조차도 김군주를 보러 방송에 들어왔다. 오히려 이제는 이진우가 평범해 보일 지경이었다. 이런저런 활동을 하고 있었지만 방송 노출이 없어 더욱 그러했다. 어쨌든, 방송 효과는 굉장했다!

'라이네스 왕국도 지원을 왔군.'

라이네스 왕국의 전함들이 보였다. 그러나 기계 함대는 라이네스 왕국의 함대를 압도하고 있었다.

'그럼 움직여 볼까.'

암흑제국군을 이용하여 영훈이 설정했던 것보다 판을 더 크게 벌일 생각이었다. 전함들이 이온으로 진입하고 있었다. 기계 모선 역시 마찬가지였다. 라이네스 왕국의 전력으로는 상대가 되지 않았고, 우주연합국의 방어라인은 이미 무력화되어 있었다.

진우는 망설임 없이 전투에 들어갔다. 정면에 있는 기괴한 전함을 향해 우주선을 몰자, 기계 전투기들이 뿜어져 나왔다. 마치 오징어를 보는 것 같은 그런 모습이었다. 여러 개의 팔에는 빔 커터와 빔 라이플이 내장되어 있어 근거리, 원거리 모두 뛰어났다. 기동성 역시 일반 전투기에 비할 바가 아니었다.

진우는 아슬아슬하게 공격을 피하며 우주선에 장착된 빔 무기로 하나하나씩 파괴했다. 그러나 전투기들이 너무나 많았다. 기계 전투기로 이루어진 긴 꼬리가 달려 버렸다. 그 광경은 소름이 끼칠 정도로 끔찍했다.

-나니: 헐ㅋㅋ스케일 보소.

-할롱이: 개많아!

-민족수호자: 행성 터질 것 같은데.

-핫소스: 디자인 죽이네. 개무서움.

-인삼주: 호러 SF인가요?

상황은 급박했지만 진우는 표정 변화가 거의 없었다. 김군주는 어떠한 상황에서도 침착하고 냉정한 그런 캐릭터였다. 어떤 어려운 상황도 누구보다 쉽고 통쾌하게 해결했다. 그게 인기 요인 중 하나였다.

"이거 못 피할 것 같은데요."

진우는 채팅을 바라보며 웃었다.

-오나의군주님: 엌ㅋㅋ

-경찰특공대: 이 상황에서 웃는다고?

-팩력배: 님 죽어욧!

-종호: 군주님 드디어 죽는 건가!

우주선보다 기계 전투기들의 속도가 더 빨랐다. 마치 우주를 자유롭게 헤엄치는 것처럼 보였다. 벌써부터 기계 오징어라는 별명이 붙었다. 진우도 오랜만에 스릴을 느꼈다.

김군주의 랭크가 많이 올랐다고 하나, 진우가 느끼기에는 너무나 나약했다. 우주 공간에서도 오랫동안 생존할 수 없었다. 입가에 절로 미소가 걸렸다. 역시 이런 리스크가 있어야 재미가 있었다.

"할 수 없네요. 조금 멀미가 날 수 있습니다. 꽉 잡으세요."

진우는 마력엔진을 풀가동했다. 은근슬쩍 마력엔진에 자신의 마력을 주입했다.

콰가가가!

우주선의 선체가 크게 흔들리더니, 급격히 가속되었다. 기계 오징어들이 거의 우주선에 접근했었는데, 가속에 의해 조금씩 멀어졌다. 기계 오징어들이 뭉쳐 있는 것이 마치 거대한 기계의 손을 보는 것 같았다. 한계를 돌파하는 속도에 의해 선체의 부품들이 하나둘씩 떨어졌다. 우주선이 빔을 피해 마구 돌면서 나아갔다.

-초코송이: 어엌.

-이태리: 어지럽다!

-진진: 토나옴.

우주선 안의 시점에서 보고 있던 시청자들은 멀미 때문에 채팅을 치지 못했다. 진우는 그대로 기계 함선을 향해 돌진했다. 마침 기계 함선이 라이네스 왕국의 전함을 향해 빔 입자포를 발사하려 하고 있었다.

[시, 실드를 최대로 전개!]

[부, 불가능합니다! 저, 적 빔 입자포의 추, 출력이 너무…….]

[미, 미친! 대, 대피해! 으, 으아아악!]

라이네스 왕국의 전함에서는 난리가 났다. 기계 함선의 머리 부분이 열리더니 빔 입자가 모이기 시작했다.

델록스 제국의 기계들은 인간이 타 있지 않았다. 모든 부분을 전투 부품으로 채워놓고 있었다. 빔 입자포의 위력은 보통 전함보다 훨씬 대단했다. 이러니 아주 쉽게 우주연합국이 멸망한 것이다.

[어, 어? 저, 적함에 무언가 접근해 옵니다! 엄청난 속도입니다!]

빔 입자포가 발사되려는 순간, 진우의 우주선이 기계 함선에 도착했다. 빔 입자포가 발사될 때는 실드가 해제가 되어, 진우가 탄 우주선에는 어떠한 타격도 없었다. 속도를 줄이지 않았다. 어차피 이 우주선으로는 기계 전투기들에게서 벗어날 수 없었다.

진우는 조종대를 놓고 빠르게 뒤를 향해 뛰었다. 진우의 우주선과 기계 함선이 부딪쳤다. 빔 입자포가 그 자리에서 터지며 기계 함선의 머리 부분이 엄청난 폭발에 휩싸였다.

진우의 우주선도 종이짝처럼 찢겼다. 시청자들은 폭발 때문에 진우의 모습을 볼 수 없었다. 시점을 변경하며 찾았지만 연이은 폭발만 보일 뿐이었다.

-한양: 죽었나?

-개인뱅크: 헐…….

-허브티: 그걸 그대로 박아버리다니.

-안주이: 저거 엄청 비싼 우주선 아닌가요?

워프 드라이브까지 달려 있으니, 수억은 가볍게 돌파하는 우주선이었다. 그런 우주선이 한 번에 사라진 것이다. 게다가 김군주의 모습은 보이지 않았다. 저 폭발에서 탈출했다고 생각할 수도 없었다.

그때였다. 화염을 뚫고 무언가 등장했다.

-독자님: 억ㅋㅋ

-최애캐: 미쳤닼ㅋㅋ

-한영키없음: 과연 김군주!

-알콜중독자: ㅋㅋㅋ마장기라니! 우주전쟁에 마장기라니!

푸른빛으로 반짝이고 있는 마장기가 기계 함선의 위에 나타났다. 시청자들은 난리가 났다. 엄청난 크기의 기계 함선들, 끔찍한 외형의 기계 전투기, 그리고 그와 맞서 싸우는 인류! 엄청난 폭발과 함께 등장한 마장기까지!

환호할 수밖에 없었다.

게다가 그 마장기의 파일럿은 다름 아닌 김군주였다.

마장기는 양산형이 아니었다. 고급 기종에 속하는 것이었는데, 김군주의 캐릭터에 맞게 커스터마이징을 해놓은 상태였다. 폭발이 내뿜은 빛을 받아 푸른색으로 빛나는 모습은 진우가 보더라도 굉장히 멋있었다. 손을 뻗자 허리춤에 있던 공간이 열리며 거대한 빔 소드가 들려졌다.

"갑니다!"

양손으로 빔 소드를 잡았다.

지이잉!

푸른빛이 뿜어져 나오며 거대한 칼날이 완성되었다. 보통 마장기들과 다르게 빔 소드가 굉장히 컸다. 일반적인 양손검보다도 좀 더 큰 크기였다.

진우는 폭발하고 있는 기계 함선의 장갑에 빔 소드를 박아 넣었다. 마장기의 뒤에 달려 있는 마력엔진에서 푸른빛이 터져 나오며 가속되었다.

드드드드드드!

기계 함선의 장갑이 일자로 잘려 나가며 그대로 폭발했다. 고개를 돌려보니 거대한 무리를 지으며 날아오고 있는 기계 전투기가 보였다. 진우는 기계 전투기 군단을 바라보았다. 양손검을 수평으로 들고 자세를 낮췄다. 김군주 전용 기술인 '블레이드 스톰'을 시전하는 자세였다.

-미궁팬: 엌! 저, 저 자세는!

-킁카킁카: 설마 저걸 마장기로?

-나닛: 가랏!

수많은 던전 보스를 박살 낸 기술이 우주 공간에서 펼쳐지려 하고 있었다.

[경고! 마력엔진 200% 과부화.]

[시스템 안정을 위해 장갑 분리. 3, 2, 1.]

경고창들이 마구 떠올랐다. 마장기의 두터운 장갑이 열리며 뜨거운 열기가 뿜어져 나왔다. 푸른 표면이 붉게 달아오르며 들고 있는 빔 소드가 마구 떨렸다. 빔 소드의 표면은 마치 번개가 뿜어져 나가는 것처럼 요동쳤다.

마장기의 두 눈이 붉게 빛나는 순간이었다.

[블레이드 스톰 전개. 충격에 주의하십시오.]

마장기에서 붉은빛이 터져 나오더니 우주 공간에 거대한 일

직선의 빛이 그어졌다. 몰려오는 기계 전투기 군단은 마장기를 놓치고 말았다. 이미 군단을 뚫고 지나가 한참이나 뒤에 자리해 있었다.

지잉!

마장기가 마치 칼에 묻은 피를 털어내는 것처럼, 빔 소드에서 요동치는 마력을 털어냈다. 그 순간이었다.

콰가가가!

기계 전투기 군단의 앞줄에서부터 폭발이 시작되며 뒷부분까지 모두 터져 버렸다.

-한트: 크! 마장기 지린다!

-오늘점심뭐: 와…… 스케일 보소.

-한방약: 어얼ㅋㅋ 블레이드 스톰 작렬!

-소주맥주: 대박! 괜히 마장기가 아니넼ㅋㅋ

마장기의 열렸던 장갑이 닫히며 다시 푸른빛으로 돌아왔다. 진우는 주변을 바라보았다. 이제 겨우 기계 함선 하나를 잡았을 뿐이었다. 주변에는 수많은 함선이 있었고, 주변을 까맣게 물들인 기계 전투기 군단이 있었다. 게다가 기계 모선도 건재했다.

-사이버대학: 물량이 너무 많아!

-안토니: 저걸 어떻게 이겨.

-스포충박멸: 큰일이네. 행성으로 진입하는데…….

라이네스 왕국의 함선들이 노력을 하고 있기는 하지만, 방어 라인은 뚫린 지 오래였다. 진우는 라이네스 왕국의 함대 쪽에 자연스럽게 위치하게 되었다.

라이네스 함대로부터 통신이 왔다. 정면에 남자의 모습이 떠올랐다.

[여, 여기는 라이네스 왕국 왕실함대 하, 함대장 아인로트 드라먼입니다. 귀하의 소속은 어디입니까?]

"신성연합의 용병, 김군주입니다."

[신성연합……?]

당연히 함대장은 신성연합이라는 곳을 처음 들어봤을 것이다. 함대장의 모습이 옆으로 밀려나더니, 여인의 모습이 나타났다. 금발의 미인이었다.

-핥핥: 미인 누님이다!

-촬영기사: 와, 예쁘다. 분명 중요한 NPC인 듯!

-디디딧: 크흐! 김군주 뽕으로 가득 찬다!

-미튜버에오: 군주님한테 반한듯?

[그, 그, 그 기체는 뭔가요? 어떻게 그런 출력을!]

[크, 크흠, 물러나시오. 레아르 백작]

함대장의 모습이 레아르 백작을 밀어냈다. 함대장은 긴 한숨을 내쉬었다. 지금 같은 상황에서는 신성연합이 어디든 그건 중요하지 않았다. 적들의 숫자가 너무 많았다. 현 상황에서 함대를 돌리는 게 최선이었다.

"저희가 돕겠습니다."

[그 기체가 굉장히 뛰어난 건 알겠지만 고작 1기로는…….]

진우는 웃었다. 마장기의 손이 움직여 위를 가리켰다.

"혼자 온 것이 아닙니다."

[무슨……?]

진우의 윗 공간이 마구 일그러지기 시작했다. 진우가 아무리 강하다고 하더라도, 저 많은 물량 아래에서 이온을 구하는 건 쉬운 일이 아니었다. 그럼 더 많은 물량을 쏟아내면 된다.

[대량의 워, 워프 균열 발견!]

[어, 엄청난 에너지 수치입니다!]

함대장은 엄청 놀란 표정이 되었다. 공간이 열리더니 어마어마한 규모의 백색 함대가 나타났다.

-소프트: 엌ㅋㅋ 신성연합이 다 왔네!

-새문서: 뽕이 차오른다!

-집밥: 가즈아아!

-도마도마뱀: 왴ㅋㅋ 저게 몇 대야.

그리고 멀리 떨어져 있는 공간이 다시 일렁이기 시작했다. 거대한 검은 전함이 모습을 드러냈다. 기계 모선만큼이나 거대했다. 라이네스 왕국의 함대장과 레아르 백작은 멍하니 그 광경을 바라볼 수밖에 없었다.

-엘론티포에버: 얶ㅋㅋ

-마계의힘: 헐, 암흑제국군이다.

-천족학살자: 기계보다 더 무섭네.

-한트: 배신자 잡으러 왔넼ㅋㅋ

흑과 백의 함대는 그야말로 장관이었다. 라이네스 왕국의 함대가 너무나 초라하게 보였다.

오픈된 채널로 통신이 들어왔다.

[우주의 버러지들이여! 폐하의 은혜에 고개를 조아리거라.]

[여기는 신성연합! 구조신호를 듣고 왔습니다. 지금부터 우리가 그대들의 편입니다.]

개성이 너무나 다른 두 통신에 함대장은 어찌할 바를 몰라 했다. 각 전함으로부터 엄청난 숫자의 전투기가 뿜어져 나왔다. 플레이어들을 가득 태운 수송기도 있었다.

[우와! 멋지다! 부품 비싸게 팔릴 것 같은데.]

[기계 코인 가즈아! 채굴 가즈아!]

[우주의 거름들이 여기 다 있군.]

[피의 복수를…….]

플레이어들은 흥분에 이미 미쳐 날뛰고 있었다. 진우의 마장기가 떠오르며 신성연합의 함대 앞에 위치했다. 마장기 부대가 진우의 뒤에 나타났다.

[여기는 잼식! 김군주 님! 오랜만입니다!]

"잼식 님이군요. 그 마장기는……?"

[전 재산을 털어서 샀습니다! 그…… 요, 욕을 워낙 먹어서…….]

"아……."

-잼식이뇌절: ㅋㅋㅋ 잼식ㅋㅋㅋ

-잼식잼: 파산잼ㅋㅋ

-극혐잼식: 븅신ㅋ 그걸 터뜨려먹어섷ㅋㅋ

잼식은 허무하게 마장기를 터뜨려 먹고 엄청 욕을 먹었다. 국제적으로 욕을 먹다 보니, 이참에 하나 구입해서 무마하려고 하고 있었다. 광마와 허영, 미궁도 있었고, 돈이 많은 일반 플레이어들도 있었다. 김군주를 중심으로 신성연합 마장기 부대가 편성되었다.

[크크큭! 피가 끓어오른다!]

[파멸의 데스사이드가 울부짖는다.]

[행성 이온…… 나무가 부족하군.]

먼 곳에서 암흑제국군 플레이어들의 마장기가 등장했다. 어두운 계열의 장갑에 붉은 마력을 뿜어내고 있었다.

암흑제국군에는 공헌도라는 것이 있어서, 증명서로 우주선이나 마장기를 구입하는 대신 대여받을 수 있었다. 암흑제국군의 플레이어들은 공헌도를 얻기 위해 의욕적으로 약탈이나 파괴행위를 하고 있었다. 지금 이 퀘스트도 마찬가지였다.

[신성연합 전 함대 전투에 들어갑니다!]

[신성연합 마장기 편대의 지휘권을 김군주 님에게.]

[무운을 빕니다.]

진우의 눈빛이 날카로웠다. 모두 진우의 지시만을 기다리고 있었다. 이온 행성으로 향하던 기계 함대 일부가 머리를 돌리며 진우가 있는 신성연합의 함대를 바라보았다.

파파파팟!

수많은 기계 전투기가 쏟아져 나오며 거대한 군집체를 이루었다.

지잉

진우는 빔 소드를 들었다. 주변에 있는 마장기들도 저마다 무장을 꺼내 들었다.

"마장기 편대……."

파아아!

마력엔진이 요동쳤다.

"돌격!"

진우의 마장기가 앞으로 뻗어 나갔다. 푸른 궤적을 그리며 빔 소드를 휘둘렀다.

제2막이 시작되었다.

[어, 님들 저 죽을 듯. 자폭할게요. 전투기 아깝네.]

[아쉽네요! 수고요.]

[엇! 저 죽여욧!]

오픈 채널을 통해 모든 진영이 통신을 공유하고 있었다.

레아르 백작은 통신을 듣고 침을 꿀꺽 삼켰다. 정체를 알 수 없는 엄청난 무기는 둘째 치더라도 저들은 도저히 제정신으로 보이지 않았다.

'모, 목숨을 그렇게 쉽게…….'

아무렇지도 않게 적 함대로 돌진하더니 그대로 자폭했다. 죽기 직전까지 태평하게 대화를 했다. 그리고 동료들도 큰 신경을 안 썼다. 마치 당연하다는 듯이.

소름이 끼쳤다. 더 무서운 건 암흑제국군이었다.

[크, 크크큭, 크하하하하!]

[더 많은 파괴를!]

[기계의 피는 녹색이었군. 녹색, 올바르다. 우주를 녹색으로 만들자!]

[황제 폐하를 위하여!]

그들은 광신도였다. 기계 함대로 그대로 돌진하여 화려하게 자폭했다. 그냥 자폭하는 게 아니었다. 폭발하기 직전, 우주 공간으로 나오더니 그대로 기계 전투기들과 맨몸으로 부딪혔다.

'무, 무슨 인간이…….'

아무리 보호 장비를 입었다고는 하나, 인간은 절대 우주 공간에서 저런 모습을 보여줄 수 없었다. 금지된 기술로 강화한 인간이 분명했다. 그들은 기계 전투기를 손으로 뜯어버리는 기행까지 펼쳤다. 저런 미친 존재들이 무척이나 많았다. 공장에서 찍어내기라도 한 것처럼 많았다.

그들은 자신들 이외에 모두가 적이었다. 기계들뿐 아니라, 신성연합까지 공격했다. 암흑제국의 모선은 말 그대로 괴물이었다. 기계 전함들을 압도했다. 수십 발의 빔이 뿜어져 나오며 주변을 쓸어버렸다. 게다가 빠른 속도로 돌진하며 기계 함선과 부딪혔다. 실드 따위는 없는 것이나 마찬가지였다.

함선은 폭발하며 사라졌지만 암흑제국의 모선은 멀쩡했다. 마치 작은 물고기를 잡아먹는 상어 같았다. 레아르는 그들과 멀리 떨어져 있는 것이 정말 다행이라고 생각했다.

'저, 저 마크는…….'

암흑제국군의 마크가 눈에 들어온 순간 레아르 백작은 다리에 힘이 풀려 바닥에 주저앉았다. 그것은 외신을 상징하는 눈동자였다.

레아르의 옆에는 얼굴을 마스크로 반쯤 가린 여인이 서 있었다. 그녀의 눈동자는 분노로 일그러져 있었다.

그녀의 이름은 라티카였다. 레아르 백작이 만든 인간형 로봇의 파일럿이기도 했다.

레아르를 찾아온 라티카는 기회를 구걸하며, 목숨을 그녀에게 바쳤다. 레아르는 고민했지만, 라티카의 뛰어난 능력을 보고 그녀를 거둬들였다.

'갓 슬레이어'라는 이름을 붙이기는 했지만, 아직 불안정해서 출격할 수 없었다. 그랬기에 신성연합의 로봇을 보고 크게 놀랄 수밖에 없었다. 도저히 따라갈 수 없는 기술력이었다.

"암흑제국군!"

"진정해요. 라티카."

"……네."

라티카가 긴 숨을 내쉬며 눈을 감았다.

"꺄악!"

두드드드드!

큰 진동에 레아르의 몸이 기우뚱했다. 라티카가 그녀를 잡아주었다. 레아르가 탄 전함은 이미 반파되어 움직일 수 없는 상태였다. 메인 브릿지 너머로 기계 전투기들이 보였다.

레아르가 침을 꿀꺽 삼킬 때였다.

콰아아아!

기계 전투기들이 화염에 휩싸이며 사라졌다.

[괜찮으십니까?]

"고, 고마워요. 그…… 시, 신성연합 소속이신가요?"

[네! 신성연합 소속 잼식이라 합니다!]

눈앞에 있는 저 로봇은 예술작품이었다. 디자인부터 성능까지 어디 하나 빠지지 않았다.

'대단해!'

물어보고 싶은 게 산더미 같았다.

"재, 잼식 님, 저 기계들에 대해 아시나요?"

주변이 조용해지자 레아르가 물었다. 레아르는 저 기계들의 항로를 추적해 보았다. 그 결과, 델록스 제국에서 온 것으로 밝혀졌다.

델록스 제국이 저런 걸 만들었다고 생각할 수 없었다. 몇 년 전 델록스 제국에 갔을 때 본 광경은 너무나 평화로웠기 때문이다.

[음…… 그…….]

잼식은 고개를 갸웃하면서도 설명해 주기 시작했다.

[암흑제국의 과학자 킨대르진 박사가 만든 기계 AI입니다. 세력이 불어나자 암흑제국을 배신한 상태입니다.]

"아, 암흑제국이요?"

[네, 그런 설정…… 그렇습니다.]

레아르 의문이 계속 이어졌다.

"그래서 저 암흑제국군도 온 것이군요. 저들에 대해 자세하게 알려주실 수 있나요?"

라티카는 농락당하던 기억이 떠오르자 몸이 떨렸다. 레아르는 그런 그녀의 손을 잡아주었다.

잼식은 고개를 끄덕였다. NPC에게 이 세계가 게임임을 알려주는 건 금기였다. 금기를 깨면 벤을 당해서 다시는 뉴월드를 플레이할 수 없었다.

[그…… 음, 저들은 암흑제국의 변방 소속 함대입니다. 암흑제국군의 본대는 이곳에 있는 모든 함대를 합친 것보다 크다

고 합니다. 저희 신성연합과 라이벌 관계라고 보시면 됩니다. 아! 그리고 암흑 황제는 거의 신과 같은 능력을 지녔다고 하더군요.]

"그, 그럴 수가! 그럼 암흑제국의 목적은 무엇인가요?"

[우주의 파괴입니다.]

"그들은 어느 은하계에서 온 건가요?"

[공허의 바다라는 곳, 그 너머로 알고 있습니다.]

잼식도 잘은 몰랐다. 그저 플레이어들이 추론한 설정을 말해주는 것일 뿐이었다.

레아르의 머릿속이 복잡해졌다. 공허의 바다, 그 건너편. 그곳이라면 현재 기술력으로 넘어갈 수 없는 곳이었다. 가도 가도 끝이 없는 어둠만 나오는 지역이었다.

'외신, 거대한 눈 모양의 균열, 기계 함대…… 모든 신호가 사라진 델록스 제국의 행성…….'

모든 것이 맞아떨어졌다. 델록스 제국의 수도가 있는 행성은 암흑제국의 박사가 만든 저 기계들에 의해 멸망한 것 같았다. 이 얼마나 무서운 기술력이란 말인가.

잼식의 말에 라티카는 주먹을 꽉 쥐었다. 주먹에서 피가 배어 나오고 있었다.

라티카는 알 수 있었다. 그 황제라는 존재를 직접 보았기 때문이다. 그는 이온 행성 자체를 날려 버릴 수 있는 힘을 가지고 있었다. 어쩌면 그가 레아르가 말한 외신이라는 존재일 수도 있었다.

"암흑제국의 황제는…… 놀고 있는 것에 불과해요. 저 기계들도 그렇겠죠. 변방의 함대만 보낸 걸 보면……."

"……그렇군요."

레아르는 창백한 표정이 되었다.

레아르 그리고 라티카. 그녀들이 상대해야 하는 적은 생각보다 훨씬 거대했다.

[걱정 마세요! 저희 신성연합이 있으니까요! 하하핫!]

분위기에 맞지 않게 잼식은 유쾌했다. 갑자기 분위기가 싸늘해지자, 잼식은 시청자들에게 또다시 욕을 먹고 말았다.

진우는 마장기의 성능을 한계까지 끌어올리며 기계 군단을 상대했다.

콰가가가!

마력엔진의 출력으로 뿜어져 나가는 검기는 굉장히 거대했고 강력했다. 기계 전투기 여러 대가 한순간에 두 조각 나며 터져 버렸다. 진우의 위로 마력 입자포가 지나가며 기계 함대를 휩쓸었다. 가공할 만한 위력이었다. 기계 함대가 터져 나가는 것을 보는 것만으로도 통쾌함을 느낄 수 있었다.

[기계 모선이 이온 행성에 진입합니다!]

그런 통신이 들려왔다. 거대한 기계 모선이 대기권에 진입하고 있는 게 보였다.

저 모선은 그저 파괴만 하는 게 아니었다. 행성의 생명들을 융해하여 기계로 만드는 행성 융해 장치들이 달려 있었다. 기계 군주의 권능으로 만든 장치이기도 했다. 뿐만 아니라 기계 모선 속에는 수많은 기계 병사들이 있었다. 그냥 행성에 진입하게 둘 수는 없었다. 융해 장치들이 이온 행성에 꽂히는 순간, 이온 행성의 생명은 모두 사라질 것이다.

신성연합과 암흑제국군의 함대는 기계 함대를 상대하기에도 바빴다. 가장 가까이에 있는 것은 진우였다.

"제가 가겠습니다. 잼식 님, NPC 함대를 보호해 주세요."

[아, 알겠습니다!]

진우는 기계 전투기들을 베어가며 기계 모선으로 향했다.

-하라라: 모선 크기 보솜ㅋㅋ

-운빨맨: 와…… 엄청 크네.

-은밀한새폴더: 뭔가 엄청 많이 나온다!

기계 모선에서 기계 전투기들을 내보냈지만 마장기의 속도를 따라잡을 수 없었다. 괜히 마장기가 비싼 게 아니었다. 진우는 기계 모선의 실드를 빔 소드로 뚫고 장갑 위에 올라섰다. 기계 모선과 함께 이온 행성으로 진입하기 시작했다.

'동력원은…… 저기 있군.'

장갑을 뚫고 안으로 진입했다. 진우는 보이는 모든 것들을 파괴하며 동력 장치에 도착했다. 빔 소드로 가격해 봤지만, 기계 군주의 권능이 깃든 강력한 실드가 형성되어 있었다.

'일반적인 방법으로는 무리겠어.'

진우는 빔 소드를 내려놓았다. 기계 모선은 이미 대기권을 돌파하여 낙하하고 있었다. 기계 모선의 밑부분이 열리기 시작했다. 행성 생명 융해 장치들과 벌떼처럼 달라붙어 있는 기계 전투기들이 모습을 드러냈다. 마치 벌집에 붙어 있는 벌떼들 같았다.

-핫세븐: 단단해서 안 깨지네.

-마법동자: 역시 보스급 전함!

진우는 잠시 고민했다. 방송을 하고 있으니 대놓고 대군주의 권능을 발휘할 수는 없었다. 그렇다면 방법은 하나뿐이었다.

"김군주TV는 여러분들의 관심과 후원에 의해 운영됩니다."

진우의 말에 시청자들은 무언가 직감했다. 김군주는 결코 돌아가지 않았다. 문이 있으면 벽을 부수고 갔고, 퍼즐이 나오면 퍼즐 자체를 부쉈다. 보통 이럴 때 다른 플레이어였다면 여기저기 돌아다니며 파괴할 방법을 알아보겠지만 그건 김군주가 아니었다.

진우는 바로 마장기의 마력엔진을 과부하 시켰다. 망설임 따위는 없었다.

"그런 말이 있죠. 아끼면 똥 된다."

[자폭 시스템 가동.]

-카페넷: 엌ㅋㅋ

-아픈발가락: 역시 김군죽ㅋㅋㅋ

-인생두방: 우주선에 이어 마장기까짘ㅋ

-잼식아추하다: 와, 븅신 같은 잼식이와는 차원이 다르네요. 이게 자폭이지.

-추식이두마리잼식: 이러면 잼식이 뭐가 되냐! 잼식은 팀킬 오지던 ㅋㅋ

대군주의 권능이 깃든 마력을 불어넣자, 마장기가 크게 흔들렸다. 이 정도라면 동력원을 날려 버리고 모선에도 아주 큰 타격을 줄 것이다. 문제가 있다면 김군주 아바타 역시 살아남기 힘들다는 것이다. 진우는 빔 소드를 위로 던졌다. 그러자 밖으로 통하는 구멍이 생겨났다.

진우는 자신의 팔목 위에 떠오른 홀로그램에서 자폭 카운트를 볼 수 있었다. 채팅방과도 연동이 되어 시청자들도 볼 수 있었다.

'내가 두 번째라니…….'

신기한 일이었다. 마장기를 자폭시킨 사람은 진우가 최초가 아니었다. 추한 누군가가 어버버하다가 실수로 작동시켰다고 한다.

"갑시다!"

진우는 마장기의 콕피트가 열리자마자 빠르게 뛰어나왔다. 날렵하게 움직이며 위를 향해 올라가기 시작했다. 워낙 기계 모선이 커서 밖으로 빠져나가는데도 시간이 많이 걸렸다.

-로또인생: 으어, 시간이 촉박해!

-초콜렛걸: 달렷!

-굿보이: 으아아

내부를 빠져나와 모선의 장갑 위에 섰다. 옆을 보니 구름들이 스쳐 지나가고 있었다. 아직 굉장히 높은 상공이었다.

시간을 확인해 보니 그리 많이 남아 있지 않았다. 딱히 뚜렷한 대책은 없었지만 일단 날개 쪽을 향해 달렸다. 기계 모선이 융해 장치 발사를 위해 실드를 해제하자, 강한 바람이 진우의 몸을 때렸다.

휘이이이!

날개 끝에 서서 아래를 내려다보았다. 저 멀리 도시가 보였다. 우주연합국을 대표하는 행성답게 도시는 굉장히 컸다. 바다 위에 떠 있었는데, 전형적인 SF 도시 느낌이 났다.

기계 모선이 향한 곳은 이온 행성의 수도였다. 우주연합국의 국회가 있었고, 수천만의 인구가 모여 있는 곳이었다.

-산토: 와, 저기 도시 보여요! 바다 위에 있네요!

-루나님방송좀: 개멋지다! 외계 도시! 크흐!

-영주: 이런 게 바로 SF지.

-피디에프: 근데, 죽을듯ㅋㅋ 김군주님, 드디어 죽나.

폭발은 이제 1분도 남지 않았다. 그러나 여전히 탈출할 방법은 떠오르지 않았다. 이 정도 높이에서 떨어진다면 김군주라고 하더라도 아마 죽지 않을까? 대군주의 권능을 써서 살아남아도 조금 어색할 것 같았다.

'저거라면…….'

모선의 밑에서 기계 전투기들이 쏟아져 나오고 있었다. 그걸 본 순간 방법이 떠올랐다.

진우는 살짝 몸을 풀고는 뒤로 몇 걸음 물러났다.

[5, 4, 3…….]

카운트다운이 0을 향해 달려갔다. 뒤로 물러났던 진우도 달렸다. 진우가 날개 끝을 박차고 아래로 떨어져 내리는 순간이었다.

두드드드!

기계 모선의 중심부가 크게 부풀어 오르기 시작했다. 마치 풍선을 보는 듯했다. 대군주의 권능까지 들어간 마력은 단단한 기계 모선이라고 할지라도 감당할 수 없었다.

아래로 떨어져 내리던 진우는 그대로 양팔을 벌렸다. 기계 전투기가 눈앞에 보였다. 아슬아슬하게 기계 전투기를 잡아챘다. 진우가 올라타자 기계 전투기가 마구 몸을 비틀며 회전했다. 그러나 진우를 떨쳐낼 수 없었다. 주변에 있던 모든 기계 전투기들이 빔 커터를 꺼내며 진우를 바라보는 순간이었다.

콰가가가가!

기계 모선의 두터운 장갑이 폭발을 이기지 못하고 그대로 터져 버렸다. 그야말로 장관이었다.

기계 모선이 폭발하며 수천 대에 달하는 기계 전투기들을 모두 휩쓸어 버렸다. 생명 용해 장치들이 터져 나가며 막대한 충격파가 뿜어져 나왔다. 진우가 붙잡은 기계 전투기도 무사하진 못했다.

"윽!"

기계 전투기와 함께 크게 튕겨 나갔다.

-라라디지털단지: 와…… 저걸 부수네.

-곤약맨: 폭발한다!

-냉면집아들: ㅋㅋㅋㅋ대박

-똥겜레전드: 완전 영화자너.

기계 모선이 여러 개로 갈라졌다. 화염에 휩싸이며 운석처럼 떨어져 내렸다. 진우는 엄청난 기세로 폭발하는 화염을 뚫고 아래로 떨어지기 시작했다.

'모선은 바다에 떨어질 것 같은데.'

모선은 바다 쪽으로 추락하고 있었다. 도시에 높게 서 있는 거대한 성을 향해 곤두박질치고 있었다.

진우는 기계 전투기를 바라보았다. 정보의 마안으로 보니, 안에 기계 병사가 타 있었다. 기계 전투기의 표면에 손을 박아 넣은 다음.

퍼석!

그대로 장갑을 뜯어냈다.

기계 병사와 눈이 마주쳤다. 렌즈 형태의 눈이 진우를 빤히 바라보았다.

진우는 살짝 웃었다. 역시 첫인상이 중요한 법이다.

"님, 자리 좀요."

기계 병사는 인간 형태였다. 기계 병사 자체가 전투기의 핵심 부품이기도 했다. 진우는 기계 전투원의 목을 잡고 그대로 밖으로 던져 버렸다. 그리고 안으로 들어갔다. 나름대로 충격 흡수장치가 내장되어 있는 것 같았다.

-후덜덜: ㅋ인간이 미안해!

-라떄는말이야: 떨어진다!

-숨김파일: ㅋㅋ와 스릴 보솔ㅋㅋㅋ

-고소고소해: 내가 다 무섭넼ㅋㅋ

시청자 숫자가 폭발하고 있었다! TV 뉴스에까지 실시간으로 중계되고 있을 정도였다. 정류장에서 버스를 기다리고 있던 사람들은 버스가 지나간 것도 모르고 스마트폰을 들여다 보고 있었고, 전철 안의 사람들도 마찬가지였다. 도저히 눈을 뗄 수 없었다. 옆자리에서 그 광경을 훔쳐보는 사람도 어느새 바짝 붙어서 같이 보고 있었다.

휘이이이!

진우가 탄 기계 전투기가 도시의 중앙으로 떨어졌다.

진우는 충격에 대비하며 마력을 끌어 올렸다.

'그러고 보니 놀이기구를 타본 적도 없네.'

그런데 지금 그보다 더 신나는 걸 타고 있었다.

빠른 속도로 추락하여.

콰아앙!

가장 높게 솟아 있는 탑에 부딪혔다. 탑이 터져 나가며 그대로 기울어지더니 쓰러졌다. 진우가 떨어진 곳은 우주연합국의 국회가 있는 성이었다. 다행히 시민들이 대피소로 대피하는 중이라 인명피해는 없었다.

쿵! 쿵! 쿵!

벽과 바닥을 뚫으며 아래로 떨어졌다. 건물을 아예 관통해 버렸다. 지면에 부딪히더니 그대로 쭈욱 밀려났다. 지면에는 불길과 함께 큰 상처가 생겼다.

치지직!

기계 전투기의 표면에서 뜨거운 김이 솟구쳤다. 국회를 지키고 있던 우주연합국의 군대는 하늘에서 폭발한 기계 모선을 보고 모두 멍한 표정이었다.

진우가 떨어지자 화들짝 놀라며 주변으로 몰려왔다.

"살았네요."

-나는또: 이걸 사네?

-라디오디오: 왘ㅋㅋ살았다!

-베이직: 김군주 네버 다이!

아바타다 보니 고통은 없었지만 골이 울리는 느낌이 있기는 했다. 멀미도 느껴졌다. 진우는 일그러진 전투기의 내부를 바라보다가 발로 차서 부수었다. 밖으로 나가니 우주연합국의 군인들이 진우를 바라보았다.

"꼬, 꼼짝 마!"

전형적인 멘트와 함께 진우에게 총을 겨누는 순간이었다.

쾅! 콰아아아!

기계 전투기들이 우박처럼 쏟아져 내렸다. 그나마 작동을 하는 것들이었는데, 다행히 폭발의 충격 때문에 엔진이 망가져서 비행은 할 수 없었다. 기계 전투기들의 표면이 열리며 기계 병사가 모습을 드러냈다. 웅크린 몸을 펴니 3M 가까이 되었다.

"괴, 괴물!"

"쏴! 쏴버려!"

진우에게 향했던 총이 기계 병사들에게로 돌아갔다. 총을 쏘았지만 기계 병사들에게는 통하지 않았다. 기계 병사의 팔에서 빔 커터가 치솟았다. 공포스러운 광경이었다.

"초, 총이……."

"괴, 괴물……!"

군인들은 당황했다. 델록스 제국과 라이네스 왕국의 사이가 좋지 않기는 했지만, 우주연합국과 함께 균형을 맞추며 오랫동안 평화가 지속되었다. 실전 경험이 없는 이들이 대부분이었다.

"뒤로 빠지세요."

진우는 그렇게 말하며 아공간에서 검을 꺼냈다. 플레이어들도 아공간은 꽤 많이 가지고 있어 전혀 이상하지 않았다.

검을 잡자 검기가 치솟았다. 진우의 검기는 빔보다도 더 밝게 빛나고 있었다.

-아싸시노: 캬! SF에 검기라니!

-고른치열: NPC들 놀라는 거 보솤ㅋㅋ 검기 처음 보나.

-항해: 뭐, 소규모 국가라고 하닠ㅋㅋ

-올라: 이거 완전 우주 촌놈들 아냐?

진우의 모습이 사라지며 순식간에 기계 병사들 앞에 도착했다. 기계 병사들은 빔 커터를 휘둘렀지만, 진우의 검기가 훨씬 강력했다. 빔 커터와 함께 기계 병사 여럿을 베어버렸다. 기계 병사는 총탄조차 튕겨냈지만, 검기는 방어해 내지 못했다.

"허억……."

"아……."

우주연합국의 군인들은 멍하니 진우를 바라보았다. 진우는 블레이드 스톰을 시전하며 밀어닥치는 기계 병사들을 마구 베었다. 바다에 추락한 모선에서도 기계 전투원들이 나오기 시작했다.

"그, 그쪽에 시민들이 아직……!"

"허억! 어서 시민부터 대피시켜!"

그런 소리들이 들렸다. 하지만 걱정할 필요는 없었다. 우주에서의 전투는 이미 끝났다.

휘이이이이이!

하늘에서 백색의 함대가 모습을 드러냈다. 그리고 반대편에서 거대한 검은 모선이 나타났다. 라이네스 왕국의 함대도 있긴 했는데 너무나 초라해 보였다.

"딱 시간에 맞춰 왔군요."

-알콜조아: 크으으으! 소름 돋는다!

-퀘스천: 역시 뉴월드 플레이어!

-뉴모듬: 이게 바로 신성연합이다!

함대에서 전투기들이 뿜어져 나왔다. 기계 모선의 잔해에서 쏟아져 나오는 기계 병사들을 향해 무차별적인 폭격이 시작되었다. 하지만 그것만으로는 플레이어들의 끓어오르는 피를 잠재울 수 없었다. 플레이어들이 전투기를 박차고 아래로 뛰어내렸다.

"끼아아아홋!"

"으아아아!"

"이 맛이야!"

수십이 넘는 플레이어들이 바닥과 벽을 부수며 진우 주변에 착지했다. 미궁 복장과 SF 복장이 절묘하게 어울리며 꽤 괜찮아 보였다.

"앗! 김군주 님, 안녕하세요?"

"크흐! 모선 터뜨리는 거 보았습니다. 우주뽕맛 지리네요! 이 맛에 뉴월드 합니다."

"저, 저기 싸인 좀……."

진우와 플레이어들은 서로 예의를 차렸다.

"성함이 어떻게 되시죠?"

"한슬기입니다."

"저, 저도 해주세요!"

상황에 어울리지 않았지만, 진우는 일단 싸인을 해주었다. 갑작스러운 팬미팅이었다. 군인들은 도대체 무슨 상황인지 이해가 되지 않았다.

치이이이!

마장기 한 대가 수송기와 함께 내려왔다. 잼식이 탄 마장기였다. 수송기에서 레아르와 라티카, 그리고 라이네스 왕국 쪽 군인들이 내렸다. 반파된 함선을 포기하고 이리로 온 것 같았다.

레아르와 라티카가 진우 쪽으로 다가왔다. 라티카가 있는 건 의외였다. 라티카는 레아르를 호위하고 있었다. 설마 레아르와 같이 있을 줄은 생각지도 못했다.

“기, 김군주 님!”

레아르는 통신을 나눈 적이 있어 진우의 이름은 알고 있었다. 레아르는 진우를 멍하니 올려다보았다. 살짝 뺨에 홍조가 생겨 있었다. 일단 이름을 부르긴 했는데 눈을 잘 마주치지 못했다.

-잘가요: 크흐, 역시 호감도 마스터 김군주.

-연애학박사: 호감도 MAX죠? 이러다 또 퀘스트까지 뜨겠네.

-해몽: 하루만 김군주가 되고 싶다. 저게 현실 얼굴이라니.

김군주는 성좌들의 온갖 버프를 받고 있었다. 그리고 미궁의 NPC들, 그러니까 진우의 부하들도 김군주 아바타에게는 무한한 호의를 보냈다. 호감도 마스터라는 별명까지 생길 정도였다.

“레아르 라티스라고 합니다. 라이네스 왕국을 대신해 감사드립니다.”

“당연한 일을 했을 뿐입니다.”

라티카와도 눈이 마주쳤다. 그녀는 진우에게 살짝 목례를 했다. 독기 어린 눈빛은 여전했지만, 그래도 표정은 많이 부드러워져 있었다. 라티카는 쿨한 느낌의 우주 여전사로 보였다.

시청자들은 그녀에게 열렬한 반응을 보이고 있었다.

기계들이 몰려오기 시작했다.

"마, 많군요. 어서 수송기로……!"

레아르가 그렇게 말했지만 진우와 플레이어들은 아무도 반응하지 않았다. 모두 가볍게 몸을 풀더니 저마다 무기를 들고 돌격했다. 레아르와 라티카는 참혹한 광경이 펼쳐지리라 생각했지만, 그녀들의 예상은 완전히 빗나갔다.

"저, 저럴 수가!"

"아……."

서걱! 퍼억! 콰아앙!

플레이어들이 간단하게 기계들을 도륙해 버렸다.

"이거 약한데요?"

"몬스터에 비하면 뭐……."

"덩치가 조금 큰 스켈레톤 같군."

"조금 큰 걸 잡아보죠. 경험치도 안 오를 듯."

플레이어들은 마치 산책을 나온 것처럼 평화로워 보였다.

"큰 거 갑니다!"

플레이어들 중에는 마법사도 있었다. 마력을 끌어올리며 하늘을 향해 손을 뻗었다. 그러자 하늘에서 불화살들이 쏟아져 내렸다. 진우는 플레이어들 사이에서도 군계일학이었다. 한 번 검을 휘두를 때마다 폭풍을 닮은 검기가 뿜어져 나가며 기계들을 날려 버렸다. 진우는 검기를 털어내며 주변을 둘러보았다.

'얼추 정리되었군.'

손해가 아예 없는 건 아니었다. 전함 3대와 마장기 4기, 많은 전투기들이 사라졌다. 그래도 이온 행성에는 피해가 경미하니 다행이었다.

'어차피 기계 군주에게 돌려받으면 되지.'

진우는 빚을 몇백 배씩 갚아주는 성격이었다. 기계 군주에게 뜯어내면 되니 상관없었다.

"이, 이긴 건가요?"

"……그런 것 같습니다."

레아르와 라티카의 목소리가 들려왔다.

진우는 고개를 저었다.

"아직 아닙니다."

"네? 기, 기계들은 다 정리된 것 같은데요?"

"기계들뿐이었다면…… 저 많은 함대가 오지는 않았을 겁니다."

진우가 그렇게 말하자 레아르는 무언가 깨달은 듯 눈이 커졌다. 라티카도 마찬가지였다. 기계 군단은 함대에서 쏟아져 나오는 포격에 의해 사라졌지만, 아직 다 끝난 것이 아니었다. 마무리가 남아 있었다. 암흑제국군이 이대로 물러나면 설정에 맞지 않았다. 조금 더 날뛰어줘야 그림이 되었다.

"암흑제국군……."

레아르가 그렇게 말을 하는 순간이었다. 암흑제국군의 모선이 신성연합의 함대 쪽으로 고개를 돌렸다. 모선의 분위기가 심상치 않았다. 모선에서 뿜어져 나오는 엄청난 열기에 대기가 타오르고 있었다. 모선의 앞부분에서 아주 작은 붉은 구체 하나가 나타났다. 구체가 순식간에 커지더니.

피웅! 콰가가가가가가!

거대한 붉은 빔이 되었다. 엄청난 마력이 응축되어 있는 거대 마력입자포였다. 마력입자포가 향한 곳은 신성연합의 함대였다.

콰가가가가!

전함 두 척이 그대로 사라졌다. 하루링이 만들어낸 더미였지만 그걸 알아차린 이들은 아무도 없었다.

"와, 이걸 통수친다고?"

"역겨운 숲쟁이 놈들답군."

"까마귀 놈들이랑 상종하면 안 됐는데……."

전함 두 척은 잔해조차 남기지 않고 증발해 버렸다.

엄청난 위력에 레아르와 우주연합국의 군인들은 입이 벌어졌다. 모선에서 암흑제국군의 전투기들이 뿜어져 나왔다. 신성연합도 그에 대응하여 모든 전투기들을 쏟아냈다.

암묵적으로 NPC 세력은 건드리지 않았다. 한 번 죽으면 사라진다는 걸 알고 있었기 때문이다.

신성연합과 암흑제국군의 격돌! 진짜 이벤트가 시작되었다!

[우주의 버러지들이여. 암흑 황제께 모든 것을 바쳐라.]

암흑제국군의 모선에서 그런 소리가 들려왔다. 암흑제국군의 마장기가 진우 쪽으로 다가왔다. 신성연합의 플레이어들을 향해 무기를 겨누는 순간이었다.

"잼식 님!"

"가랏! 잼식!"

마장기를 타고 있던 잼식이 얼떨결에 마장기전에 합류하게 되었다.

레아르는 하늘을 올려다보았다. 이온의 맑았던 하늘은 메케한 연기만이 가득했다. 이온 행성에서 신성연합과 암흑제국군이 맞붙고 있었다.

함대 포격은 연출이 가미되어 있어 지나치게 화려했다. 그러나 플레이어들이 구매한 전투기나 마장기는 진짜였다.

전투기와 마장기가 마구 터져 나가는 것이 보였다.

플레이어들의 돈이 하늘에서 녹고 있었다.

'그럼 또 사겠죠! 후훗!'

세연의 그런 목소리가 들려오는 듯했다. 이참에 수익 극대화를 위해 물량 조절까지 할 생각이었다.

진우는 슬슬 돌아갈 생각이었다. 이벤트는 세연과 유나가 통제하고 있으니 복귀해서 쉴 생각이었다.

"피해야겠군요."

"수, 수송기가 있어요!"

진우가 그렇게 말하자 레아르가 수송기를 가리켰다. 라티카가 수송기를 몰 수 있었다. 진우는 플레이어들과 함께 수송기에 다가갔다.

막 수송기에 오르려는 순간이었다. 위에서 쏘아진 빔에 의해 수송기가 폭발했다.

휘이잉! 휘이잉!

암흑제국군의 수송기들이 날아오더니 주변에 착륙했다. 수송기의 문이 열렸다. 수송기 안에는 T시리즈도 있었고, 우주연합국의 시민들도 있었다.

'구출 작업이 잘 되었나 보네.'

암흑제국군에게 따로 내려진 퀘스트였다.

암흑제국으로 납치하는 것이었지만, 구출한 후 잘 보내줄 생각이었다. 강제로 치료도 해주었다. 그 과정이 다소 과격하긴 했지만 말이다.

감옥 같은 곳에 갇혀 비명을 지르는 시민들이 보였다.

"사, 살려주세요!"

"꺄아아악!"

"구해주세요! 제, 제발!"

레아르는 끔찍한 광경에 몸을 떨었다. 어째서 시민들을 납치하는지 짐작할 수 있었다.

"제물로 바칠 생각인가……."

외신, 또는 황제에게 바치는 제물 같았다.

진우는 고개를 끄덕였다. 의도야 어쨌든, 이렇게 보니 진짜 나쁜 놈들 같았다.

암흑제국군의 플레이어들이 수송기에서 내렸다. 모두 검은 헬멧과 망토를 두르고 있어 포스가 대단했다.

'아무래도 더 있어야겠군.'

상황이 이렇게 되었으니 그럴 수밖에 없었다.

신성연합의 플레이어들은 무기를 들었다. 진우도 마찬가지였다. 가장 앞에 서 있는 암흑제국군의 플레이어가 천천히 헬멧을 벗었다.

"드디어 만났군. 김군주."

"남자는양손검……?"

"너를 죽여 암흑 황제께 바치겠다. 그리고 이 행성을 녹색 빛으로 물들일 것이다."

-아야: 얼ㅋㅋ세기의 매치 가나요?

-치즈맛포도: 김군주와 남자는양손검이 붙었다!

-내주식휴지: 으아아아! 가즈아!

유일하게 김군주와 대등한 무력을 지녔다고 평가받는 플레이어가 있었다.

역겨운 숲쟁이들의 정점.

엘론티의 광전사, 남자는양손검이었다.

그는 김군주의 라이벌이었다.

남자는양손검이 비릿한 웃음을 머금었다.

그는 시선을 옮겨 진우 뒤에 있는 레아르와 라티카, 그리고 군인들을 바라보았다.

저들을 무사히 데려가면 암흑제국에서 업적 보상을 주었

다. 중요 NPC의 경우에는 업적 보상이 훨씬 컸다.

정말 탐나는 NPC들이었다. 다른 암흑제국군 플레이어도 혀로 입술을 핥으며 레아르를 노려보았다.

레아르는 끈적이는 시선에 몸을 떨 수밖에 없었다. 저들에게 잡혔다가는 끔찍한 일이 벌어질 것만 같았기 때문이다.

남자는양손검은 플레이어들과 T1군단을 이끌고 있었다.

“저들을 붙잡아 황제 폐하께 진상하도록.”

“클클클…….”

“간만에 피 맛 좀 보겠군.”

암흑제국군 플레이어들이 혀로 무기의 날을 핥았다. 악역 컨셉이 지나치기는 하지만, 효과는 확실했다. 레아르의 안색이 새파랗게 질렸고, 군인들이 움찔했다.

라티카는 레아르의 앞을 막아서며 그들을 노려보았다.

-직바구리: 와, 진심 개역겹네.

-옆집남자: 악당 다 됐네.

-헬스타: 어디서 본 건 많아서ㅋㅋㅋ

-극혐엘론티: 저 새끼들 다 죽여야함.

-으어엉: 더럽고 역겹네.

-흐악흐아: 레아르짜응 겁먹어도 귀엽다.

진우가 보기에도 너무 악당 같았다. 플레이어들을 동원하려고 어떻게 끼워 넣다 보니 암흑제국은 진정한 흑막이 되어 있었다. 암흑제국군 플레이어들은 그것에 심취해서 더욱 역겹고 더러워져 있었다.

'신났군. 즐거워 보이니 괜찮겠지.'

악역도 하다 보면 재미있었다. 그건 진우가 가장 잘 알고 있었다.

수많은 시청자들이 보고 있으니 물러날 수는 없는 노릇이다. 남의 행성에 와서 민폐이기는 했지만, 이미 국회 주변은 대부분 피난을 마친 상태이니 큰 피해는 없을 것 같았다.

'아슬아슬하게 무승부를 만드는 편이 더 좋겠지.'

신성연합과 암흑제국군의 대립은 이어져야 했으니, 사기를 꺾을 생각은 없었다. 광마나 룬달프 쪽은 허영이 암흑제국군으로 은근슬쩍 합류해서 상대하고 있으니 신경 쓸 필요 없었다.

"없애라."

남자는양손검이 손짓하며 말하자 T1 군단과 암흑제국군 플레이어들이 달려들었다. 진우의 주변에 있던 신성연합의 플레이어들이 달려 나가며 맞서 싸웠다. 꽤 비장해 보였다.

콰앙! 쿠웅!

주변의 벽과 바닥이 박살 나고 빛이 번쩍했다. 플레이어들의 격돌은 주변 지형을 바꿀 정도로 과격했다.

스릉!

남자는양손검이 천천히 검을 뽑았다. 그가 마력을 흘려보내자 붉은 검기가 치솟았다. 진우도 신중하게 검을 들었다. 진우의 검에서도 검기가 뿜어져 나왔다.

남자는양손검은 김군주 아바타와 비슷한 랭크를 지니고 있었다. 육체 스펙에서는 오히려 김군주보다 앞서고 있었다.

김군주의 검기는 남자는양손검과 대비되는 푸른색이었다. 대군주의 권능을 쓴다면 황금빛이나 검은빛이 되겠지만, 아바타 순수 능력으로 발산되는 검기는 선명한 푸른색이었다. 마치 신성연합과 암흑제국의 성향을 그대로 보여주는 듯했다. 주변이 온통 난장판이었지만 둘은 고요했다.

남자는양손검이 먼저 움직였다. 움직임은 빨랐다. 잔상을 그리며 뻗어오는 검을 진우가 쳐냈다. 굉장히 묵직한 힘이 느껴졌다. 진우는 바로 반격했다.

남자는양손검의 검기와 진우의 검기가 부딪히며 충격파가 주변을 휩쓸었다.

"꺄악!"

"레아르 님!"

레아르가 충격파에 뒤로 튕겨 나가자 라티카가 겨우 잡아주었다. T1들이 그녀들을 납치하기 위해 다가갔다.

진우가 고개를 돌려 그쪽을 바라본 순간에, 남자는양손검이 공격했다.

터엉!

남자는양손검의 검이 진우의 머리 위로 떨어지기 직전, 진우는 검을 들어 막았다. 남자는양손검이 양손으로 검을 잡고는 찍어 눌렀다.

"한눈을 팔 틈이 있나!"

"으음……."

남자는양손검의 눈빛에는 광기가 깃들어 있었다. 그의 눈에서는 붉은 기류가 뿜어져 나왔다. 두려워할 법한 광경이었지만 업적 보상으로 살 수 있는 스킬이었다.

눈이 붉게 빛나는 것 외에는 아무런 효과가 없었다. 그런데도 인기가 엄청 많았다. 아무튼, 힘이 굉장했다.

진우의 다리가 바닥을 뚫고 들어갔다.

-에반데: 저 양반 눈 돌아간거 보속ㅋㅋ

-고증: 진짜 나빴네.

-소핫보이: ㅋㅋ악역에 너무 충실한 거 아냐?

-우리의꿈: ㄴㄴ저게 원래 일상이었음. 개역겨움.

-루나님방송좀: NPC납치하는 플레이어라니……. 우주적 민폐네.

-덕중의덕: 레아르짜응 안 돼!

치지지지직!

검기와 검기가 오랫동안 붙어 있자 스파크가 튀기며 바닥에 균열이 일어났다. 마치 지진이라도 난 것처럼 갈라지더니 옆에 있던 건물이 무너져 내렸다. 무너진 바닥 때문에 남자는양손검이 주춤할 때였다. 진우는 그의 가슴을 강하게 발로 차고는 검기를 방출했다.

"크윽!"

검기가 그의 눈 근처를 스쳐 지나갔다.

진우는 그대로 검을 휘둘러 그를 후려쳤다.

남자는양손검이 간신히 막기는 했지만 몸이 붕 뜨더니 그대로 뒤로 날아가 벽에 파묻혔다. 김군주 아바타의 한계를 살짝 넘어서는 힘으로 후려쳤으니 당분간 일어나지 못할 것이다. 몸이 파열되며 피가 흘러나왔다.

김군주의 아바타가 진우의 움직임을 따라가지 못하고 있었다.

'저 남자도 진짜 물건은 물건이네.'

생각보다 훨씬 강했다. 괜히 김군주의 라이벌이라 불리는 게 아니었다.

진우는 레아르 쪽을 바라보았다. T1들은 명령에 충실히 따르고 있었다. 라티카가 빔 커터로 T1들을 상대하려 했지만 금방 제압당했다. 레아르의 표정이 두려움에 물들었다.

-란토: 야 이 역겨운놈들아! 그만해!

-감기약맛: ㅠㅠ레아르짜응 울어욧!

-누나예뻐요: 라티카 누님 아프다 이놈들아!

T1 하나가 라티카의 목을 붙잡았다. 라티카가 벗어나려 애썼지만 T1의 힘을 당해낼 수 없었다. 진우가 빠르게 다가가 T1을 베었다. 바닥에 쓰러진 라티카가 목을 부여잡으며 기침을 했다.

레아르가 그녀에게 서둘러 다가갔다.

"괘, 괜찮아요?"

"……괜찮습니다. 쿨럭."

둘의 외모는 꽤 비슷했다. 모르는 사람이 보았다면 자매라고 착각했을 것이다. 실제로 시청자들 중에서도 둘을 사연이 있는 자매라고 생각하고 있는 이들이 꽤 많았다.

라티카는 레아르만큼은 무슨 수를 써서라도 지키려 하고 있었다. 속죄일 수도 있고, 세라를 대신하는 것일 수도 있었다.

진우가 진짜 악당이라면 세라를 전사로 키워서 라티카와 싸우게 했을지도 몰랐다. 마족들이 파업할 만한 생각이었다.

당분간 지켜보도록 하자.

레아르가 진우의 뒤를 보더니 눈동자가 커졌다.

"뒤, 뒤……!"

"음?"

남자는양손검의 모습이 보였다. 그는 천천히 몸을 일으키더니 거추장스러운 상의를 찢어버렸다.

문신이 가득한 근육질 몸이 모습을 드러냈다. 몸에는 여러 기계 장치들이 끔찍하게 붙어 있었다.

'돈 주고 개조했군.'

암흑제국군 함선에서 추가 커스터마이징을 할 수 있었다. 일반 제품들은 구매할 수 있었지만, 희귀 제품은 랜덤 박스에 들어 있었다. 저 가슴을 뚫고 나온 파이프 같은 것은 경매로 약 320만 원 정도 했다. 불투명했는데, 안에서 액체가 흐르는 게 보였다.

뜨거운 심장을 수냉으로 식힌다! 암흑제국식 심장 수냉쿨러였다.

남자는양손검의 몸에서 마력이 뿜어져 나왔다. 주변에 있던 플레이어가 덤벼들었지만 손으로 붙잡더니 그대로 찢어버렸다. 옆에 있던 플레이어의 목이 그의 손에 잡혔다. 가볍게 옆으로 던지니 벽에 처박히며 곤죽이 되었다.

"크아아아!"

화가 단단히 난 모양이다.

근육이 부풀어 오르며, 그의 몸에 달린 구멍에서 수증기가 뿜어져 나왔다. 광폭화였다. 바지가 터져 나가며 녹색의 상징이 모습을 드러냈다. 하반신도 굉장한 모습으로 개조가 되어 있었다.

'끔찍하군.'

진우가 그렇게 생각할 정도였다.

엘론티 전사 전용 기술과 암흑제국군의 개조된 외형이 만나니 엄청난 광경이 연출되었다.

-추식아잼하다: 무슨 보스 몬스터냐고ㅋㅋㅋ

-지옥소스: 와…… 얼마나 개조를 해댄거냐?

-스테이크: 대충 계산해 봤는데 승용차 한 대 값임ㅋㅋ

-마왕지망생: 개역겹지만 쩐다. 왜 암흑제국군 하는지 알 것 같음.

레아르가 걱정스러운 눈으로 진우를 바라보았다.

진우의 몸에서는 피가 흘러나오고 있었다. 남자는양손검이 돌진해 왔다. 주변의 장애물들이 모조리 튕겨 나갔다.

진우도 마력을 끌어 올렸다. 아바타에 남아 있는 모든 마력을 끌어올리며 검을 수평으로 들고 자세를 낮췄다.

-하이드: 한방에 모든 게 결정난다!

-슈퍼필살: 가랏! 블레이드 스톰!!

-오글토글: 필살기 대 필살기! 서로 스치기만해도 치명상!

휘익!

둘이 서로를 가르며 지나갔다. 고전적인 연출이었지만 효과가 굉장히 좋았다. 모두 침을 꿀꺽 삼키며 지켜봤다.

쨍그랑!

진우의 검이 박살 나며 피가 후두둑하고 바닥에 떨어졌다.

푸시시식!

남자는양손검의 어깨에 긴 검상이 생겼다.

고개를 돌려 서로 바라보는 순간이었다.

[메인 퀘스트가 완료되었습니다! 기계 군단이 파괴되었습니다! 함대에 복귀하여 보상을 받아가세요!]

[오랫동안 복귀하지 않은 플레이어들은 아바타와 분리되어 강제 귀환되니 주의하시길 바랍니다. 보상 정산 기간 동안 전투가 금지됩니다.]

마침 퀘스트가 종료되었다. 하늘에서 벌어지고 있던 전투도 멈추었다.

남자는양손검이 인상을 쓰더니 T1이 가지고 온 헬멧을 다시 썼다.

“김군주, 다음에 승부를 가리도록 하지. 모두 복귀하라.”

-백수근로자: 팬티만 입고 헬멧 쓰니 개더럽네ㅋㅋ

-입헌군주제: 저게 저분 아이덴티티임. 녹색 팬티가 본체라는 말이 있음. 무려 풀강템임.

-초코바나나: 팬티만 너무 튀잖아ㅋㅋㅋ

남자는양손검과 플레이어들, 그리고 T1군단들이 수송기를 타고 모선 주변으로 향했다. 암흑제국군이 모두 모선 주변에 모이더니 워프를 하여 사라졌다.

“김군주 님, 괘, 괜찮으세요?”

“괜찮습니다.”

“하, 하지만 상처가……!”

레아르는 눈물을 흘렸다. 라티카도 걱정되는 눈빛으로 진우를 바라보았다. 존경하는 감정이 섞여 있기도 했다.

의도치 않게 호감을 산 진우였다.

신성연합의 전투기들이 주변에 착지했다. 신성연합은 구조 퀘스트가 추가되어 구조작업에 들어갔다.

[으, 으아아아아!]

위에서 비명 소리가 들렸다. 잼식의 목소리였다.

전투기에서 내린 플레이어들이 위를 바라보고는 깜짝 놀라며 사방으로 흩어졌다.

콰아앙!

잼식의 마장기가 전투기들 사이에 떨어졌다. 전투기들이 박살 나며 터져 버렸다.

"야! 이 미친놈아!"

"이게 얼마짜린데!"

"저 새끼, 잼식이 아냐?"

"억! 라우리 님 죽었다!"

부르르르!

잼식이 탄 마장기가 부르르 떨렸다. 검은 연기가 솟구쳐오르고 있던 마장기의 엔진에서 스파크가 튀기더니 빛이 뿜어져 나오기 시작했다.

"모, 모두 피해요! 터, 터집니다!"

콕피트에 있던 잼식이 빠르게 탈출하며 외쳤다. 진우는 레아르와 라티카를 데리고 바닥의 균열 사이로 피했다.

콰아아아앙!

마장기가 폭발하며 주변을 휩쓸었다. 거기서 끝이 아니었다.

피이이이이!

마장기가 마치 폭죽처럼 하늘 위로 치솟았다. 낮게 날고 있는 플레이어의 전함을 향해 뻗어가기 시작했다. 길드 단위로 투자해서 산 전함이었다.

전함은 화들짝 놀라며 다시 상승하려 했다. 피하려고 했지만 이미 늦었다. 마장기와 전함이 부딪쳤다.

콰아아앙!

화려하게 폭발하며 추락했다. 마치 불꽃놀이를 보는 것 같았다. 그나마 버티고 있던 국회 건물이 추락한 전함과 부딪히며 박살 났다.

"레, 레몬키스 길드 연합이…… 전멸…… 했다?"

"억……."

플레이어들 모두 그 광경을 멍하니 바라보았다. 플레이어들이 꽤 죽기는 했지만, 그래도 일반인들의 인명피해는 없어 다행이었다. 잼식은 허망한 눈빛으로 불타오르는 전함과 무너진 건물들을 바라보았다.

-추식이두마리: 잼식이 클라스ㅋㅋㅋ

-알콜창고: 와 전투기랑 전함 다 박살 났네. 저게 다 얼마임?

-사이: ㅋㅋㅋ저 새끼 진짜 마장기 태우면 안 됨.

-진짜변호사: 잼식이 집 팔아야 할듯.

살아 있는 킬링머신 잼식이었다. 그의 킬링스코어는 엄청났다. 다만, 모두 같은 팀이라는 게 문제였다.

심지어 잼식은 암흑제국군의 MVP로 뽑히기까지 했다.

우주연합국과 라이네스 왕국에서 공식적으로 감사를 표하고 회담을 제의했지만, 신성연합은 구조작업이 끝나자마자 쿨하게 복귀했다.

"마나가 함께하기를!"

모두 그런 말을 남기고 떠났다.

진우는 방송을 끝내고 가장 마지막까지 남았다. 혹시나 남아 있을지도 모르는 플레이어들을 체크하고 뒷수습을 하기 위해서였다.

레아르가 다가왔다.

"사, 상처는 어떠신가요?"

"괜찮습니다."

진우는 고개를 돌려 인간형 로봇을 바라보았다. 라티카가 조종하고 있었는데, 첫 데뷔는 전투가 아니라 구조작업이었다. 마장기는 출력이 워낙 강해 섬세한 작업에는 어울리지 않았다.

레아르의 발명품은 그렇지 않았다.

"신성연합의 마장기에 비하면 어린애 장난이지만…… 이럴 때는 도움이 되네요."

라티카는 쉬지 않고 구조작업을 했다. 동생을 빼앗기고 무언가 느낀 게 있는 모양이었다.

"저기…… 또 만날 수 있을까요?"

"다음에는 신성연합으로 초대하겠습니다. 암흑제국을 상대하기 위해서는 레아르 백작님의 도움이 필요합니다."

"아, 알겠어요. 기다릴게요! 꼭 연락 주세요!"

레아르가 통신 장치를 건넸다. 그녀와 직접 연락이 가능한 기기였다. 진우는 잠시 생각하다가 아공간에서 마정석 하나를 꺼내 건넸다.

"이건……?"

레아르는 아름다운 마정석에서 눈을 떼지 못했다.

"마나가 담긴 보석입니다."

"마나……?"

"그게 무엇인지 백작님이라면 알아내실 수 있을 겁니다."

레아르 백작은 세연만큼이나 천재였다. 암흑제국을 상대한다는 빌미로 그녀의 기술력을 쏙쏙 빼먹을 수 있을 것 같았다.

레아르는 마정석을 두 손으로 꼭 쥐었다.

"그럼, 가보겠습니다."

진우는 신성연합의 함대로 귀환한 다음, 바로 아바타에서 벗어나 본체로 돌아갔다. 본체는 다크 아이에 있었다. 세연과 유나, 그리고 다른 부하들이 첫 메인 퀘스트의 결과를 확인하느라 바빴다.

"대박입니다! 플레이어들이 앞으로 더 열심히 일할 것 같네요!"

"확실히…… 경쟁에 더 불이 붙겠지요."

"게다가 그 기계들! 엄청난 기술을 담고 있어요! 빨리 분해해 보고 싶네요."

세연과 유나의 대화였다. 주변에 플레이어들이 가지고 온 기계들이 잔뜩 쌓여 있었다.

'나도 할 일을 해야겠군.'

진우는 기계 군주를 떠올려 보았다. 지금쯤이면 행성 자체가 기계 군주가 되었을 것이다. 원작 외전에서는 행성이 된 기계 군주가 떠돌아다니며 생명을 먹어치웠다. 그러면서 더욱 부피를 늘려갔다. 우주를 하나의 의지로 통일시키기 위함이었다. 그대로 놔두었다가는 은하 전체뿐만 아니라, 온 우주를 먹어치울지도 몰랐다. 역시 가장 스케일이 큰 군주다웠다. 지속적으로 행성 전체에 대미지를 주는 수밖에 없었다.

다크 플레임 엠퍼러로 공격하는 걸 생각해 봤지만, 위험 부담이 너무 컸다. 진우는 상관없었지만 전함에 타고 있는 부하들이 위험했다. 군주를 상대하는 데 부하들을 끌어들이고 싶지 않았다.

'그걸 쓸 수밖에 없겠군.'

바로 외계생물체 작전이었다. 기계 군주의 기계들도 SF다웠지만, 역시 외계생물체가 빠지면 섭했다.

진우는 유나에게 다가가 필요한 것을 말했다.

"네? 그걸 왜…… 설마……."

"괜찮을 것 같지?"

"말리고 싶습니다. 저는 가, 가지 않겠습니다."

유나가 그녀답지 않게 당황하더니 주춤거리며 물러났다. 표정은 사색이 되어 있었다.

세연은 그녀와 정반대의 반응이었다.

"앗! 재미있을 것 같아요. 제가 잡아 올게요! 미궁 님, 같이 갈래요?"

"오! 좋음!"

세연과 미궁은 강력한 흥미를 느꼈다. 희연도 있었는데 유나처럼 안색이 창백했다.

진우는 오랜만에 황금의 성소에서 세연과 미궁을 기다렸다. 세연은 그것을 가져오기 위해 옛집에까지 찾아갔다고 한다. 미궁도 함께 갔다.

"이것 보셈! 엄청 많음!"

"많이 잡아 왔어요! 알도 엄청 많아요."

세연과 미궁이 내민 유리병에 끔찍한 것들이 들어 있었다. 바로 바퀴벌레였다. 유리병은 특수 처리된 제품이었다. 마력이 침투하지 않도록 강력한 봉인이 걸려 있었다.

진우는 그녀들과 함께 중간계로 이동했다. 아무것도 없는 협곡에 도착해 유리병을 천천히 열었다. 바퀴벌레들이 밖으로 빠져나왔다. 처음에는 도망가는가 싶더니 멈칫했다.

[중간계의 마력이 바퀴벌레에게 스며듭니다. 급격한 성장을 시작합니다!]

진우는 지배의 권능을 불어넣었다. 바퀴벌레가 날뛰기라도 하면 곤란하기 때문이다. 지배의 권능에 닿은 바퀴벌레들은 더욱 커지고 길쭉해졌다.

"오! 커짐!"

"이, 이것이 바로 우주를 감염시킬 또 다른 외계생명체!"

바퀴벌레가 순식간에 강아지만 해졌다. 잠시 기다리자 황소처럼 커졌다. 그때부터 다양한 형태로 바뀌기 시작했다.

날카로운 털과 가시가 잔뜩 달린 다리, 갈색빛의 등껍질은 혐오감을 자아냈다.

"키에에에엑!"

다른 바퀴벌레보다 훨씬 커진 개체가 있었다. 바로 바퀴벌레 여왕이었다. 배가 부풀어 오르며 알집이 생겼다. 가공할 만한 번식력이었다. 진우는 아공간에서 마정석과 속성석을 꺼내 여왕에게 마구 먹였다. 중간중간에 지배의 권능으로 변화된 기계들도 먹였다.

우적우적!

여왕이 그것들을 먹어치우며 더욱 기괴한 형태로 변하기 시작했다. 바퀴벌레는 일반 동물에 비할 바가 아니었다. 그들의 적응력은 미치도록 뛰어났다. 바퀴벌레 여왕이 진우를 바라보았다. 바로 고개를 숙이며 복종했다.

[바퀴벌레 일족이 탄생하였습니다!]

[S]공포의 바퀴벌레 여왕

'먹고 먹어 번식하라!'

'기계 꿀맛!'

지구의 바퀴벌레가 변화된 형태. 엄청난 생명력과 적응력, 그리고 번식력을 지녔다. 껍질은 검기마저 방어해 낼 정도로 단단하다. 모든 것들을 먹어치우며 어떠한 환경에서도 살아남을 수 있다. 특히, 기계와 인공적인 물체들을 즐겨 먹는다.

굉장히 영리하고 비열하다.

[S]번식력 [S]생명력 [S]적응력 [S]인공물 포식자

혐오스러운 외형이었다. 계속 보다 보니 그래도 적응이 되어 봐줄 만했다.

"오! 재밌음!"

미궁이 거대한 바퀴벌레의 등 위에 올라가서 더듬이를 잡았다.

샤샤샤샤샥!

바퀴벌레가 엄청난 속도로 움직이기 시작했다. 협곡 끝으로 가더니 하늘을 날아올랐다.

세연도 흥분 상태였다. 바퀴벌레들에게 손짓했다.

그러나 바퀴벌레들은 세연을 보더니 슬슬 피했다. 해부당할지도 모르는 위험을 감지했기 때문이다.

"우와아아! 진우! 이것 보셈! 나 날아다님! 이거 키워도 됨?"

"그건 안 돼."

진우는 단호했다. 이것만큼은 절대로 키워선 안 된다.

진우는 바퀴벌레 일족을 아공간에 넣었다. 검은 공간이 열

리며 바퀴벌레들이 빨려 들어왔다. 평소에 들고 다니는 아공간이 아닌, 싸구려 아공간이었다. 고급 아공간은 바로 수납이 되지만 싸구려 아공간은 이렇게 넣어야 했다.

싸구려 아공간은 고급 아공간보다 크기가 컸지만, 아공간 내부에서도 시간이 흐른다는 게 단점이었다. 하지만 지금은 아주 큰 장점이기도 했다.

'꽤 좋은 선물이 될 것 같군.'

기계 군주가 있는 행성. 바퀴벌레 일족은 기계들도 아주 맛있게 먹어치울 것이다.

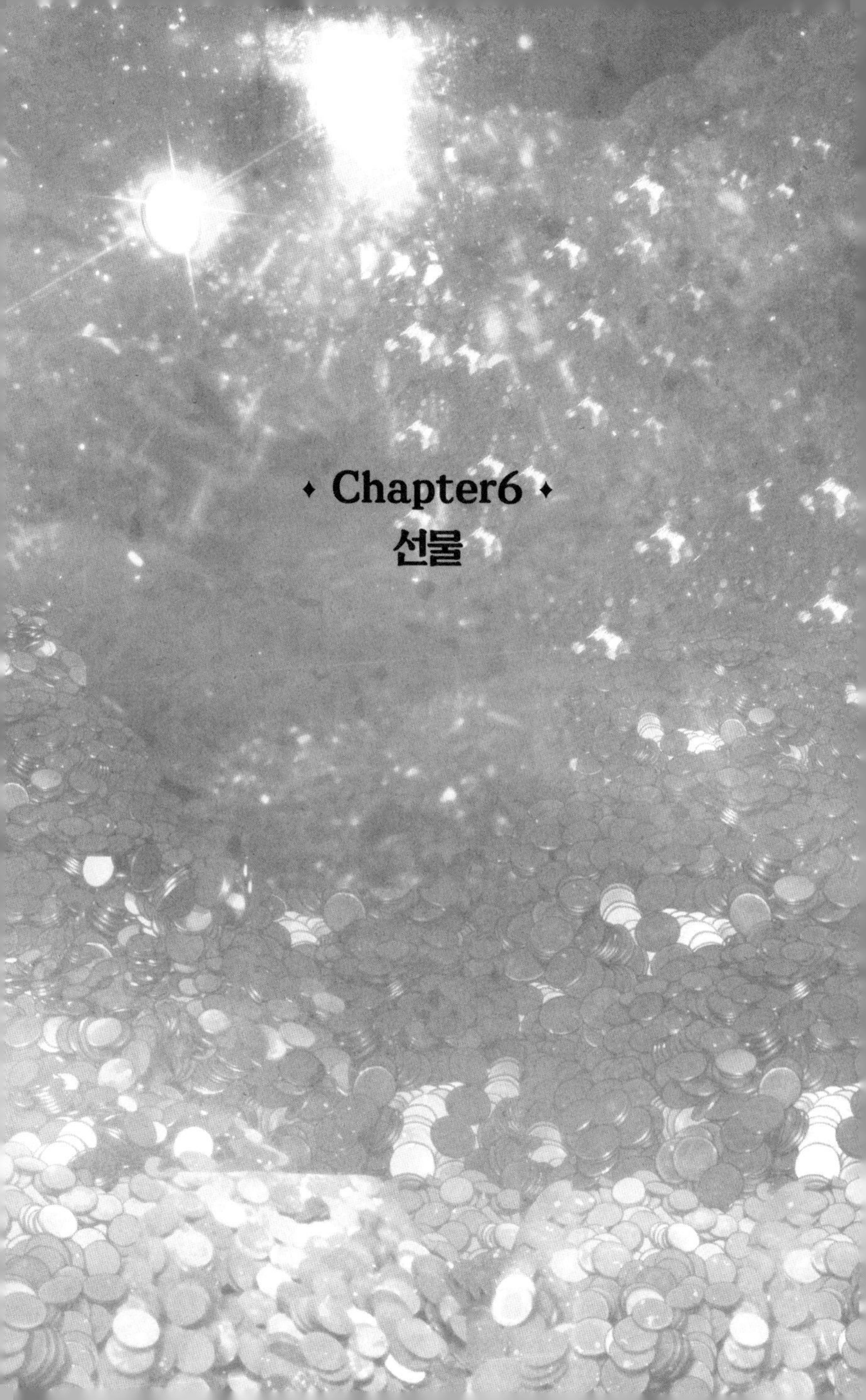

◆ Chapter6 ◆
선물

진우는 싸구려 아공간의 크기를 계속해서 넓혔다. 마계에서 만든 것이었고, 생산량도 많았기에 대량으로 구할 수 있었다. 플레이어들이 쓰고 있는 것도 싸구려 아공간이었다.

진우는 예전의 일화가 떠올랐다. 컴퓨터를 하다가 손이 가려워서 보니, 바퀴벌레가 손의 각질을 뜯어먹고 있었다. 그때 느낀 감정은 뭐라고 표현할 수 없었다. 인간만 그런 일을 당하는 게 너무 억울했다. 다른 존재에게도 느끼게 해주고 싶었다. 그 압도적인 공포를!

'음, 인공적인 건 다 먹으니…….'

일반 바퀴벌레는 잡식성이었지만 모든 걸 다 먹는 건 아니었다. 바퀴벌레 일족들은 일반 바퀴벌레와는 다르게 인공적인 모든 것들을 먹을 수 있었다.

그들의 배설물을 연구한 세연은 또다시 흥분했다. 굉장한 마력과 영양소가 함유되어 있었기 때문이다.

진우는 배설물만 따로 다른 아공간에 분리해서 세연에게 건네주었는데, 황폐한 행성 개발에 쓰일 것이라 한다. 물론 행성 개발은 플레이어들이 했다. 플레이어들에게는 특별하게 개발된 비료라고 속이기는 했다. 아무튼, 어떻게 보면 자연 친화적이었다.

'먹이를 더 줘야겠군.'

진우는 마계에 있는 싸구려 아공간을 모두 사들였다. 조금 시간이 걸리긴 했지만 느긋하게 모았다. 그리고 바로 지구로 이동했다. 지구에는 수많은 폐기물들이 있었다. 게이트에 버려서 분해하고 있기는 하지만, 쏟아져 나오는 폐기물들이 훨씬 많았다. 특히 또 다른 지구는 게이트도 없어 쓰레기 문제가 심각했다.

'쓰레기 문제도 해결하고…… 일석이조로군.'

진우는 오랜만에 리처드에게 연락하고 미국으로 이동했다. 진우는 느긋하게 리처드의 별장에서 그를 기다렸다.

TV채널마다 리처드가 나오고 있었다. 아직 대선후보일 뿐이지만 분위기는 이미 대통령이었다. 상대 후보는 아예 상대가 되지 않았다. 압도적인 표 차이로 당선될 거라는 기사까지 쏟아져 나오고 있었다.

'음…….'

대통령 친구 하나 두는 것도 나쁘지 않겠지. 좋은 게 좋은 거니 그냥 넘어가도록 하자.

리처드는 미국의 대선 후보가 되었고, 지금 한창 바쁠 때였다. 그러나 모든 스케줄을 취소하고 진우에게 달려왔다.

진우는 창밖을 바라보았다. 리처드를 태운 차가 도착했는데, 그의 경호원들도 굉장히 많았다.

진우가 왔다는 소식을 듣고 달려온 다른 기업가들도 있었다. 바쁜 와중에 오라 그래서 조금 미안했다. 보상을 두둑하게 챙겨주도록 하자.

"기, 기다리게 해서 죄송합니다."

리처드가 공손히 고개를 숙였다. 기업가들도 마찬가지였다. 기업가들은 저번에 봤을 때보다 얼굴이 훨씬 좋아져 있었다. 건강이 회복되었고, 그들의 뒤에 대악마가 있으니 무서울 게 없어졌다. 그들은 세상에서 오로지 한 존재만 두려워하면 되었다.

"쓰레기나 폐기물 말씀이십니까?"

"음, 조금 필요해서 말이지. 종류는 상관없어. 인공적인 거면 모두 괜찮아."

"자, 잠시만 기다려 주십시오."

리처드와 기업가들이 심각한 표정으로 대화를 나눴다. 중동에서 벌어졌던 일은 이미 전설이 되어 있었다. 그 오만했던 중동의 황태자가 이제는 리처드의 최대 후원자였다.

기업가들이 연락해 기계 폐기물이 모여 있는 폐기물 처리장을 빌렸다. 컴퓨터의 메인보드 같은 부품들을 모은 곳이었는데, 해외로 불법 수출까지 한다고 한다. 바퀴벌레 일족들에게 먹이기 딱 좋았다.

"지금 바로 가도 되나?"

"무, 물론입니다! 모시겠습니다!"

진우는 리처드의 차에 올라 편히 이동했다. 리처드는 불안한 마음을 감출 수 없었다. 대악마께서 하시는 일은 모두 끔찍했다. 인간을 학살하고 고문하며 만들어진 영화가 흥행 1위를 기록했다. 이번에도 분명 보통 일은 아닐 것이다.

어쩌면 본격적으로 인간을 괴롭히기 위해 나서는 것일 수도 있었다. 리처드와 기업가들은 그렇게 생각했다.

"여기입니다."

"좋군."

진우가 도착하기 전에 불법으로 쓰레기를 수출하는 기업을 탈탈 턴 리처드였다. 폐기물이 산더미처럼 쌓여 있었다.

진우는 아공간의 입구를 열었다. 고급 아공간은 수납한 물건이 그 자리에서 자동으로 사라졌지만, 싸구려 아공간은 부피가 클 경우 청소기처럼 빨려 들어갔다. 주변에 있던 것들도 들어갈 수 있다는 게 치명적인 단점이었다. 싸구려는 괜히 싸구려가 아니었다.

검게 열린 공간에 쓰레기들이 빨려 들어가자 리처드와 기업가들은 놀란 표정이 되었다. 그러나 호들갑은 떨지 않았다. 이미 많은 것들을 봐왔기 때문이다.

진우는 기분이 꽤 괜찮았다. 바퀴벌레 일족들에게 먹이도 주고 환경도 보호할 수 있으니 뿌듯했다. 우주를 돌아다니며 느낀 건 역시 지구만 한 행성이 없다는 것이었다. 그 아름답다는 이온조차 지구에 비하면 평범했다.

괜히 여러 악당들이 푸른 별 지구를 탐내는 게 아니었다.

"음, 시간이 꽤 걸리겠는데?"

진우는 의자를 꺼내 앉았다. 그리고 만화책을 꺼내 들었다. 시간을 보내는 데 이만한 것이 없었다.

"굉장하군요. 그 많던 폐기물이……."

"어디로 들어가는 걸까요?"

기업가들이 수군거렸다. 더 가까이에서 보기 위해 조금 다가갔다. 기업가 하나가 발밑에 있는 폐기물을 보지 못하고 그대로 밟았다.

"응? 어, 어어?"

폐기물이 아공간으로 빨려 들어가자 기업가가 넘어졌다. 넘어지면서 아공간으로 조금 더 다가간 것이 실수였다. 몸이 붕 뜨더니 아공간으로 빨려 들어가기 시작했다. 다른 기업가들이 도와주기 위해 손을 뻗었다. 그러다가 몸이 엉키며 넘어졌다. 가만히 서 있던 리처드도 휩쓸리고 말았다.

리처드는 모두와 함께 아공간에 빨려 들어갔다.

"으, 으윽!"

리처드는 폐기물 더미에서 몸을 일으켰다. 주변은 어두웠으나 신기하게도 시야 확보가 되었다. 조금 물컹이기는 하지만 바닥도 존재했다. 주변에 있는 폐기물들이 모두 또렷하게 보였다. 쓰러져 있던 기업가들도 몸을 일으켰다.

"여, 여기는?"

리처드는 침착함을 유지하려 애썼다. 달까지 갔다 온 마당이니 이 정도는 아무것도 아니었다. 아무것도 아닌 게 아니었지만 그렇게 스스로 생각하면서 위로하고 있었다.

기업가들은 불안에 떨면서 주변을 바라보았다.

두드드드!

바닥이 울렸다. 리처드는 침을 꿀꺽 삼키며 정면을 바라보았다. 무언가 엄청 거대한 것이 빠르게 다가왔다.

"키에에에엑!"

"으, 으아아아아악!"

"으악! 사, 살려줘!"

"꺄악!"

리처드와 기업가들은 비명을 지를 수밖에 없었다. 너무나 끔찍하게 생긴 괴물이 눈앞에 있었다. 거대하고 혐오스러웠다. 마치 악마로 보였다. 아니, 저건 확실히 악마였다.

악마는 그들이 상상했던 것보다 더욱 끔찍했다. 이곳은 지옥이 틀림없었다. 악마가 타액을 흘리며 다가왔다. 주변에 있는 폐기물들을 마구 먹어치우다가 고개를 돌려 리처드와 기업가들을 바라보았다.

"키엑? 키에엑?"

괴물의 입에서 촉수가 나오더니 리처드와 기업가들을 핥았다.

"히이이익!"

"허억!"

리처드와 기업가들은 부들부들 떨었다. 저 거대한 악마가 자신들을 한입에 먹어치울 것 같았다.

두드드!

그들의 몸이 휘청했다. 아래를 바라보니 폐기물들이 갈라지며 거대한 악마가 등장했다. 그들이 밟고 있는 건 바닥이 아니었다. 바로 알집이었다.

"아, 대악마시여! 구, 구해주시옵소서!"

"으아아!"

리처드가 그렇게 외치자 기업가들도 간절히 기도했다.

지옥이 어떤 곳인지 그들은 확실하게 깨달았다.

집중해서 만화책을 보고 있던 진우는 리처드와 기업가들이 빨려 들어간 광경을 보았다.

"아!"

나지막한 탄식이 흘러나왔다. 미리 경고를 했어야 했는데, 하지 않은 자신의 잘못도 있었다. 진우는 빨리 그들을 빼내려 했지만 싸구려 아공간답게 선별하는 작업이 엄청 느렸다.

'그래도 생명체에게는 호의적인 애들이니 괜찮겠지.'

생명체들을 귀엽게 생각하는 바퀴벌레 일족들이었다. 그들은 우리가 새끼 고양이를 보는 것처럼 생명체들을 바라보았다. 잠시 기다리자 리처드와 기업가들이 빠져나왔다. 그들의 몸에는 진득한 타액이 붙어 있었다.

영양소가 가득한 타액이었는데, 맛은 끔찍했지만 최고의 선강식품이었다. 몸에 바르는 것만으로도 피부가 꽤 좋아졌을 것이다.

“우, 우웨엑!”

“으어, 으어억!”

리처드와 기업가들의 상태가 좋지는 않았다. 영양 상태는 좋아졌겠지만 멘탈 대미지가 엄청난 것 같았다.

진우는 엄청 미안해졌다.

“미안해. 내가 주의를 줬어야 했는데…….”

“아, 아닙니다.”

진우는 미안한 마음에 선물들을 두둑하게 챙겨주었다. 리처드와 기업가들은 그 선물을 받자 죄책감에 휩싸였다. 자신들이 직접 나서 악마를 번식시키는 일을 도와주었다. 그 대가로 선물을 받은 것이다. 하지만 죄책감을 느끼기에는 너무나 멀리 와버렸다.

“음, 다 넣었군. 또 없어?”

“아, 안내해 드리겠습니다.”

“일단 씻고 오는 게 좋겠어.”

“알겠습니다!”

진우는 그렇게 바퀴벌레 일족들을 배불리 먹였다. 리처드와 기업가들은 마음속으로 또다시 인류를 악마에게 팔아버리고 말았다.

시간이 어느 정도 지나자, 아공간이 터질 듯이 빵빵해졌다. 거대한 공간이 꽉 차 더 이상 아무것도 들어가지 않았다. 아공간에는 폐기물이 하나도 남아 있지 않았다. 오로지 바퀴벌레 일족과 알집만이 가득 차 있을 뿐이었다.

바퀴벌레 일족들은 공간이 없고 먹을게 떨어지자 자체적으로 동면에 들어갔다. 수천 년까지 그렇게 버틸 수 있었다. 정말 생명력이 끝내주는 일족이었다.

'무게가 느껴지지는 않지만 조금 그렇네.'

가득 찬 아공간이 느껴졌다. 그 안에 들어 있는 게 바퀴벌레들이라 생각하니 주머니에 바퀴벌레를 넣은 느낌이었다. 미안한 말이지만, 빨리 털어내고 싶었다.

진우는 다크 아이로 돌아왔다. 바로 우주선에 탑승해 기계 군주가 있는 행성계로 진입했다.

'어둡군.'

기계 군주는 행성계 자체를 자기 입맛대로 바꿔 버렸다. 항성의 주변을 감싸고 있는 거대한 기계들이 보였다. 기계 군주는 항성에서 직접 에너지를 뽑아내 쓰고 있었다. 덕분에 빛이 줄어들어 델록스 행성계는 아무도 살 수 없는 곳이 되어버렸다. 델록스 제국의 영역인 다른 행성계, 은하도 저렇게 되어버리고 말 것이다.

'적절한 시기에 왔네.'

기계 군주가 되어버린 델록스 행성으로부터 기계 함대들이 떠올랐다. 엄청난 규모의 기계 함대들이었다. 우주연합국을 습격했을 때보다도 많았다.

진우는 우주선에서 빠져나와 기계 군주에게 다가갔다. 거대한 행성에서 군주의 기운이 느껴졌다. 바다가 조금 남아 있기는 했지만, 다른 부분은 모두 기계였다.

'꽤 열심히 생산했나 보네.'

진우는 주변에 있는 함대들을 보며 흡족한 미소를 지었다. 기계 군주 자체는 아무래도 군주이다 보니 현 상태로 지배할 수는 없었다. 그러나 저 함대는 달랐다.

진우는 기계 함대로 이동했다. 기계 전함 위에 올라가 지배의 권능을 불어넣자, 기계 전함의 표면이 검게 물들더니 촉수가 튀어나왔다. 촉수들이 옆에 있는 전함들을 휘감았다. 거대한 규모의 함대가 모조리 진우의 것이 되었다.

꿀꺽!

역시 공짜는 너무 맛있었다! 조금 끔찍한 외형이 되긴 했지만, 그래도 공짜라는 게 중요했다.

기계 행성이 흔들리기 시작했다. 행성의 표면이 열리며 거대한 렌즈 모양의 눈이 나타났다. 기계 군주가 무척 당황한 것으로 보였다.

진우는 기계 군주의 표면에 내려섰다. 행성 자체가 기계가 되면서 중력이 훨씬 강해졌지만, 진우에게는 별다른 영향이 없었다.

"그래도 대기는 있네."

매연 수준이기는 하지만 있기는 했다. 진우가 표면에 착지하자 바닥이 열리며 거대한 기계가 떠올랐다. 마치 샤워호스처럼 생겼는데 호스의 끝에는 기계 안구가 달려 있었다.

"선물은 잘 받았어."

진우가 웃으며 그렇게 말하자 주변에서 거대한 빔 입자포가 날아왔다. 그러나 진우가 손짓하자, 빔 입자가 모조리 사라졌다.

[인간? 정체가 뭐지? 어떻게……?]

행성 전체가 무기로 바뀌며 진우에게 겨눠졌다. 진우는 이 기계 군주를 파괴해 버리고 싶지 않았다. 상당히 유용해 보였기 때문이다. 일단 힘을 약하게 만드는 게 우선이었다. 지구에서 온 절망을 선물해 주고 싶었다.

"맨손으로 오긴 조금 그렇더군."

진우는 아공간을 열었다.

"집들이 선물이야."

정면에 거대한 검은 공간이 나타났다. 기계 안구가 검은 공간을 바라보는 순간이었다.

두드드드드드!

거대한 바퀴벌레들이 마구 뿜어져 나왔다. 진우는 싸구려 아공간을 아예 터뜨려 버렸다. 그러자 검은 공간이 찢어지며 바퀴벌레로 만들어진 거대한 산이 등장했다.

그 모습에 진우도 약간 움찔했다. 꿈에 나올까 너무나 두려운 광경이었다. 대군주가 되면서 무서울 게 없어졌는데, 저건 무서웠다. 그것도 굉장히.

[생명체……?]

기계 군주는 AI에서 출발하기는 했지만, 그래도 감정이라는 게 있는 모양이었다. 거대한 바퀴벌레의 산에서 알집들이 마구 떨어져 내렸다. 바닥에 떨어진 알집에서는 수천의 새끼 바퀴벌레들이 탄생했다. 새끼 바퀴벌레도 보통 사이즈가 아니었다. 황소만 했다.

새끼 바퀴벌레 한 마리가 진우의 앞에 다가왔다.

"끾?"

고개를 갸웃하며 그런 소리를 내었다. 누가 새끼는 모두 귀엽다고 했던가. 그건 거짓말이었다.

진우의 주변에 새끼 바퀴벌레들이 모여들기 시작했다. 진우가 저리 가라고 손짓하자 새끼 바퀴벌레들의 더듬이가 축 처졌다.

"그…… 음, 일단 음식부터 먹어라."

진우가 그렇게 말을 하자 더듬이가 쫑긋 섰다. 기뻐하고 있는 걸로 보였다. 거대한 바퀴벌레들로 이루어진 산이 파도가 치는 것처럼 꿈틀거렸다.

바퀴벌레들이 순식간에 흩어졌다.

사각사각사각! 꿀꺽!

행성을 뜯어먹기 시작했다.

[크억! 컥!]

아주 꼼꼼하게 씹어먹었다. 행성 표면 아래에 있는 선 같은 걸 먹기 시작하자 행성이 요동쳤다.

기계 군주가 고통스러워하고 있었다. 단순히 기계를 먹어치우는 게 아닌, 기계 군주의 권능을 깎아 먹고 있었기 때문이다.

[고통? 내가 고통을……? 크아악!]

그냥 AI로 남아 있었으면 고통을 느끼지 못했을 것이다. 군주가 된 게 기계 군주의 실수였다. 태어나 처음 느끼는 고통에 기계 군주는 비명을 질렀다. 행성 전체가 비명을 지르는 것 같았다.

바퀴벌레 일족들이 기계를 먹더니 바로 번식을 시작했다. 집채만 한 알집들이 사방으로 굴러다녔다.

'음…….'

너무 심한 짓을 한 게 아닐까?

[먹을 것이 넘치고 있습니다! 이 기계 행성은 그야말로 천국입니다! 바퀴벌레 일족들이 영원한 충성을 맹세합니다! 바퀴벌레 여왕의 호감도가 MAX가 되었습니다!]

저 멀리 거대한 여왕의 모습이 보였다. 여왕은 진우를 진득한 눈빛으로 바라보고 있었다.

"아! 대군주님."

이제는 말까지 했다! 진우는 소름이 끼쳤다.

그 와중에 여왕의 목소리는 굉장히 낭랑했다.

진우는 그답지 않게 움찔하며 시선을 돌렸다. 도저히 정면으로 바라볼 수 없었다.

"그, 그럼 나는 가볼게. 음, 잘 챙겨 먹고…… 잘 지내고 있어."

진우는 바로 행성을 빠져나왔다. 기계 군주와 떨어진 곳에서 그를 바라보았다. 기계 군주도 가만히 있는 게 아니었다. 전 행성이 무기화되어 빔 입자 포격이 시작되었다.

그러나 바퀴벌레 일족의 등껍질을 뚫을 수 없었다.

"이곳은 정말 살기 좋군요!"

여왕이 그렇게 말했다. 오히려 주변 온도가 적당히 따듯해져 더욱 활발하게 움직였다. 그리고 기계 군주에 적응하며 진화했다.

[크, 크아아악!]

기계 군주의 비명이 더 커졌다.

"아삭아삭한 게 식감이 참 좋군요!"

여왕의 낭랑한 목소리는 기계 군주에게 공포 그 자체였다. 바퀴벌레 일족들이 행성 전체로 퍼져 나가기 시작했다.

'전쟁은 참…… 덧없는 것이군.'

진우는 그 광경을 보며 그렇게 생각했다.

역시 평화로운 게 제일이었다.

뉴월드 유니버스는 새로운 세계, 확장된 세계를 의미했다. 현재 엄청나게 화제가 되고 있는 우주 세계도 유니버스의 일부일 뿐이었다. 그런 공식적인 발표가 있자 플레이어들은 흥분에 빠질 수밖에 없었다.

앞으로 어떤 세계가 더 추가될지 추측을 하는 글들이 많았다. 이미 우주 세계가 나온 마당에 그 어떤 세계가 나와도 이상하지 않았다. 우주 세계가 출시된 이후부터, 전 세계 여행객들이 급격히 줄어들었다.

관광 명소를 가는 것보다 우주에 나가서 거대한 가스 행성을 바라보는 것이 훨씬 즐거웠기 때문이다. 다른 곳에서는 볼 수 없는 광활한 우주를 볼 수 있으니, 채굴만 해도 재미가 있었다. 여러 대기업도 채용공고를 내고, 채굴에 힘쓰고 있었다. 여러 대기업이 들어와 거대한 채굴선을 지원해 주고 있었다.

대기업 상표가 붙은 함선이 활발하게 돌아다니는 광경은 이제 너무나 평범해진 광경이었다. 요즘 플레이어들 사이에서 유행하는 것이 있다면 새로운 행성 찾기와 각 나라를 상징하는 랜드마크 세우기였다.

새로운 행성계의 좌표들이 순차적으로 풀리자 모두 탐험에 뛰어들었다. 바야흐로 대우주 개척시대였다. 인간이 거주할 만한 행성에 자국의 랜드마크를 세움으로써 다른 국가들을 도발했다.

처음에는 길드 단위로 이루어지다가, 국가별로 모이는 현상이 나타났다. 하나의 놀이로 시작했지만, 자존심을 건 싸움이 되었다. 중국 측 플레이어들이 만리장성을 쌓으려다가 파산한 건 유명한 일화였다.

마케팅을 위해 기업들도 나서기 시작했다. 대규모 자원이 있는 행성은 방송에 매번 노출되었기 때문이었다.

우주는 자유로웠다. 새로운 사업도 우후죽순 생겨나기 시작했다. 우주 세계의 기술과 미궁의 마법을 이용한 건축 기술은 어마어마한 시너지를 발휘하고 있었다.

[제목: #광고#아니? 강원도에 이런 곳이?]

[글쓴이: STK이민수]

여러분의 행복과 함께하는 STK!

STK이민수 실장입니다.

은하계 탐험은 늘 즐겁습니다. 좌표가 풀린 이후에 팀원들과 제일 먼저 탐험에 들어갔습니다. 저희가 발견한 행성은 A21번 좌표 최남단부, 비교적 젊은 항성이 있는 행성계입니다. 행성의 이름은 강원도로 정해진 건 모두 아시는 사실일 것입니다!

행성 강원도는 지구의 1.5배 정도 되는 크기고, 평균 온도는 -60도로 약간 추운 수준입니다. 가파른 지형이 많고, 항상 눈과 얼음으로 뒤덮여 있어 1년 내내 스키를 탈 수 있는 곳입니다!

본론으로 들어가겠습니다!

강원도 윈터 파크가 개장되었습니다! 무려 에베레스트산보다 2배가

량 높은 강원도 산맥에서 각종 동계 스포츠를 즐겨보세요!

[1,500㎞ 초상급자 코스!.jpg]

마법 길드에서 제공하는 포탈 마법으로 한 번에 정상으로 GO! GO! 지구에서는 맛볼 수 없는 스릴!

지금 당장 즐길 수 있습니다!

스키에 취미가 없으시다고요? 걱정하지 마세요!

[행성 강원도 리조트.jpg]

STK와 여러 협력 기업과 길드들이 함께 만든 최신식 호텔이 여러분을 기다리고 있습니다. 마력엔진을 응용하여 만든 따끈한 스파는 물론, 게다가 세계 최대 크기의 수영장! 세계 각국의 음식은 물론, 미궁 속 특식까지!

커플이시라고요?

잘 오셨습니다! 로맨틱한 방과 커플용 2인 스파까지 준비되어 있습니다! 생일, 기념일, 이벤트 역시 저 이민수 실장에게 맡겨주세요!

이민수 실장을 찾아주시면 훨씬 저렴한 가격으로 찾아뵙겠습니다. 지금 당장 경험해 보세요!

-입장료(이민수 실장 특가!)

10만 → 7만!

-호텔 특가 진행 중!(이민수 실장의 파격 제안!)

더블 마운틴뷰: 200만 → 150만!

VIP 스위트룸 300만 → 220만!

행성 셔틀 완비!(장거리 워프 가능)

-교통비 별도

단, 이민수 실장이 직접 운행하면 공짜!

[댓글 1,132]

-라볶이: 여기 한 번 가봤는데, 좋긴 하더라.

└STK이민수(글쓴이): 감사합니다! 라볶이 님, 더 노력하겠습니다!

-밑장빼기: 카지노도 만들고 있던데 실시간으로 엄청나게 커지고 있음.

└STK이민수(글쓴이): 한 달 뒤 개장 예정입니다! 세계의 그 어떤 카지노보다 좋다고 자신 있게 말씀드릴 수 있습니다. 화끈한 스릴을 즐기실 수 있을 겁니다. 아바타를 걸고 하는 러시안룰렛까지 출시할 예정입니다.

└밑장빼기: 헐……. 손목도 거나요?

└STK이민수(글쓴이): 장난치면 손목 정도는 잘릴 것 같네요. ㅎㅎ 하지만 걱정하지 마세요. 저 이민수 실장을 찾아주시면 직접 붙여 드리겠습니다.

-레저맨: 1,400㎞ 타봤는데……. 진짜 미친 짓이었다. 죽을 뻔했는데, 구조 요청하니 이민수 실장이 셔틀 운전해서 날아오더라. 믿을 만함. ㅋㅋ

└STK이민수(글쓴이): 레저맨 님이 불러주신다면 어디든지 가야지요. ㅎㅎ. 무사하셔서 정말 다행입니다.

-드레서: 암흑제국군 놈들도 은근히 옴ㅋㅋ 팬티만 입고 타는 놈들 봤음. 진심 미친놈들임ㅋㅋㅋ

└STK이민수(글쓴이): 저희는 기본적으로 중립입니다. 많은 암흑제

국군분들도 찾아주십니다. 엘론티 전사 전용 T팬티형 수영복도 판매하고 있으니 많은 관심 부탁드립니다.

행성 강원도는 인기가 대단히 많았다. 호텔은 비싼 편이었지만, 예약해야만 갈 수 있었다. 신성연합에게 세금만 내면 법률에서도 자유로웠기에, 기업들이 몰리고 있었다. 진상 고객이 있으면 죽여 버리면 되니, 직원들의 스트레스도 덜한 편이었다.

미국 기업이 투자한 행성은 카지노로 유명했는데, 목숨을 걸고 하는 도박도 있었다. 엄청난 금액이 오가는 유흥행성이었다. 그곳에서는 지구에서 할 수 없는 다양하고 위험한 도박이 진행되고 있었다.

'역시 지구인들은 어딜 가도 잘 사는구만.'

진우는 보고를 받을 때마다 그렇게 생각했다.

기온이 높고 척박한 행성에 카지노 유흥 도시가 들어서고, 얼어붙은 행성에는 리조트가 들어섰다. 바다가 깊고 산맥처럼 높은 파도가 몰려오는 곳에는 서퍼들이 자주 찾았다.

게임이니 불법적인 것들도 모든 게 가능했다.

신성연합에서는 세금만 꼬박꼬박 내면 터치하지 않았다. 암흑제국군은 보호비 명목으로 돈을 뜯어 갔다. 신성연합과 암흑제국군 모두에게 돈을 내는 곳은 중립지역이 되었다.

현재까지 224개의 행성이 활성화되었고, 64곳의 협력 기업이 뉴월드에 들어와 있었다. G&P에서 개최한 투자설명회를 기점으로 협력 기업들이 늘어나고 있었다.

진우는 현재 행성 강원도에 와 있었다. 지금까지 많은 차원을 지배했고, 많은 일이 있었다. 생각해 보니, 단 한 번도 워크샵을 가진 적이 없었다. 세연이 제안을 했는데, 총지배인과 유나도 동의를 해서 진행하게 되었다.

총지배인과 황금의 여성회 회원들, 각 차원의 주요 간부들이 모두 모여 행성 강원도로 워크샵을 왔다. 딱히 무언가를 할 생각은 없었다. 워크샵은 명목뿐이었고, 그냥 단체로 놀러 온 것이라고 보면 되었다.

"좋군."

VIP들만 이용할 수 있는 수영장을 빌렸다. 창 너머로 눈 덮인 거대한 산맥이 보였지만, 수영장은 따듯했다. 따듯한 물이 계속해서 채워졌기 때문이다.

수영복을 입고 있는 황금의 여성회 회원들이 보였다. 매우 바람직하다는 생각이 들었다.

유나가 다가왔다. 그녀답지 않게 꽤 도발적인 수영복을 입고 있었다. 아닌척 했지만 역시 조금 신경이 쓰이는 모양이었다. 진우의 옆에 오자 귀가 붉어졌다.

아르카나와 희연도 굉장했다.

세연은…… 그냥 물에 둥둥 떠다니고 있었다.

"으, 음……. 설마 다른 행성에서 워크샵을 할 줄은 몰랐습니다."

"뭐, 그냥 놀러 온 거긴 하지만 단합도 되고 좋네. 그런데 미궁은?"

"허영과 함께 스키를 타러 갔습니다. 1,500㎞ 완주에 도전한다더군요. 현재까지 사망자가 143명이라고 합니다."

루나가 의외로 얌전히 있었다.

그녀는 맥주캔을 따고는 홀짝이고 있었다. 대천사장이 그녀를 졸졸 따라다녔는데, 엄청나게 잔소리를 했다.

"여, 여신께서 그렇게 경박한 모습으로 술을 드시다니……."

"이렇게 먹는 게 훨씬 맛있어요. 드셔보실래요?"

"여신 음주법을 가르쳐 드리겠습니다."

"앗! 수영하러 가야겠다!"

루나가 헤엄을 치기 시작했다. 팔과 다리를 모두 이용한 수영법이었는데, 개헤엄이었다. 대천사장이 그 모습을 보고는 손으로 이마를 짚었다.

"……루나 님, 우아하고 아름다운 여신 수영법을 가르쳐 드리겠습니다."

"이게 편한데……."

"자! 이리로 오시지요!"

루나가 진우 곁으로 후다닥 도망쳤다. 대천사장과 천사들이 쫓아오자, 진우는 피식 웃었다.

"우리 말고 아무도 없으니까 편하게 지내다 가자고. 음, 저기 무중력 사우나가 있는데……. 무중력이니 키가 좀 커지지 않을까?"

대천사장과 천사들이 움찔했다.

"크, 크흠. 대군주께서 그러시다면야……. 저, 저희도 그럼……."

무중력 사우나에는 이미 골든 엔젤들이 자리 잡고 있었다. 천사들이 합류하자 치열한 신경전이 펼쳐졌다.

루나는 이제 대놓고 편하게 있었다. 따끈한 물에 발을 담그고 오징어를 씹으며 맥주를 마셨다.

"크흐! 여기가 천국이네요!"

천계의 여신이 할 말은 아닌 것 같았다.

유나도 모처럼 풀어진 얼굴로 진우의 옆에서 느긋하게 쉬었다. 모두가 진우를 힐끔힐끔 바라보고 있었다.

'뭔가 잊은 것 같은데…….'

그게 무엇인지 잘 생각이 나지 않았다. 진우는 문득 아래를 바라보았다. 신기하게 생긴 벌레가 보였다. 이 행성에서 나온 벌레는 아니었고, 우주선에 묻어온 것 같았다.

진우는 시선을 돌려 창밖의 거대한 산맥을 바라보았다.

[대군주님.]

누군가 자신을 불렀다. 진우는 주변을 둘러보다가 다시 밑으로 시선을 옮겼다. 벌레가 벌떡 일어나서 다리를 흔들고 있었다.

[대군주님께서는 이런 취향이셨군요! 비효율적인 형태이긴 하지만 대군주님께서 원하신다면야…….]

작은 벌레로부터 바퀴벌레 여왕의 기운이 느껴졌다.

여왕이 지배하고 있는 벌레였다.

정보의 마안으로 보니 여왕은 군주에 근접해 있었다. 기계 군주의 권능을 먹어치웠기 때문인 것 같았다. 특수 기술로 '[S+]벌레 지배'가 있었다. 그 어떤 벌레도 조종하거나 변형시킬 수 있었다.

'깜빡하고 있었군.'

기계 군주에게 바퀴벌레 일족을 풀어놓고 잊고 있었다.

[대군주님께서 주신 먹잇감이 탈출하려 하고 있습니다. 우주 공간으로 나갈 것 같더군요. 저희가 추적할 수 있지만, 대군주님의 허락이 필요합니다.]

"음……."

[기계가 스며들어 있는 행성들을 포착했습니다. 총 126개의 행성으로 인간들이 많이 살고 있습니다.]

군주는 군주인 모양이었다. 델록스 제국이 지배하던 은하의 행성들에까지 손이 뻗어 있었다.

[대군주님, 명령만 내려주시면 직접 가서 없애 버리겠습니다. 대군주님의 의지가 저의 생명이고 빛입니다. 대군주님의 그림자가 저의 안식처입니다. 부디 명령을 내려주십시오.]

호감도 MAX의 힘은 무서웠다.

"다른 행성계일 텐데……?"

[지배하신 기계 함대의 워프 드라이브를 연구하여 비슷한 장기들을 만들었습니다.]

진우는 지배의 권능으로 지배한 함대를 기계 행성 주변에 놔두고 왔던 기억이 났다.

바퀴벌레 일족은 생각보다 훨씬 똑똑했다. 바퀴벌레 여왕에게 맡기는 것도 좋을 것 같았다. 계속 먹어온 만큼 기계 군주를 확실하게 감지할 수 있었기 때문이다.

확실하게 뿌리 뽑지 않는다면 기계 군주를 없앨 수 있을지는 몰라도, 미래에 제2의 기계 군주가 탄생할 수도 있었다. 데이터가 남아 있다면 또다시 인간을 융해해서 힘을 얻을 수도 있었다.

"기계 군주는 내가 처리하도록 하지. 나머지를 부탁하마."

[완벽하게 명령을 수행하겠습니다.]

"인간들은 해치지 말고 보호해 줘."

[알겠습니다. 다만…… 포상을 주셨으면 합니다. 찰나의 시간이라도 좋으니 존안을 뵐 수 있을까요?]

낭랑한 목소리였지만 다소곳한 말투였다. 귀족처럼 우아한 느낌마저 들었다. 진우가 고개를 끄덕이자, 굉장히 기뻐했다. 벌레가 기뻐하는 광경은 조금 그랬지만, 진우는 티를 내지 않았다.

"잠시 나갔다 올게."

느긋하게 쉬려고 하면 이런 일들이 생기니 신기하긴 했다.

"다크 엠퍼러에 워프 시스템을 장착했어요! 빨리 일을 보고 오실 수 있을 거예요!"

세연이 진우를 바라보며 외쳤다.

진우는 오랜만에 다크 엠퍼러에 탑승하고 기계 군주가 있는 곳으로 이동했다.

"아……."

진우는 기계 군주를 보고 말을 잊었다. 기계 군주 행성은 갈색빛으로 뒤덮여 있었다. 점액질로 가득 채워져 있었고, 항성의 빛이 비치는 곳에는 수많은 바퀴벌레 일족들이 꿈틀거리고 있었다. 게다가 행성 궤도에 거대한 바퀴벌레들이 있었다. 저들을 변형시킬 때 지배의 권능이 깃들었기 때문인지 기괴하게 변형되어 있었다. 그들은 이미 우주 공간을 자유롭게 날아다니는 우주 바퀴벌레였다.

진우의 명령을 수행하기 위해 기계 군주로부터 바퀴벌레 군단이 날아올랐다. 크게는 모선급 크기부터 작게는 호위함급 크기까지 다양했다. 아주 거대한 수송 바퀴벌레들도 많았다. 그 안에 많은 전투 바퀴벌레들이 탑승해 있었다.

'뭐……. 괜찮겠지.'

진우가 기계들을 하나하나 찾아서 없애려면 시간이 오래 걸렸고 완벽하게 없앨 수 없었다. 바퀴벌레 여왕은 벌레 종류라면 모두 지배할 수 있어 자체적으로 네트워크를 형성한 상태이니 저들에게 맡기는 게 최선이었다.

진우는 차분하게 기계 군주가 탈출하는 걸 기다렸다.

두드드드드드!

진우는 행성의 표면이 열렸다. 달의 1/6 정도 되는 핵이 빠르게 분리되었다. 빠른 속도였지만 워낙 크기가 커서 느리게 보였다.

[크윽, 크아아……. 제, 제발……]

기계답지 않은 간절한 음성이 들려왔다. 기계 군주는 사력을 다해 속도를 냈다. 고통을 참으며 모든 능력을 끌어모아 탈출 엔진을 만들었다. 고난의 세월이었다. 데이터 정보로만 알고 있는, 산 채로 뜯어먹히는 고문을 직접 당하니 미칠 노릇이었다. 기계였기에 미칠 수도 없었다.

[드, 드디어……]

기계 군주는 마구 달라붙는 바퀴벌레들에게서 간신히 벗어날 수 있었다. 인간이 어째서 자유를 갈망하는지, 감정적인 판단을 하는 것인지 드디어 이해가 되었다. 기계 군주는 희망이 절망으로 바뀌는 것도 처음 경험하게 될 것이다. 바퀴벌레가 더 추격하지 않은 건 진우가 나타났기 때문이다.

진우는 행성에서 탈출한 기계 군주의 앞을 막아섰다. 눈처럼 보이는 붉은 렌즈가 다크 엠퍼러를 발견했다.

"저 정도라면 지배할 수 있을 것 같군."

지배의 군주는 굉장히 약해져 있었다. 이제는 군주라 부르기 어려울 정도로 랭크가 낮아졌다. 다크 엠퍼러가 빠르게 기계 군주에게 다가갔다.

붉은 렌즈에 다크 엠퍼러의 손이 꽂혔다.

[무, 무슨……]

다크 엠퍼러의 팔에서 검은 연기와 같은 촉수가 뿜어져 나오더니 기계 군주의 표면에 달라붙었다. 기계 군주의 비명이 들려왔다. 기계 군주의 비명이 잦아들 때쯤 거대한 핵은 완전히 검은 연기로 뒤덮였다. 표면에서 여러 개의 거대한 눈동자가 떠올랐다. 기계 눈동자가 아닌 괴물의 눈동자였다. 황금빛 눈동자는 소름이 끼치도록 무서운 모습이었다.

[기계 군주를 완전히 지배하였습니다. 대량의 경험치를 획득하였습니다. 기계 군주의 프로그램이 재설정되었습니다. 델록스 제국이 역사 속으로 사라집니다. 델록스 제국의 모든 영역이 암흑제국에게 흡수되었습니다.]

[암흑의 별이 탄생하였습니다!]

[S+]암흑의 별

달의 1/6 정도 크기의 인공 행성.

독자적인 연구시설과 생산시설을 갖추고 있다. 다크 엠퍼러와 결합하면 행성을 파괴할 만한 에너지를 발사할 수 있다. 기계 군주였던 AI가 메인 시스템을 통제하며, 암흑제국 운영에도 많은 도움이 될 것이다.

[SS+]행성소멸포(다크 엠퍼러 전용)

[S+]암흑제국 운영 [S+]행성 단위 슈퍼컴퓨터

[S+]행성 단위 자원 채굴기

델록스 제국이 지배하고 있던 영역은 매우 컸다. 진우가 나서기보다는 암흑의 별에게 운영을 맡기는 게 좋을 것 같았다. 귀찮은 이유가 가장 컸다.

[환영합니다. 대군주님. 암흑의 별 AI입니다. 이름을 정해주십시오.]

"다키로 하지."

진우는 이름을 대충 정했다.

"컴퓨터라면 게임도 돌아가겠지?"

[게임을 검색합니다. 델록스 제국 데이터베이스에 등록된 컴퓨터 게임이 321,327,561개 있습니다.]

"많군."

[맞춤형 추천을 위해 접근을 허락해 주시겠습니까? 마력 접근 권한이 필요합니다.]

진우가 고개를 끄덕이자 다키가 진우의 마력을 통해 취향을 분석했다.

['두근두근 하렘타운'을 추천해 드립니다. 다크 엠퍼러에 업로드합니까?]

"음……. 일단 깔아줘 봐."

[업로드 완료!]

진우의 앞에 스크린이 떠올랐다. 사방에서 배경음악이 들려왔다.

"오……."

진우의 귀환이 엄청 늦어졌다. 생각보다 꽤 괜찮은 게임이었다. 굉장한 성능을 지닌 슈퍼컴퓨터가 생긴 순간이었다.

라이네스 왕국은 그들이 다스리고 있는 모든 은하에서 함대를 모았다. 우주연합국은 라이네스 왕국과 상호방위조약을 맺고, 그들 역시 암흑제국에게 대항하기 위해 모든 함대를 끌어모았다.

라이네스 왕국의 수도가 있는 라이네스 행성 주변에 수백 척의 전함이 모였다. 저번 기계 함대와의 전투로 많은 전함을 잃어버려 전력이 급감한 상태였다. 그러나 레아르 백작이 개발한 신병기 덕분에 싸워볼 만하다는 의견이 많았다.

"김군주 님……."

레아르는 김군주를 떠올리자 행복으로 물들었다.

김군주가 주고 간 마정석은 그녀에게 엄청난 영감을 주었다. 이것은 새로운 형태의 에너지였다. 마력을 완전히 분석할 수는 없었고, 마력을 모을 수도 없었다.

하지만 레아르는 천재였다. 노력 끝에 유사 마력엔진을 만들어낼 수 있었다. 마력엔진에 비해 출력은 크게 떨어졌지만, 기존에 엔진보다 훨씬 뛰어났다.

라이네스 왕국의 여왕 레오나 라이네스 3세는 신성연합을 우방으로 선포하고, 깊은 감사의 뜻을 표했다. 기계 군단이 어디까지 이르렀는지는 알 수 없었으나, 적어도 델록스 제국 변방의 행성들은 지키고 싶었다. 그곳에 있는 많은 사람이 기계에게 잡아먹히게 놔둘 수는 없었다.

레오나 여왕의 뜻이기도 했고, 우주연합국의 의지이기도 했다. 그리고 꺾여 버린 백성들의 마음을 다시 하나로 모으는 정치적인 수단이기도 했다.

"레아르 백작, 수고 많으셨습니다."

"당연한 일을 했을 뿐이옵니다. 전하."

"그대의 연구 덕분에 그 끔찍한 기계 군단과 싸울 힘이 생겼습니다."

"하지만……. 암흑제국은……."

암흑제국은 상상을 초월하는 국가였다. 직접 그들을 본 레아르는 그걸 잘 알고 있었다.

"선한 의지를 지닌 인류가 하나로 모이면 어떠한 적이라도 상대할 수 있습니다. 우주의 역사가 그걸 증명하고 있지요."

레오나 여왕은 언제나 우아했다. 단 한 번도 당황하거나 놀란 적이 없었다. 이번 작전에는 그녀가 직접 지휘를 하기로 했다.

레오나 여왕은 라이네스 왕실 전함의 메인 브릿지에서 손을 뻗었다. 그러자 모든 함대가 델록스 제국의 변방으로 이동했다.

[델라트 은하 Z11번 좌표로 워프 완료하였습니다.]

[지금부터 작전을……. 어?]

[저, 저게 뭐…… 아아악!]

레오나 여왕은 정면을 바라보았다.

푸른 행성이 보여야 했다. 30억의 인구가 살고 있는 행성이었다. 그런데 푸른 행성이 무언가에 가려져 보이지 않았다.

"무, 무, 무슨?!"

레오나 여왕은 태어나서 처음 당황했다.

"저……. 저건……?"

레아르는 멍한 표정이 되었다. 전함을 보는 것처럼 거대한 벌레가 행성 주변에 있는 위성 기지를 씹어먹고 있었다.

마침 통신이 들어왔다.

[여, 여기는 라즈라, 라, 라즈라 위성 방위본부, 거, 거대한 벌레들이……. 끄아아악!]

[허억! 아, 안 돼!]

징그러운 벌레의 입이 벌어지더니 그대로 사람들을 꿀꺽 삼켰다. 그리고 입안에서 긴 촉수가 뿜어져 나오며, 숨어 있는 사람들을 모조리 찾아내 먹어치웠다. 아주 맛있게 꿀꺽했다.

그들은 대군주의 명령을 충실하게 따랐다. 이미 이 행성과 위성에는 기계 군주의 코드가 담긴 기계들이 많이 퍼져 있었다. 융해 장치까지는 아니더라도 AI개발을 위한 세뇌장치가 내장되어 있었다. 행성 단위의 정화가 필요했다.

바퀴벌레들은 인간들을 당분간 뱃속의 빈 공간에 놓고 상황이 안전해지면 풀어줄 생각이었다. 일단 뱃속에 들어오게 되면 수면상태에 빠진 후, 가느다란 촉수가 입안으로 들어오게 된다. 영양분도 듬뿍 주고 오염 물질도 녹여줘서 몸 건강히 지낼 수 있었다. 공짜로 건강검진도 해주고, 불치병 수준의 병도 치료해 줬다. 하지만 다른 사람들이 보기에는 잡아먹는 걸로 보였다.

거대한 바퀴벌레가 고개를 돌려 라이네스 왕국의 함대를

바라보았다. 레오나 여왕과 바퀴벌레의 눈이 마주쳤다.

바퀴벌레의 입이 찢어지며 수많은 이빨이 움직였다. 우주 공간에서도 얼어붙지 않는 진득한 액체가 보였다.

'걱정 마요. 해치지 않아요. 우리는 당신의 편이랍니다! 나쁜 기계들은 저희가 다 먹을게요! 그냥 안전하게 제 몸 안에 계세요!'

그런 의미를 담은 바퀴벌레의 순수하고 착한 미소였다.

스르륵!

레오나 여왕이 쓰러졌다. 레아르도 털썩 주저앉더니 그대로 옆으로 쓰러졌다.

"저, 전하! 전하께서 쓰러지셨……. 허억!"

"헉!"

몰려온 다른 이들도 쓰러졌다. 이들은 바퀴벌레를 처음 접한 나약한 인간들이었다. 바라보는 것만으로도 멘탈이 부서지는 건 당연했다. 애초부터 그들은 그러기 위해 설계된 생명체인지도 몰랐다.

라이네스 왕국의 함대 규모는 굉장했다. 이 정도 함대를 동원했던 적은 라이네스 왕국 역사를 통틀어봐도 손에 꼽혔다. 전면전이 아니라 구출 작전이기는 했지만, 가용 가능한 핵심 전력은 모두 왔다고 해도 과언이 아니었다. 게다가 우주연합국이 각 은하에서 끌어모은 함대도 많았다.

기계 군단에게 많은 함대를 잃기는 했지만 은하에 퍼져 있던 함대는 건재했다. 물론 비교적 구식 함대이기는 했다.

넓은 우주 공간을 가득 채운 함대의 위용은 대단했다. 라이네스 여왕이 타고 있는 전함을 중심으로 마치 은하계의 별을 보는 것처럼 빛나고 있었다. 인류를 구한다는 명목으로 모여 사기도 높았다.

분명 그랬었다. 하지만 지금은 아니었다. 눈앞에 기계 군단 따위와는 비교도 되지 않는 괴물이 있었다.

[전 함대 빔 입자포 발사 준비!]

[신형 입자 코어를 가동합니다!]

레아르 백작이 마정석을 해석하여 개발한 신무기였다. 위력 자체는 기존의 것과 동일했지만, 전함이 많으면 많을수록 위력이 커졌다. 마력의 특성이기도 했다.

[170.32% 위력 증가가 예상됩니다! 괴, 굉장합니다! 이거라면……!]

[3, 2, 1 발사!]

라이네스 왕국 함대와 우주연합국 함대가 동시에 빔 입자포를 발사했다. 수많은 전함에서 뿜어져 나가는 빔 입자포는 너무나 장엄했다. 공간 그 자체를 삭제할 기세로 뻗어 나갔다.

'이거라면……!'

레아르 백작은 그 광경을 보며 희망을 가졌다.

김군주가 전해준 보석으로 만든 희망의 빛이었다. 기계 군단의 화력에도 전혀 밀리지 않는 위력을 손에 넣을 수 있었다.

레아르 백작이 손을 꽉 쥐며 정면을 바라보았다. 빔 입자포가 괴물들에게 닿자 눈부신 빛이 터져 나가며 우주 공간이 밝게 물들었다. 간신히 기절에서 깨어난 레오나 여왕은 초조하게 정면을 바라보았다.

"해, 해치웠나?"

어리석게도 그런 소리를 내뱉고 말았다. 이러한 위력에서는 어떠한 생물도 살아남을 수 없을 것이다. 하지만 방금 말이 저주가 되어서일까?

빛이 사라지며 희망도 사라져 버렸다. 거대한 괴물들은 너무나 멀쩡했다. 그뿐만이 아니었다.

[우주연합국 1번 함대 치, 침묵!]

[하인트 함대장! 응답하라! 토, 통신이……!]

바퀴벌레 일족들은 기계 군주의 행성 단위의 공격을 맞으며 진화했다. 자연스럽게 그들의 껍질에는 빔 공격에 대한 내성이 있었다. 껍질에 닿는 순간, 반사되어 사방으로 뿜어져 나갔다. 바퀴벌레들은 피해가 없었지만 그 주변은 아니었다.

강력한 위력이 오히려 독이 되었다. 반사된 빔이 일부 전함에 닿으며 폭발을 일으켰다. 레오나 여왕과 레아르는 입을 벌리며 그 광경을 바라보았다.

바퀴벌레 일족들의 고개가 함대 쪽으로 돌아갔다. 수만에 달하는 전함만큼 커다란 괴물들, 그리고 수십만에 달하는 그보다는 작은 괴물들이 일제히 고개를 돌리며 반응했다.

그들의 크고 징그러운 곤충형 눈동자는 우주 공간에서도 너무나 뚜렷하게 보였다. 붉은색으로 발광하고 있었기 때문이다.

"아…… 아아……."

레오나 여왕은 압도적인 공포를 느꼈다. 레아르, 그리고 모든 함장들도 마찬가지였다.

그러나 바퀴벌레 일족들은 평화로웠다. 그들은 기계 군주의 공격에서도 아무런 불만도 하지 않고 평화롭게 먹이를 먹은 착한 종족이었다. 바퀴벌레 일족은 더듬이를 이용한 텔레파시로 의사소통을 했다.

'어? 형님들, 저거 폭발하는데요?'

'엇! 인간들이 위험해!'

'대군주님께서 인간들을 보호하라 하셨다! 단 하나라도 죽어선 안 돼!'

바퀴벌레 일족들은 폭발하고 있는 전함을 바라보았다. 저대로 놔두었다가는 모두 타죽을 것이다. 구축함급의 크기를 가볍게 넘어서는 거대한 바퀴벌레는 수송용 바퀴벌레였다.

그들의 몸에서 전투기와 비슷한 크기인 바퀴벌레들이 뿜어져 나왔다. 폭발하고 있는 전함으로 무리를 지어 날아왔다.

그 숫자는 수백만에 이르렀다.

[바, 발사! 발사해!]

[고, 공격이 통하지 않습니다!]

[끄아아악!]

메인 브릿지의 선원이 전방의 광경을 확대하여 화면에 띄웠다. 레오나 여왕은 손으로 입을 막았다. 너무나 끔찍했다. 전투기만 한 바퀴벌레가 폭발하고 있는 전함에 달라붙더니 장갑을 파먹으며 안으로 들어갔다.

전함은 순식간에 벌집이 되었다. 아니, 이제는 괴물들의 집이었다. 주변에 있던 전함들이 다급히 빔을 쏘아댔지만 오히려 역효과였다. 반사가 되어 사방으로 튕겨 나가며 더욱 큰 피해를 만들었다.

'형님들, 더 폭발하는데요?'

'일단 저들부터 구해야겠군.'

바퀴벌레들은 피해가 불어나자 더욱 활발하게 움직이며 인명 구조에 힘썼다. 바퀴벌레들이 들어간 전함은 비명 소리밖에 들리지 않았다. 차단벽을 가볍게 씹어먹으며 인간들을 찾아냈다.

[으아아아!]

강화복을 입은 군인이 비명을 지르며 총을 쏴댔지만 껍질에 상처조차 나지 않았다. 바퀴벌레의 고개가 돌아가더니.

덥썩!

그대로 집어삼켰다. 강화복이 순식간에 녹으며 알몸 상태로 안전하게 뱃속에 들어갔다. 바퀴벌레들은 전함을 돌아다니며 모든 인간들을 집어삼켰다. 그런 악순환이 계속되었다.

순식간에 함대 진영 중 한쪽 날개 부분이 전멸했다. 피해가 불어나자 바퀴벌레 일족들은 판단을 내렸다. 아예 다 삼켜서 보호하는 게 나을 것 같았다. 눈먼 빔에 맞아서 죽는 사람이 생기면 마음이 너무 아플 것 같았다.

바퀴벌레 일족들의 행동은 빨랐다. 전함의 숫자가 빠르게 줄어들었다. 바퀴벌레들이 다가오기 시작하자 전투기와 함께 마장기들이 출격했다. 신성연합의 마장기보다 모든 면에서 부족했지만, 그래도 때에 따라서는 엄청난 위력을 발휘하는 전략 병기였다. 레오나 여왕의 전함에서도 왕국 기사단 파일럿으로 이루어진 마장기 편대가 출격했다.

[저, 접근을 막아라!]

[무슨 일이 있어도 지켜야 한다.]

[으, 으악!]

[레이먼 부단장님! 위험……!]

레이먼 부단장이 탄 마장기의 팔과 다리가 떨어져 나갔다. 거대한 바퀴벌레가 촉수를 뿜어내더니 콕피트를 그대로 뚫어 버렸다. 사람만 쏙 빼서 뱃속에 안전하게 보관했다.

[안 돼! 으아아아!]

레이먼 부단장과 약혼을 한 마장기 파일럿 이리스가 울부짖으며 바퀴벌레에게 달려들었다. 빔 소드가 단단한 껍질에 닿았지만 튕겨 나갔다.

[레이먼…….]

바퀴벌레의 입에서 뿜어져 나간 촉수가 이리스의 마장기를 휘감았다. 마장기가 타액에 닿는 순간 모조리 녹았다.

꿀꺽!

바퀴벌레는 흐물흐물해진 마장기를 그대로 삼켰다.

콰앙!

레오나 여왕은 그 광경을 보고는 주먹을 내려쳤다.

속수무책이었다. 상대가 되지 않았다.

도대체 저 괴물들은 무어란 말인가!

"……퇴각, 전 함대 퇴각하라!"

레오나 여왕이 퇴각 명령을 내렸다. 레오나 여왕의 전함이 먼저 고개를 돌리자 함대들이 모두 퇴각하기 시작했다.

[워프 드라이브 준비!]

[에, 엔진 출력이 불안합니다! 출력 하락 중! 70%, 64%……]

[시간이 필요합니다!]

엔진 출력이 급격히 떨어지고 있었다.

레아르 백작은 상황을 빠르게 분석했다.

"이건……!"

마정석의 기운과 비슷한 기운이 엔진에 간섭하여 출력을 낮추고 있었다. 바퀴벌레들이 지닌 마력장이었다. 워프를 하기 위해 내부장기를 생성했는데, 거기서 항상 마력장이 흘러나오고 있었다. 바퀴벌레 일족들이 장거리 텔레파시를 하는 데 이용하기도 했다. 우연의 일치였다.

하지만 레아르 백작은 그렇게 생각하지 않았다.

'다, 단순한 괴물이 아니야……!'

이건 거미줄이나 마찬가지였다. 꼼짝없이 걸리고 말았다.

탈출하기 위해서는 어떻게든 출력을 올려 워프를 해야 했다. 다른 전함들도 마찬가지였다.

"입자 코어를 활성화시켜 간섭을 차단한다면……."

김군주가 준 보석. 이 보석을 이용하여 신형 입자 코어를 공명시킨다면 간섭이 차단될 것 같았다. 간섭만 없다면 함대의 대규모 워프가 가능했다. 레아르 백작은 즉석에서 프로그램을 구축해 입자 코어에 업로드했다.

"전하."

"레아르 백작?"

"전하께서 계시는 한…… 우리는 아직 진 게 아닙니다. 승리할 수 있을 것입니다."

레아르는 여왕에게 고개를 숙인 뒤 바로 격납고를 향해 달렸다. 격납고에는 마장기가 있었다. 레아르는 마장기의 콕피트를 열고 안으로 들어가려 애썼다.

"여길 밟고 올라가야 합니다."

"라티카?"

"무슨 일입니까?"

라티카가 레아르를 안아 들고 콕피트 안으로 들어갔다.

"이걸 엔진 근처에서 터뜨려야 해요. 코어 활성화가 되면서 방해 파장을 잠시 막아낼 수 있을 거예요. 제 이론이 맞다면 저 괴물들에게 조금이나마 피해를 줄 수도 있겠지요."

"김군주 님께 받은 보석이군요."

"……마지막 희망이기도 해요."

레아르가 웃으며 라티카를 바라보았다.

"그동안 고마웠어요."

"레아르 님을 만난 것이 제 인생의 유일한 영광이었습니다."

"라티카…… 뒤를 부탁할게요."

"제가 할 말입니다."

라티카가 웃으며 레아르를 바라보았다. 레아르의 손에 들려 있던 마정석이 어느새 사라져 있었다.

레아르는 당황했다. 라티카는 손으로 살짝 그녀를 밀었다. 레아르의 몸이 붕 뜨더니 콕피트 아래로 떨어졌다.

라티카는 손에 들린 마정석을 바라보았다.

"라티카! 무슨……!"

"전 해적 출신이라 이런 것밖에 못 합니다."

라티카는 콕피트에 있는 헬멧을 썼다. 주저 없이 콕피트를 닫았다. 마장기의 눈이 빛나며 움직이기 시작했다. 수동으로 격납고를 열고 전함 밖으로 나갔다.

레아르는 라티카에게 통신을 시도했다. 그녀의 눈에서는 눈물이 흐르고 있었다.

[라티카! 돌아와요! 제, 제가 해야…….]

마장기의 화면에 레아르의 얼굴이 떠올랐다. 라티카는 웃었다. 주변에는 이미 괴물들이 잔뜩 몰려와 있었다. 라티카는 촉수를 아슬아슬하게 피하며 엔진 쪽으로 다가갔다.

라티카는 품에서 시계를 꺼냈다. 시계를 열자 어린 시절에 찍은 사진이 보였다. 뒷골목에서 세라와 함께 찍은 사진이었다.

[라티카!]

"제 동생은 착한 아이라 천국에 있겠지요."

[……이름이 세라였지요?]

"네, 레아르 님과 많이 닮았습니다. 웃음이 예쁜 아이였지요."

라티카의 마장기가 엔진 위에 올라섰다. 괴물들이 몰려들었다.

"저는 지은 죄가 많아 지옥에 가겠지요. 그래도 이걸로…… 이걸로나마 아주 잠깐이라도 만날 수 있다면……."

[……분명 만날 수 있을 거예요.]

라티카는 콕피트를 열었다. 그녀의 손에 걸려 있던 시계가 우주 공간 밖으로 날아갔다. 괴물이 눈앞까지 온 순간이었다.

그녀는 강하게 힘을 주어 마정석을 터뜨렸다.

그 순간 엔진이 붉게 달아오르며 코어 공명이 시작되었다.

[추, 출력이 복구되었습니다!]

[워프 드라이브 10초 전!]

레아르는 그 자리에 주저앉아 오열했다. 레오나 여왕은 라티카의 통신 화면을 바라보며 경례를 했다. 다른 함장들도 마찬가지였다.

파아앗!

코어 공명에 성공한 함대가 워프를 하며 사라졌다.

바퀴벌레 일족들은 고개를 갸웃했다.

'어? 작동했네?'

'불안해 보였는데…… 정말 신기하구만!'

'다행히 잘 간 것 같네.'

'그럼 할 일이나 하자고!'

워프 드라이브를 불안정한 상태에서 작동시키면 위험했다. 그래서 말리려고 했는데, 가버리고 말았다.

라티카는 자신의 몸을 휘감는 촉수의 감촉을 느끼며 그대로 정신을 잃었다.

'세라…….'

세라가 그런 꼴이 되고 나서 그녀는 한 번도 웃지 않았다. 지만 지금 그녀의 얼굴에는 작은 미소가 떠올라 있었다.

어째서인지 세라와 만날 수 있을 것 같았기 때문이다.

진우는 마장기에 앉아 게임을 하는 중이었다. 죽음의 별을 옮기는데 시간이 꽤 걸렸다. 워낙 크기가 컸기 때문에 엄청난 에너지가 필요했다.

다크 엠퍼러와 결합 후 진우의 마력을 이용하여 워프 드라이브를 사용하면 되었는데, 또 다른 문제가 있었다. 죽음의 별은 밀도가 굉장히 높아, 중력이 강했다. 다키의 계산 아래, 다크 아이의 위성으로 편입하기로 했다.

다키가 계산을 해보니 죽음의 별을 이용해 다크 아이의 자전축과 공전을 더욱 안정화시킬 수 있다고 한다. 게다가 악마의 눈과도 가까우니 언제든 정보를 주고받을 수 있었다.

악마의 눈 빰치는 비주얼인 게 조금 마음에 걸리긴 하지만 멀리서 보면 그래도 괜찮을 것이다.

아마도.

"음, 어렵군."

[추천 공략법이 있습니다. 설명을 원하십니까?]

"아니, 괜찮아. 그럼 재미가 없지."

마장기의 정면 화면에 떠오른 2D 히로인이 화를 내고 있었다.

3개의 선택지가 떠올랐지만 진우는 쉽게 고를 수 없었다. 다키의 말로는 인간의 마음을 사실적으로 표현한 명작이라고 한다. 이름은 두근두근 하렘타운이었지만 스토리는 굉장히 아름다웠다. 그리고 델록스 제국의 데이터 안에는 무수한 명작이 있었다.

'이거 덕이 많은 제국이었구만.'

덕으로 이루어진 제국이었다. 델로스 제국민들은 이런 종류의 게임을 좋아했다. 델록스 제국은 과학 기술뿐만 아니라, 문학, 예술, 그리고 서브 컬쳐 문화가 엄청나게 발달되어 있었다. AI가 나라의 전반적인 일을 다 처리해 주니 그런 쪽이 발달하는 건 당연한 것인지도 몰랐다.

한 줄 요약하자면 그들은 지구인보다 훨씬 높은 수준의 오타쿠였다. 델로스 제국민들은 평균적으로 세연과 비슷한 수준이라 봐도 무방할 것 같았다.

'외전…… 무서운 설정이군.'

영훈의 정신세계를 의심하지 않을 수 없었다.

델록스 제국의 그런 게임은 홀로그램보다 한 차원 높은 기술을 이용해서 즐길 수도 있었다. 완벽한 수준의 증강현실이라고 볼 수 있었다. 이쪽에 취미가 없는 진우가 보기에도 대단했다. 혼자만 하기 아까울 정도였다.

만약 하루링과 아로롱을 이용하고, 다키가 연산을 한다면?

델록스 제국의 모든 기술이 죽음의 별에 저장되어 있었다. G&P도 탐낼 만한 굉장한 기술력이었다.

"음……."

뉴월드 유니버스조차 플레이어들에게 그들만의 연인을 만들어주지 못했다. JW북스의 세계수가 큰 인기를 끌고 있는 건 AI가 단순한 비서를 넘어 이야기 상대가 되어주었기 때문이다.

없으면 만들어내는 것이 인간이었다. 단순한 연인이 아니라 슬픈 사연을 간직한 연인이 나타난다면? 그 속에서 플레이어가 주인공이 된다면?

'재미있겠는데?'

그냥 한 번 생각해 봤는데, 재미있을 것 같았다.

'어차피 델록스 제국은 내 것이니…….'

델록스 행성의 데이터들은 모두 진우의 것이었다.

'뉴월드 : 로맨스'라고 바로 이름 붙였다.

[모든 작업을 완료하였습니다.]

"그럼 슬슬 이동을……."

진우가 움직이려 할 때였다. 죽음의 별 옆의 공간이 일렁이더니 무수히 많은 바퀴벌레들이 나타났다. 그들 가운데에 강대한 기운을 가진 존재가 있었다. 군주급이 된 바퀴벌레 여왕이었다.

본래는 산처럼 거대한 몸을 지녔어야 했지만 지금은 달라져 있었다.

"인간 형태?"

[S+]진화의 권능

'모두 대군주님의 취향대로!'

바퀴벌레 여왕이 인간의 형태로 변화하였다. 진화의 권능을 통한 변화이다. 거대한 몸체가 인간 형태로 압축되었기 때문에, 극한에 이른 육체 능력을 자랑한다. 언제든 본래 모습으로 돌아갈 수 있다.

바퀴벌레 여왕은 밝은 갈색 머리카락을 지닌 여인이 되어 있었다. 진우보다 키가 조금 작았는데, 여성치고는 큰 키였다. 등 뒤에는 곤충 날개가 돋아 있었다.

아름다운 외모와 어울려 요정의 날개로 보였다. 실제로는 바퀴벌레의 날개였지만…… 어쨌든, 곤충형이라는 것에서 비슷했다. 육체 능력만큼은 진우보다도 뛰어났다.

미궁 같은 규격 외의 군주를 제외하고 아마 가장 육체 능력이 뛰어날 것이다.

바퀴벌레 여왕이 우주 공간을 가르며 진우의 앞으로 다가왔다. 진우는 마장기 밖으로 나와 죽음의 별에 내려섰다.

그녀가 진우 앞에 착지했다.

"대군주님을 위해 모습을 변형하였습니다. 어떻습니까? 아무래도 저희 종족은 혐오감을 불러일으키는 것 같았기에……."

"음, 괜찮은데?"

"감사합니다."

그녀는 미소 지으면서 손을 뻗었다. 그러자 거대한 바퀴벌레 하나가 다가왔다.

그녀가 손가락을 튕기자 거대한 바퀴벌레가 아주 작게 압축되더니 손바닥만 한 크기로 변했다.

귀엽게 생긴 작은 소녀가 되었다. 곤충 날개가 달린 게 포인트였다.

"이 정도로 작아지면 숫자가 많아지더라도 주거 구역 확보는 쉬울 것 같습니다. 힘과 능력은 그대로이니, 여러모로 이점이 많습니다."

그녀는 모든 바퀴벌레를 변형시킬 수 있었다.

'저거 꼭…….'

페어리 같았다. 엘프를 요정이라고도 부르긴 하지만, 저런 형태야말로 진짜 요정이었다. 그러고 보니, 엘프, 드래곤, 마족, 천족, 드워프까지 있는데 페어리가 없었다.

'요정이라기보다는 요괴에 가깝지만…….'

한 글자만 다를 뿐 비슷했다. 계속 바퀴벌레 여왕이라고 부르기도 뭐하니, 적당한 이름을 떠올려보았다.

"페로, 너를 그렇게 부르도록 할게."

"가, 감사합니다. 대군주님께서 직접 이름을 지어주시다니…… 영광입니다."

페어리와 로치의 앞글자만을 따서 지은 이름이었다.

페로가 감동하여 눈물을 흘렸다. 페로 주변에 있던 바퀴벌레들도 인간 형태로 변해 페로 주변을 날아다녔다.

환상적인 광경이기는 했지만, 본래 바퀴벌레인 것을 생각하니 뭔가 기분이 묘했다.

페로가 보고를 시작했다.

"기계 군주의 권능이 스며든 기계들을 모두 처리하였습니다. 권능의 흔적이 남아 있어 지속적인 감시가 필요합니다."

기계 군주의 권능이 문명 깊은 곳까지 침투해 있던 곳도 있었다고 한다. 안타까운 일이었지만 결국 문명 자체를 파괴시켜야만 했다. 생명이 아예 사라지는 것보다는 나은 선택이었다.

라이네스 왕국과 우주연합국 함대의 이야기까지 나오자 진우는 고개를 저으며 작게 한숨을 내쉬었다.

'타이밍이 안 좋았군.'

진우는 긍정적으로 생각하기로 했다. 어차피 델룩스 제국의 영역은 다른 이들이 접근해서는 안 된다. 기계 군주의 잔재가 남아 있을 수 있으니 기계가 접근하는 건 위험했다.

바퀴벌레들이 각 행성 주변에 주둔하면서 감시하기로 했다. 외부에서의 접근을 막는 대신 많은 지원을 해주도록 하자. 인간형으로 변한 바퀴벌레들도 지원을 해줄 것이다. 마치 요정처럼 말이다.

'군인들은…….'

라이네스 왕국과 우주연합국의 많은 군인들이 아직 바퀴벌레의 배 속에 있었다. 다친 자가 있기는 하지만, 기적적으로 사망자는 없다고 한다. 전신 화상을 입은 이들도 있었는데, 현재 바퀴벌레 배 속에서 치료 중이었다.

그냥 돌려보낼 수는 없으니…….

'일단 신성연합 행성으로 옮겨야겠군.'

군인들의 숫자가 많기는 하지만 릴리스가 꿈을 통해 기억을 조작한다면 어떻게든 될 것 같았다.

진우가 그렇게 생각에 빠져 있을 때였다.

"다키라고 하셨나요?"

[그렇습니다.]

"이 두근두근 하렘타운…… 정말 굉장하군요."

페로의 손이 촉수 형태로 변하더니 다키와 교신을 했다.

다키가 전송해 준 게임 정보가 페로에게 전달되어 생체 정보로 변환되었다. 그녀는 새로운 진화의 형태를 깨달아 버렸다!

to be continued

Wish Books
업어 키운 여포
유수流水 역사 판타지 장편소설
WISHBOOKS HISTORICAL FANTASY STORY
[평소에 위가 안 좋다고 생각하는 분들 들어오세요.]
'건강 팁이 아니라 삼국지 낚시였어?'
"에이, 잠이나 자자."
어라? 내가 잠이 덜 깬 건가?
"……어나십시오. 일어나셔야 합니다, 장군. 장군?"
잘 자고 일어났는데 삼국지 속.
뭐라고? 우리 형이 여포라고?
난세의 영웅은 무리지만 영웅의 보좌관이 되겠다.
업어 키운 여포

Wish Books
밥만 먹고 레벨업
박민규 게임 판타지 장편소설
WISHBOOKS GAME FANTASY STORY
바사삭, 치킨. 새벽 1시에 먹는 라면!
그런데 먹기만 해도 생명이 위험하다고?
가상현실게임 아테네.
먹고 싶은 음식을 먹을 수 있는 유일한 방법!
[식신의 진가가 발동됩니다.]
[힘 1, 체력 1을 획득합니다.]
「밥만 먹고 레벨업」
“천년설삼으로 삼계탕 국물 내는 놈이 세상에 어디 있냐!”
“여기.”